谍战纪实系列丛书之二

◎ 颜春连 著

美男计

群众出版社

图书在版编目（CIP）数据

美男计/颜春连著 . —北京：群众出版社，2015.7
（谍战纪实系列丛书；2）
ISBN 978 - 7 - 5014 - 5360 - 3

Ⅰ. ①美…　Ⅱ. ①颜…　Ⅲ. ①纪实文学—作品集—中国—当代　Ⅳ. ①I25

中国版本图书馆 CIP 数据核字（2015）第 141212 号

美男计

颜春连　著

出版发行：群众出版社
地　　址：北京市西城区木樨地南里
邮政编码：100038
经　　销：新华书店
印　　刷：北京普瑞德印刷厂

版　　次：2015 年 7 月第 1 版
印　　次：2015 年 7 月第 1 次
印　　张：11.5
开　　本：787 毫米 × 1092 毫米　1/16
字　　数：240 千字

书　　号：ISBN 978 - 7 - 5014 - 5360 - 3
定　　价：40.00 元

网　　址：www.qzcbs.com
电子邮箱：qzcbs@ sohu.com

营销中心电话：010 - 83903254
读者服务部电话（门市）：010 - 83903257
警官读者俱乐部电话（网购、邮购）：010 - 83903253
公安综合分社电话：010 - 83901870

出 版 说 明

　　这本书于一九九八年由湖南文艺出版社首次出版，当时的书名叫《东西方情谍战》。此次再版无较大改动，仅将书名变更为《美男计》，使其与书中的内容更为贴切。

　　这次再版，正值中国人民抗日战争暨世界反法西斯战争胜利七十周年之际。谨以此书献给那些为争取世界和平而作出贡献的人们。在这次再版中，群众出版社给予了大力支持，对此深表感谢。

前　言

　　我国古代将军事活动中的各种计谋归结为"三十六计"。而其中"美人计"作为第三十一计被列为败战计之首，是制服强敌、转败为胜的良谋妙计。实际上，"美人计"更多地应用于间谍世界。为使这一间谍谋略和手段更有成效，一些国家还不惜动用巨资和现代化设备，创办学校，专门训练男女色情间谍，派往世界各地，广泛搜集情报，其行踪遍及全球。

　　"美人计"之所以广泛应用于间谍活动，大抵是因为它能利用人的本性和弱点，从生理和心理上使人得到极大满足。故此，它往往能诱使那些头脑处于不清醒状态下的情人泄露秘密。从历史看，尤其是在"冷战"时期，这一谋略确实取得了令人瞠目结舌的成功。历史上的若干重大事件，并非全由大人物及其幕僚们在会议桌上所决定，密布在石榴裙下的窃听器和温柔之乡的缠绵悱恻，照样起了不可低估的作用。

　　本书从纪实的角度，采撷谍史长河中"美人计"的重要组成部分"美男计"的若干案例，揭露了世界各有关国家一些知名或不知名的这类计谋，向读者展示了从第一次世界大战至20世纪90年代中期，尤其是"冷战"时期以来这方面的一些惊心动魄的谍案，并将之置于间谍斗争的谋略高度来认识，以便使人们从中得到有益的警示和启迪。

　　本书的出版，承蒙有关同志和出版社的诸多关照与帮助，谨此向他们表示诚挚的谢意。

作者
1998. 北京

目　　录

送你一束红玫瑰

在间谍活动中，祭起"美人计"的法宝，利用情欲进行感情讹诈、勒索，迫使对方就范，这是苏联克格勃的主要手段之一。克格勃为此训练了大批色情间谍，其中有以他国男性为进攻目标的女谍，亦有专门引诱他国女性的男谍。这些色情间谍在全世界飞来飞去，且每每得手，西方将他们分别称为"燕子"和"乌鸦"。

1960 年的夏天，一只"乌鸦"闯入了波恩外交部女秘书隆洛·海因茨的公寓，它是克格勃得以接近西德一些防守最严密的部门而安排的性谍报活动。这次活动以一束红玫瑰开始，以海因茨这个薄命女郎在科隆监狱牢房的水管上自缢而告终。

相见恨晚

战后成为西德首都的小镇波恩，从 20 世纪 50 年代初期开始，雨后春笋般的出现了许多部门和政府机关。一大批秘书、助理、办事员、接待员和各种电气设备管理人员接踵来到波恩，而他们当中大部分是女性。她们是被想象中的政府工作迷人情景所引诱来的。到波恩后，她们才发现自己的生活仅仅是围着办公室和沉闷的公寓两点作直线运动，既单调又枯燥。到 20 世纪 60 年代中期，对这一生活感到厌倦和灰心的年轻妇女已近 3 万人。而新型都市波恩自然不能像柏林、伦敦和纽约那样，给她们的社交活动提供丰富多彩而又有趣的夜生活。尤其是大多数女性，她们来波恩是希望能遇到并嫁给有钱的要人。然而，这些人绝大多数已结了婚，他们只是为了满足一时的性欲，才对她们发生兴趣。在这种情况下，如有一个迷人而有修养的未婚男人出现，要想把她们弄到床上去，那是再容易不过的事。外交部女秘书隆洛·海因茨就是在这种背景下，被一只飞行的"乌鸦"引诱上钩的。

那是 1960 年夏天的一个周末下午，从办公室返回公寓的隆洛·海因茨感到寂寞无聊，无所事事，不知如何才能度过这个周末。忽然，公寓的门铃响了。当她小心翼翼地打开门时，看见一位手捧一大束红玫瑰，穿着十分讲究的中年男子站在台阶上，脸上显出一副莫名其妙而又很不安的表情。

"小姐。"当他看了一眼海因茨时，立即打住了话，紧张的神情已开始变得十分窘迫。他结结巴巴地说：

"啊，我的天哪！一定是弄错了。我这样冒冒失失地闯入了你的住宅，太对不起了。请收下这些玫瑰花吧！"

他把玫瑰花伸过去，送给惊奇地看着他的海因茨小姐。同许多未婚女职员一样，海因茨的生活十分死板而又有规律，太缺乏罗曼蒂克了。尤其是一个漂亮的男人，找上门来送玫瑰花，这样有情调的事，那是太难得太难得了。迟疑了一下后，她问道：

"你到这儿来找谁？为什么带这么多可爱的玫瑰花？"

他从口袋里掏出名片，自我介绍说："我叫海因兹·谢特林。至于这些花，我是想……"

看来他是一个有教养的人，说话温和，似乎是由于一场误会，把他推向尴尬的境地。已被好奇心控制了的海因茨，不由得笑着说：

"请进来喝杯咖啡吧。我叫隆洛·海因茨。"

进到屋里的谢特林向她介绍说，他是一个年满40岁的单身男子，从事电影摄影工作。过去因工作而不能在一个地方长期定居下来，现在可在波恩长住下去，因而想找一个妻子。于是一直给报纸上"寂寞的心"专栏写信做广告。几天前，他收到一个女人的回信和照片，按她告诉的地址找到这儿。显然，他成了一个玩笑的受害者。

当他们摆脱这一话题，转向范围更广的谈话时，这位过去全身心投入工作，以致无暇安排个人私生活的未婚保守女性发觉，她已被谢特林所深深吸引。谢特林的面孔虽然显得粗犷，但较朴实，并带有一个能使女人心醉的伤疤。谈话间，她十分奇怪，为什么自己和这个过去毫不相识的人之间，竟有这么多相同的地方，真是相见恨晚。他们一边喝着咖啡，一边轻松愉快而又十分投入地聊着。后来，竟持续了整整一个晚上。这是芳龄35岁的海因茨小姐自参加工作以来，所度过的最愉快的一个周末。当谢特林离开的时候，他们又约定第二天晚上在一起共进晚餐。

羞答答的玫瑰静悄悄地开。也许它开得迟了些，错过了季节，但花苞绽开，依然猩红点点，清香幽幽。海因茨小姐的私生活从此变得丰富多彩起来。她与谢特林一起看电影，参加音乐会，跳舞。然后，在温和的晚风中携手搭肩地沿着莱茵河畔散步，敞开心扉地交谈。每次幽会都能给海因茨小姐留下美好的回忆。

在第一次见面几星期后，他们就成了一对难分难舍的情人。谢特林举止文雅，很会体贴人，而又十分富有男子气。

在相识不到6个月的时间里，他们就结婚了。隆洛·海因茨的朋友都为她高兴、祝福，甚至还多少有点嫉妒。但事实很快证明，这个看起来十分美满的姻缘并不是男女双方爱情的完美结合，而是西德历史上破坏性最大的一次性间谍阴谋。

海因兹·谢特林

为情甘当间谍

谢特林的真实身份是克格勃训练出来的一只乌鸦。他与海因茨小姐从第一次见面，到后来的结婚，都是事先安排好的，根据克格勃的指令进行的。

谢特林的上司是 35 岁的克格勃军官叶夫根尼·叶夫根夫维奇·兰支。这个间谍头子控制着一批在西德的非法活动者。1960 年 1 月，他在莫斯科指示他的得力助手谢特林，要对西德联邦政府进行重要的渗透。

兰支对他说："这里有三个妇女的档案材料，她们在联邦政府里的职务，使她们都可以接近机密情报。你的任务是去和她们睡觉，如果可能的话，说动其中的一个和你结婚。你可以从这些材料里了解到她们每个人喜欢什么，不喜欢什么，她们的兴趣、爱好，以及业余时间的活动。祝你顺利，同志。"

谢特林拿起材料，离开兰支的办公室。在他看完了三份档案材料后，他选择了在外交部担任秘书的隆洛·海因茨小姐为进攻对象。果然不出所料，这位未婚女秘书，很快就落入他的爱情圈套。

海因茨在与谢特林结婚后，几星期之内，就已经知道他是克格勃的间谍。这个曾受过专门训练的乌鸦，掌握引诱女性的各种诡计，能够对海因茨实行巨大的心理压力，并在情感上进行敲诈。海因茨也许是在他施展了各种手腕后，害怕失去丈夫，因而屈服了。不但没有检举他，反而在他的劝说下，为苏联工作了，在克格勃的档案里，她的正式化名叫"洛拉"。

尽管海因茨盗出第一份文件时显得很勉强，又非常提心吊胆，但是随着工作的进一步开展，她再也没有什么心理压力了，有时这种冒险的刺激还能使人产生一种快感。到后来，谢特林将她这种窃密行为简直变成了一门特殊手艺。去外交部上班时，她就带上一个由东德提供的特制手提包，包内隐藏着一个很巧妙的夹层。在上午工间休息之前，她把所需要的密件偷偷塞进这个夹层，然后带回公寓。在她做午饭的时候，谢特林就用莱卡照相机把密件都拍下来。她做完饭了，这些密件又已被塞进那个夹层里，上班时，再由她带回去，神不知鬼不觉地重新放进文件袋。就这样，谢特林夫妇窃取并拍照了三千多份秘密文件。

克格勃收到他们的材料后，也常常给他们下达一些特别指示，告诉他们进一步收集哪些材料，哪些材料是当前最急需的，哪些是暂时不急着要的。下达指示的途径由莫斯科的电台担负。当总部要与他们取得联系时，他们就会播送"探戈舞曲"和"莫斯科郊外的夜晚"等专用乐曲。第二天，谢特林就到事先安排好的"无人交接点"去。在那儿，他得到上级的指示或经费，同时也把自己所获取的情报资料放在那儿，以便让人取走。

如果没有得到莫斯科的特殊指示，谢特林就让自己的妻子去窃取任何看来还算有趣的东西。在他们窃取的几千份材料中，有五十份与北约的秘密项目有特殊关系，有近一千份属绝密材料。1967 年，他们的上司兰支叛逃到西方时，在交代材料中这样描述他们所获得的材料范围：

"他们复制了外交官的个人档案材料和他在外事工作中的任务。这给进一步设置圈套和进行讹诈，提供了一个很理想的开端。由于有了海因茨，在克格勃总部里我们可以事先得知，德国反间谍机构什么时候将要对我们或德意志民主共和国的哪一个谍报人员进行调查。我们得到外交部所有文件的副本，这些文件在归档之前都要经过海因茨的办公桌。这样，我们可以研究来自国外的外交报告。常常是德国外交部长施劳德在波恩还没有机会看到的那些外交报告，我们在莫斯科总部已经看到了。"

玫瑰花的凋谢

自 1960 年谢特林与海因茨结合，到 1966 年他们双双被捕为止，这对间谍夫妻在六年的时间里，源源不断地把各种情报按时送到克格勃总部所在地捷尔任斯基广场。这些情报包括：为检验西德武装力量的战斗准备情况，北约布置的"法拉克斯"和"法拉克斯 66"两次重要军事演习的详细情报；北约防御准备的详细情况；1963 年北约在加拿大举行的一次重要会议的备忘录；西德为了对付苏联、东德间谍而部署的几乎每一个反间谍计划。尤其重要的是克格勃获悉了北约和西德在此期间所有主要的防御计划，发现了北约的秘密导弹中心所在地，以及了解到了在苏联一旦入侵欧洲时，北约所要采取的疏散计划的细节等。

对于情报机关以及它的头头来说，只有在两种情况下他们绝不会嫌情报太多：一是所获取的情报确确实实是准确的，而不是对方提供的假情报。二是他自己派出的间谍并没有投降变节，充当两面间谍。对于谢特林夫妇提供那么多的情报，而且价值又那么高，这就使得克格勃总部内有一部分上司对他们的工作产生了怀疑：联邦德国的反间谍安全机关不可能那么不称职和无能。全靠他们的上司兰支的极力劝说，才消除了这一怀疑，使他们得以继续活动下去。

随着时间的推移，在克格勃总部工作的部分官僚们，对谢特林夫妇过于富有成效的工作又开始怀疑起来。后来，他们还对这对夫妇的可靠性提出了质疑，以致发展到兰支认为他必须回莫斯科总部，去和上司好好谈谈，以便消除他们的所有疑虑。兰支和上司经过长时间的谈话，最后总算有所收获，再次减轻了克格勃对他们夫妇的怀疑。

但令兰支沮丧的是，这之后，克格勃的上司们还对兰支的可靠性产生了怀疑。当他带领全家返回莫斯科汇报时，他们企图把他的妻子和儿子留在莫斯科当人质。这是不祥之兆。兰支在万般无奈的情况下，直接找克格勃头子尤里·安得罗波夫申辩。在获得同意带家人返回西德后，他一到达目的地法兰克福，没过几天就叛逃了。他出卖了他所掌握的间谍，谢特林夫妇就这样被捕了。

谢特林被捕时还有 23 个胶卷没有冲洗。经处理后，发现这些胶卷都拍有秘密情报。由于罪证确凿，他被判处 7 年徒刑。

在谢特林夫妇中，海因茨表现得比较倔强。她在看那些被截获的文件时，脸上毫无表情，并拒绝说出任何表明她丈夫有罪的事情来。后来，她看了丈夫的自供状。从这份直言不讳的供状里，她知道他从来没有爱过她。他们的相遇、结婚，都是按克格勃制订的计划进行的。甚至在他们发生性关系的时候，他也不过是逢场作戏，对她表示的热情也只不过是作为克格勃"乌鸦"责任感的表现而已。这时，她赖以支撑的精神防线彻底崩溃了。她竟和一个从来没有爱过自己的人生活了六年，她是那样不顾一切地全身心投入，结果却是一场梦。在被捕后的第四天晚上，她取下睡衣上的带子，在水管上自缢。当监狱里的官员赶到现场时，她已经死了。

　　一朵迟开的玫瑰花就这样过早地凋谢了。

情侣间谍

1994 年 10 月上旬至 11 月中旬，德国杜塞尔多夫法院审理了一起"北约内部最严重的间谍案"。被告是一对间谍夫妻。女的叫安·克里斯汀·鲍恩，46 岁，英国人，间谍代号"绿宝石"，罪名是协助和包庇丈夫从事间谍活动。男的叫仑纳·鲁波，50 岁左右，德国人，间谍代号"黄蜂"，系东德头号间谍。审理结果是，法庭以叛国罪判处仑纳 15 年徒刑，鲍恩因 1979 年就停止了直接间谍活动，被判处 22 个月徒刑，缓期执行，后又被保释。事后，鲍恩在谈到此事时说："完全是爱情和无知使我落到这一步。"

福星高照的少女

鲍恩出生于英格兰多尔切斯特的一个军人家庭。父亲是陆军少校，具有典型的军人性格，为人十分严厉，对子女管教特别严。在家里，他的话就是命令，没有哪个孩子敢在他面前吵闹，更谈不上违背他的意志了。鲍恩在谈到父亲对她的影响时说："也许，这就是为什么我从来没有自己决定生活命运的原因。"

当鲍恩长到 11 岁时，她和家人一起移居到波尔。尽管她只读了几年书，而且学业也谈不上出色，但由于她天生丽质，长得亭亭玉立、楚楚动人，又有好奇和勇于探索的精神，因而小学毕业后，顺利地谋到了一个秘书的位置。这段时间里，她的生活很平淡，也很规律，但一件意外的事却打乱了她的平静。一天，她偶然在报纸上看到英国国防部招聘秘书的广告。原本就在秘书岗位上的她，突发前往伦敦应试闯世界的奇想。在父亲的支持和鼓励下，她到伦敦去面试。这位美丽可人的少女竟如愿以偿地被国防部秘书培训学校录取了。

青年时期的安·鲍恩

秘书培训学校对她进行了 6 个月的训练，主要学习招待、执行和文件管理等课程。她在后来回忆说："在整个培训期间，记得好像只进行过一次政治教育，内容是有关在发展中国家投资的演讲。"

鲍恩对政治毫无兴趣，同时也从不看报纸，对时事一无所知。整个培训期间，她没有接受任何形式的保密教育。在谈及此事时，她说："唯一的印象是被告诫仔细收好文件上的签名，以便查找。"她记不清教官是否警告过她接近绝密文件的危险。

6个月一晃就过去了。从秘书培训学校毕业后，鲍恩就留在了国防部工作。对这一工作她十分满意，她说：

"我立刻喜欢上了这份工作。在唐宁街上，想想我们和丹尼斯海勒（注：当时的国防部长）同一个门进出，这太令人激动了！所有的事好像都发生在那里，我渴望接近它们。"

由于鲍恩工作认真，勤勤恳恳，待人又热情、和气，因而深得上司的赏识和同事们的好评。在国防部工作了5个月之后，福星又再次高照这位白领丽人。一天，上司突然打电话问她："你是否愿意去布鲁塞尔工作？"

当时，鲍恩只知道布鲁塞尔大概在哪儿，其他一无所知。于是，她就打电话问自己的父亲要不要去。父亲回答很肯定："当然，你必须去。"

就这样，鲍恩从英国跨洋过海来到了布鲁塞尔的北约总部工作。当时，英国军方在那儿有个代表团，由9名军官、4名秘书和2名办事员组成。

触电红狮酒吧

从雾都伦敦来到布鲁塞尔郊外的北约现代化的办公室，鲍恩感到好像进了"度假村"。不久，她就被各国年轻的军官们所包围，舞会、郊游、酒吧，到处可见她的身影。但她最常去的地方是红狮酒吧。也就是在那儿，她遇到了心上人——仑纳·鲁波。

那是1970年的一天，在一个偶然的机会中，他们在红狮酒吧不期而遇。鲍恩在谈到第一次见到仑纳时的情景和心情时说：

"他悠闲地走进了那家酒吧，身上穿着一套鲜艳的法兰绒运动衣，还系着领带，显得潇洒大方。留给我印象最深的是他的络腮胡。在朋友给我们作了相互介绍后，他就马上加入我们的行列。当时，我们之间立刻就有一种触电的感觉。我们谈得很投机。"

仑纳是经济系的学生，但他有广泛的爱好与兴趣，尤其爱看书，涉猎各种学科，知识十分渊博，几乎没有他不知道的。他属于那种同龄人中的佼佼者，因为事发后，一名专家在法庭上谈到他的智商高达140。

随着时间的推移，鲍恩和仑纳的接触日益增多，一种巨大的引力把他们紧紧地拴在了一起。鲍恩对她的这位男朋友佩服得五体投地，完完全全地倾倒在他的博学多才之下。而仑纳也乐于教她，在她面前表现得淋漓尽致。鲍恩在事后回忆起他们那段甜蜜的生活时说："我想他一定非常享受教育我的过程。他喜欢对着为他着迷的人滔滔不绝，这很能满足他的自我表现欲。在婚后头一年，我对他言听计从，几乎到了崇拜的地步。"

郎君原来是间谍

天真的鲍恩怎会想到，她所崇拜的这个仑纳，在他们相识之前，就已被东德情报机关招募，并被派到西方，伺机打入欧共体或北约，进行长期的间谍活动。仑纳正是利用了鲍恩对他的感情，对他言听计从的忠诚，在不知不觉中把她发展成为一名著名女间谍。

仑纳·鲁波是在 20 世纪 60 年代后期被东德情报机关招募为间谍的。

当时，正在美因茨大学求学的仑纳是一位"思想激进的社会主义者"，因而引起了东德情报部门的注意。1968 年，在一次"反越战"的游行示威中，他在街头咖啡馆"偶然"碰到一名叫"库尔特"的中年男子。于是，他们就聊起了政治。由于谈话投机，他们很快就成了好朋友，无所不谈。不久，库尔特向他公开了自己的真实身份：东德国家安全部特工人员，专门负责寻找和招募适合当间谍的人才。

1968 年年底，库尔特陪伴仑纳秘密进入东柏林。在那里，东德安全部门的情报头子接见了他，并让他在一份保证为该机构服务、永远保守秘密的合同书上签字。与此同时，他还接受了间谍活动所需要的技术训练。自那以后，东德秘密情报部门国家安全部的档案中，又新增了一代号为"黄蜂"的间谍。

1969 年年初，仑纳带着东德情报部门"继续完成学业，开创自己的事业"的指示，由美因茨大学转到比利时首都布鲁塞尔求学，伺机潜入北约总部。就在这时，天赐良机，他碰到了在北约英军代表团中当秘书的鲍恩。他略施美男计，很快就把她俘获了。她投入了他的怀抱成了他的妻子，从而也为他开辟了通向成功的坦途。

结婚时，鲍恩随仑纳到东德进行了蜜月旅游。他们被安置在一个很安全、很舒适的公寓里，受到大人物规格的招待。在那儿，鲍恩被顺顺当当地发展成为东德的间谍，代号是"绿宝石"。仑纳又在那儿进一步学习了翻拍文件和如何接受总部无线电通信台的盲发通信。

蜜月旅游回来后，仑纳又带着鲍恩去一家饭馆，会见了自己的顶头上司库尔特和另外两名从东德来的安全部官员，进一步对她的忠贞进行了考察，直到放心为止。

"绿宝石"在行动

开始进行间谍活动时，鲍恩并不觉得有什么不对。"我觉得我们站在正义一方，是为正义而战。"

鲍恩作为英军使团的秘书，自然能接触到北约组织的大部分秘密。在丈夫的要求和指导下，她一次次地把机密文件带回家，让仑纳过目、复印或拍成缩微胶卷。在进行间谍活动中，有几件事给她的印象特别深。

一是与库尔特或东德国家安全部的官员接头，她都感到特别刺激、有趣。鲍恩在回忆同库尔特接头时，作了绘声绘色的描述：

"首先，我在接头地点来回走动，以便确定是否有人跟踪。然后，我们就开始交换眼色，但不能直接与对方交谈，这叫'眼睛接头'，表示看到对方了。接着就是一方跟着另一方向前走，走上一段路或绕上几个圈，再次确定有没有人跟踪。如果还是没发现有人跟踪，库尔特就会走进一家咖啡馆，在一张桌旁坐下。我们随后也进去，坐在另一张桌旁。一会儿，库尔特就会站起来，走向卫生间。随后，仑纳也进卫生间，将胶卷交给他。有时候，库尔特坐一会儿就去玩牌，仑纳假装去看牌，找机会把胶卷交给他。当交接任务完成后，就分别撤离现场。我和仑纳往往去附近的动物园遛一趟，一边欣赏各种动物，一边亲密地交谈。我一生中，从来没有这么频繁地去动物园。"从多次接头中，鲍恩才知道库尔特的真实名字叫海因兹·考米特。

除此之外，他们还每隔 6~8 周，便到欧洲不同的城市进行秘密接头，将拍有机密文件的胶卷交给东德特工人员。为此，他们俩曾到过比利时的安特卫普、荷兰的海牙和阿姆斯特丹、法国的巴黎、德国的波恩和土耳其的伊斯坦布尔等地。

二是接收无线电盲发通信。这一直是他们夫妻生活的重要部分。每周三或周四晚上 10 时，仑纳就要打开收发报机，将无线电台调到总部发报的频率上，抄收五码一组的数字密报。然后，再借助密码本，将密报译成明报。一般情况下，密报的内容是通知下次会面的时间和地点，以及接头暗语、暗号等。但暗语用得最多，如以"亚当"代表"亚特兰饭店"等。该饭店是经常接头的地点。此外，在通常情况下，他们在又乱又闹的地方接头。特别是冬天，他们总是在酒吧或歌舞剧院。

三是拒绝了东德情报机关企图控制更多的人——要求她提供有关同事的个人情况。她认为："我的同事都是我的好朋友，上司和我关系也一直不错。我不愿做任何损害他们利益的事。"关于这一点，库尔特也在法庭上证实确是如此。

1975 年，鲍恩转到北约组织内的计划与政策部门工作，进而能接触到北约各成员国和敌方军界评估方面的秘密材料。1977 年，她又被调入北约安全办公室工作，这是一个负责起草有关恐怖活动的报告和负责文件安全的部门，其涉密范围更加广泛。

正当鲍恩在东德情报机关大显身手的时候，1979 年，她怀上了第一个孩子。这时，她才感到："我在一夜之间像是变了个人。我意识到有了孩子，我就不该再冒险。他们才是我们真正的责任。"于是，她决定洗手不干，跳到圈外。而且她希望仑纳也能悬崖勒马。本来，他们结婚后从未吵过架，但为这事俩人却吵了起来。

其实，仑纳也很希望鲍恩退出间谍生涯，但他担心东德情报机关的上司不同意，进而对他们产生怀疑。事实上库尔特一直逼着鲍恩提供更多的情报。但她已下决心不再干这一行。正当双方为此相持不下时，鲍恩却又一次遇到良机，使她得以走出困境。这时，她被调进北约安全委员会办公室工作。于是，她告诉库尔特，在这一岗位上，搞间谍活动是很危险的。但他根本不相信。最后，还是在仑纳的竭力说服下，他们才同意鲍恩留在那个位置上，一旦有安全检查，她就可以及时向他们发出预告。从此以后，鲍恩才不再直接从事间谍活动。

自 1972 年至 1980 年，鲍恩经仑纳的手，为东德情报机关提供了大量的北约组织的绝密情报，这些情报最后都落入华约成员国和苏联克格勃的手中。

拍卖北约

仑纳大学毕业后，曾先后在几家私人企业中供职，其情报来源主要靠鲍恩提供。

东德情报机关本来计划将他打入欧共体。但在 1979 年，他却进入了北约经济委员会，并在经济处找到了一个"合适的工作"，担任国家状况报告员。这样，仑纳不仅能处理各类情报数据，还可调阅处于严格保密之中的北约防御计划、安全保障措施文件和标有"绝密"字样的军事训练状况分析，以及对华约势力分析的报告等。这正是他的用武之地，也是东德情报机关求之不得的事。仑纳在这一岗位上大展拳脚，将他能接触到的每一份文件都翻拍下来，送给了东德的情报机关。

由于仑纳夫妇都在北约敏感部门工作，加之北约组织内部的安全漏洞，因此他们得以长期隐藏下来而不被发现。据事后查证，他们向东德情报机关所提供的情报范围之广、数量之多、密级之高，超过了过去任何一个间谍，是北约历史上危害最大、时间最长的一起间谍案。据不完全统计，仅在 1977 年至 1989 年的 12 年时间里，仑纳夫妇就为东德情报机关窃取了近 1740 份秘密文件。这些文件涉及北约各成员国包括核武器在内的武器研制计划和进展情况，战时北约核武器使用的战略，北约警报系统，军队扩充及其人员的武器装备和数量，军队演习结果的分析报告，战略防御计划，里根时期美国政府的战略导弹防御计划，北约通信系统，北约各成员国安全机构计划中的或正在执行的行动状况，以及间谍案审理情况等重要情报。这些被称为"北约太空机密"的超级机密，均被他们出卖了。

除此之外，他们还向苏联提供了北约专家撰写的《苏联入侵阿富汗后华约军队发展展望及其布防形势的报告》，关于中国、古巴和尼加拉瓜等国情况的报告。这样，就使华约组织掌握了北约对敌方的情况究竟知道多少。

北约已被仑纳夫妇出卖得所剩无几，一位了解内情的北约高级官员在谈到此事时说：

"一旦战争爆发，这些文件就会变为华约手中的无价之宝，而对北约的损失将是灾难性的。"

仑纳夫妇为东德及华约提供如此之多的北约重要情报，他们自然也从中得到了不少好处。东德情报机关每月付给他们 3000 马克，约合 1000 英镑。另外，在他们的第一个孩子出世以后，还为他们支付了保姆的全部工资，以便鲍恩能及早上班搜集情报。

然而，尽管这对间谍夫妇隐藏很深，长时期未被发现，但最终还是被挖了出来，并被判刑。

1989 年以后，东欧地区发生了巨大的变化，继而苏联解体，华约解散。就在东德被统一，社会党下台的前几个星期，一名国家安全部的官员因受到生命威胁而叛逃到西德，并且告诉西德反间谍机构的同行，在北约的心脏里隐藏着一男一女两名间谍。西德人听后大吃一惊，立即派专人进行调查。他们进而又在查获的前东德的秘密档案中，进一步发现了线索。经过 3 年的周密侦察，终于使案情大白于天下。由于当时仑纳夫妇远在比利时，德国人不能立即逮捕他们。

1993 年 7 月，仑纳一家离开比利时，返回德国为其母亲过生日。一天，鲍恩正在给女儿洗澡，她的婆姆匆匆跑上楼来对她说："来了几个人，说是联邦刑事侦查局的，他们要见你。发生了什么事？"

"我立刻出了一身冷汗，但我对她说我不知道是怎么回事。我又接着给小孩洗澡，安排她在楼上睡觉后才下楼。楼下有三个便衣警察，一个女的，两个男的。我听到丈夫说，他不知道他们在说什么。"鲍恩事后说。

仑纳夫妇随后被带到了警察局，并接受审问。鲍恩随即被关进了海德贝尔格监狱。两个月后，她被保释出狱。

乌鸦栖落白桦树

"最成功的间谍是最不引人注目的。"这是英国谍报大师沃尔辛厄姆所说的至理名言。东德女间谍霍恩斯卡娅的谍报生涯，使这句名言再一次得到证实。作为女人，她的确不引人注目。但作为间谍，她却硕果累累。正是她那不引人注目的一面，掩盖了她成功的一面，使她能轻而易举地过关斩将，在谍报领域中自由驰骋，平安地在西德联邦政府的心脏里潜伏十几年。若不是克格勃内部负责协调与东欧各卫星国情报机关关系的高级官员彼留金的叛逃，她或许会永远潜伏下来。

被异性遗忘的女人

佳莉·霍恩斯卡娅太平淡了，长得实在平淡乏味。

她从记事时起，就知道自己不被人注意，尤其不能引起异性一点儿兴趣。在秘书学校学习时，女伴们说她太正经，没有男生对她表示出丝毫爱意。为了引起男生的兴趣，她也向同伴们讨教过。

尽管女伴们向她传授了引起异性注意的方法，但一直到毕业，还是没有一个男生跟她约会过。不仅如此，而且有几个放肆的男生在背后议论她，话传到她耳朵里，使她伤心透顶，差点没昏过去。

"瞧她那模样，跟剥了皮的白桦树似的。"

"一看见这样的丑小鸭，我就得阳痿。"

尽管如此，她在哀伤之余，仍存一丝侥幸心理：或许毕业后，找个体面的工作，买几套时髦衣服穿上，情况会有所改变。谁知，毕业后情况非但没有改变，反而更糟糕。

毕业时，学校推荐她在慕尼黑市的一家公司当营业主任的秘书。而年富力强的营业主任需要一个女人，胜过需要一个秘书。显然，她不是他所需要的女人。于是，她就交了辞职书，离开了慕尼黑，辗转到了法兰克福。她在一个公共关系服务中心又找到了秘书的差事，但生活依然不顺心。当她在报纸的广告上看到联邦德国首都波恩的政府机关里急需大批女秘书时，立刻就动了心。

由于历史原因，第二次世界大战后，波恩这个只有 3 万人口的小镇，一夜之间便因成了西德首都而热闹起来。政府机关林立，各种各样的建筑如雨后春笋般冒了出来。但因原是一个默默无闻的小城，且交通不方便，服务设施不完善，因而使得一些原来在大城市里享福惯了的绅士太太们，担心受不了苦而不愿来这儿。政府机关空额很多，只有那些想碰碰运气的人才跃跃欲试，霍恩斯卡娅就在其列。她顺利地通过了考试和审查，被联邦军需供应部录用了。

然而，对于霍恩斯卡娅来说，波恩也不是天堂。别处有的恶风陋习，这儿也有。别处所缺的人情味，这儿也一样缺。当她穿着妈妈传给她的风雨衣，提着小旅行箱来到波恩，踟蹰街头，向行人打听去军需部的路线时，10个行人中起码有8个绝不会多看她一眼。行人匆匆回答她的问题后，又匆匆地赶路去了。第一印象就使她异常伤心，也使她暗暗失望。既没出现她期望中的"热情欢迎"，也没有发现幻想中的羡慕和多情的目光。要知道，她来波恩不仅想求得事业上的成功，还要实现她在日记中写的"领略一下女人的自我存在价值"，即想品尝一下被男人们注意的滋味。

霍恩斯卡娅工作勤勉，十分出色，赢得了同事的尊敬和上司的器重，但仅此而已，她始终没有赢得别人的友情，更没有博得异性的丝毫好感。长期以来，霍恩斯卡娅茕茕孑立，形影相吊，除拼命工作外，就是守着寂如灵堂的公寓默默地打发日子。无数个夜晚，她在床上辗转自语：

"作为一个女人，我不求扬名天下，不图富贵荣华，只求被当作一个女人，一个真正的女人，难道上帝连我这个权利也要剥夺了吗？"

点燃的女性烈火

没有，上帝永远不会忘记女人的。正当霍恩斯卡娅为要做一个真正的女人，为争取女人权利而伤透脑筋、苦不堪言的时候，仁慈的上帝已把爱箭对准了她，悄悄地为她送来了白马王子，使她饱尝了做女人的滋味和欢乐。

那是1973年春天的一个傍晚，年已36岁的霍恩斯卡娅处理完公务缓步回家。当她心灰意懒地步行在格林滕斯街（即情人街，当地方言中，"格林滕斯"就是情人的意思）上，看着一对对幽会的情人，尤其是两个如胶似漆的年轻人，在长椅上搂抱成一团的情景，顿时从心底把那股情潮勾了上来：

"不知这是啥滋味。"

"这滋味一定不错！"

突然，传来了奇怪的呻吟声。她加快了脚步，既不敢看，也不敢听。

这时，她看见前面一个手拿纸条、衣着整齐的男人四处张望。

"如此惴惴不安，一定是失约了。"她迅速作出判断。

当她匆匆掠过他身边时，下意识地扫了他一眼：30来岁，或许40岁，头发挺整齐，脸上也刮得挺干净，眼神有些拘谨，说不上风度翩翩，但也有几分魅力。

"像个银行职员，或者科长一类的政府小官员。"转念间她已走出三四步。

"对不起，夫人，我能打扰您一下吗？"一个彬彬有礼的声音从身后传来。

"哦，您是和我说话吗？"

"对，哦，不是这样。"他显然有点紧张。

"像是个规矩人。"她从书上得知那些不善交际、为人诚实、厚道的男人都是这样。

当他向霍恩斯卡娅打听格林滕斯街"红茶"公寓得到否定的答复后，自言自语道："唉，天哪，我又上当了！女人啊，你们为什么要这样？今天可不是愚人节啊！"

接着，他把从报纸或杂志上剪下来的征婚启事递过去，让她看：某某女郎，正值妙龄，容貌秀丽，欲觅诚实、厚道男子为伴（年龄不限），有意者请与波恩南区格林滕斯街"红茶"公寓 502 室联系，云云。

"这儿肯定没有'红茶'公寓。"不知怎么，她有些同情这个男子。

"上帝为什么要这样捉弄人，我可是从汉诺威专程赶来的啊！而且这是第三次了。"

"你是说你已经第三次这样上当了？"

"嗯。头一次在慕尼黑，第二次在汉堡，今天又……这可是波恩，我们的首都。她们为什么要这样捉弄人？"他既像问自己，又像是问她。

在后来的交谈中，霍恩斯卡娅发现这人的一言一行，无不表明他是一个受过良好教育而又知情达理的男人。从交谈中，她得知他叫冯·克里斯托夫，在汉诺威第一储备银行工作。她为证实了自己的最初判断而暗暗高兴。接着，她也介绍了自己的姓名、工作单位与身份。当他为感谢她的帮助，并对耽搁她的时间表示歉意，邀请她喝咖啡时，她接受了他的邀请，跟着他迈向咖啡厅。他俩的脚步就这样在温馨醉人的夜色中越走越远……

从此，霍恩斯卡娅有着 19 世纪欧洲田园风光色彩的爱情生活开始了。她变得年轻了，活泼了，青春似乎又回来了。她心头早已熄灭的女性自我感觉之火，又熊熊燃烧了起来。而点燃这情火的正是冯·克里斯托夫。

在相识了 25 天零 3 小时后的一个宁静、柔情的夜晚，他们又在女主人公寓里的起居室内沙发上相对而坐。芳香的白兰地伴着袅袅的乐曲声，是那样地撩拨人心，霍恩斯卡娅沉浸在幸福、甜蜜的回忆中：难以忘怀的 25 天零 3 小时！他总是那样含情脉脉，时而用他那双热情洋溢的眼睛久久地盯着她，时而又给她讲银行里的奇闻趣事，要不就追忆他在巴伐利亚森林中度过的惊心动魄的童年……哦，我亲爱的正人君子，除了讲话，难道你就不想干点别的吗？她心底的激流在奔涌……

这夜，霍恩斯卡娅渴望已久的时刻终于来到了！当四片滚烫的嘴唇紧贴在一起的时候，两行热泪哗哗地从她紧闭着的眼帘下涌了出来。

当这一切平静下来时，沉溺于初次接触那种品味中的霍恩斯卡娅，带着不无担心的口吻问道：

"你，你不厌恶我？"

"哦，小宝贝，我只觉得自己力能撼山。"

"谢谢，你到底使我成了一个女人。"热泪又开始从她的眼睛里涌了出来。

"一个无与伦比的女人。"黑暗中他又轻轻地加了一句。

"真的？"她如醉似狂……

半个月后，他们名正言顺地结婚了。

最成功的女间谍

冯·克里斯托夫不但使霍恩斯卡娅成了一个真正的女人，还要把她变为一个长期潜伏在联邦政府里的最成功的间谍。其实，霍恩斯卡娅过去的 36 年历史，早就详细地记载在东德安全部的档案卡片里：

"佳莉·霍恩斯卡娅，女，未婚，无党派，西德联邦军需供应部机要秘书，地址：波恩南区格林滕斯街 8 幢 463 室……"

不仅如此，而且还对她的心理特征进行了透彻的分析：

"典型的受压抑老处女孤独症，但尚无反常行为。其貌不扬，甚至算得上丑陋，不受异性注意，情场不顺利，或者就根本没有进过情场。但是，像这类对自己的容貌失去信心的老处女心底，通常蠕动着岩浆般的炽烈感情，一旦奔涌而出，势不可当，关键在于如何诱发这股岩浆，并攫住它……"

新婚不久，霍恩斯卡娅的档案卡片中又多了一份材料：

"毫无疑问，她的感情闸门已被我打开。这个开关也完全掌握在我手中……

按预定计划，第一阶段必须最大限度地触发她埋藏已久的情感，使她尝到甜头，并深深地陷进去。这一步看来已完成。现在我要开始对这股汹涌的情感稍加'调试'，让它朝我指定的方向流去……

基·哈里沙"

霍恩斯卡娅怎会想到，材料最后签名的基·哈里沙就是她的如意郎君冯·克里斯托夫。他原来是对方派来引诱这位女秘书上钩的乌鸦。深知在波恩"乌鸦"比"燕子"更能施展身手的东德情报机关，用哈里沙这只乌鸦轻而易举地钩上了这位女秘书。他们在格林滕斯街上的春夜邂逅，以及后来的结婚，都是精心策划的结果。

控制了霍恩斯卡娅情感的克里斯托夫，决定实施第二阶段计划，让它朝自己指定的方向发展。于是，他编造了去世的父亲留下一笔巨额而要命的债务要还的谎言。霍恩斯卡娅在看了黑社会给他的一封杀气腾腾的匿名信，并索要她办公室的文件资料，又听了克里斯托夫为了不拖累她，而要与他们拼了的甜言蜜语后，深深地陷入了矛盾之中：依吧，触犯国家法律；不依吧，丈夫性命难保。

思前想后，霍恩斯卡娅的理智防线彻底崩溃了。她开始埋怨自己：

"我太自私了！我为什么就不能为他做出点牺牲？更何况这不一定就是牺牲，或许还有欢乐。"

办公室有的是文件资料，丢一两份别人也不一定察觉。终于，在一个周末，她从办公室里带出了一份有关国防军后勤供应系统的机密资料复印件。她既然已迈出了第一步，随后就越走越远。从此，联邦军需供应部里的机密、绝密情报，便源源不断地流向东方。

霍恩斯卡娅在从事间谍生涯中，到底盗走了多少情报，联邦政府到底受到多大损失，这一切除了她自己和她的上司外，别人无从知道。这当中，光是人们知道的两件事，就足以证明她的业绩是无与伦比的。

一件是联邦政府称之为 KA－24 号的秘密。这是联邦德国为应付战时紧急状态而修建的一个政府地下指挥中心。副部级以下官员进入该指挥中心需要联邦宪法保卫局的特许，而霍恩斯卡娅已进了好几次，而且有一次还是跟部长一块儿去的。

这个指挥中心修建在波恩西郊 36 里开外，一个位于古河谷的葡萄园地下 312 米处。当从低矮而又坚固异常的入口处进入这个地下世界时，人们将看到一个钢铁和混凝土的天地。首先，映入眼帘的是为防原子武器攻击而设计的混凝土、钢甲、特种橡胶三道门。接着是一条 50 米长的倾斜通道。一组电梯将根据人们的身份和使命，把他送往地下深处。下分 4 层，有豪华至极的国家元首、政府首脑的套间，也有狭小的士兵统房。有装满电子通信设备的现代化作战指挥中心，也有自行车运动场、滚木球娱乐室。至于那底层仓库里的储备物资就更不必说了，当时批准建造这个地下中心的政府首脑曾说："假如爆发核大战，我们起码应当在里面活上两年。"由此，其工程之庞大、耗资之惊人可想而知。这里面的一切毫无疑问都是绝密的。而正是这个绝密的地方，一个东德女间谍已进去了好几次，那还有什么秘密可言？

另一件是从军需部泄露出去的"虎鲨"绝密工程蓝图。这是北约军火专家专为西德边界而设计的一种新式"武器"，全名是"高能液态炸药管道网"，专门用来对付东方集团强大坦克的冲击。北约专家计划用这种埋在地下的炸药管道网，在需要时将地面炸出一道 15 英尺深、40 英尺宽的防坦克鸿沟，以阻挡汹涌而来的钢铁洪流。就技术而言，这是完全可行的。但考虑到政治风险，最高当局顾虑重重，踌躇再三。就在这关键时刻，它被泄密，其命运和造成的影响是可想而知的。

为此，当局决心查个水落石出。军需供应部 9 名成员都有嫌疑，都应受到审查。但查来查去，就是没有查被人们背后称为像"一块不折不扣的橡树皮"的霍恩斯卡娅。她轻而易举地过了关。她继续平平安安地在联邦政府的心脏里活动着，大肆盗窃机密，一次次过关。要不是克格勃的高级官员彼留金叛逃，也许，她永远不会暴露。

彼留金专门负责协调与东欧各卫星国情报机关关系，参与策划小兄弟们所有重大的对外行动。1985 年 8 月 20 日，他秘密地去了布拉格，按计划 22 日将到索菲亚。但 21 日晚，他突然神秘地失踪了。经查证，他已化装飞往英国伦敦。他知道得实在太多了。他的叛逃，意味着将有几十甚至上百名克格勃鼹鼠落网。唯一能减少这一损失的办法就是撤退。于是，半个欧洲惊动了。在那个炎热的夏天，欧洲乃至美洲，均刮起一股令人目眩的"失踪"风。

本文的主人公霍恩斯卡娅，24 日晚处理完文件，但在 25 日早晨，突然神秘地出现在东德的记者招待会上，要求"政治避难"，把"失踪风"推向了新的高潮。

霍恩斯卡娅走了，但东方的大群乌鸦仍在波恩盘旋、寻觅，下一次又将落在谁的身上呢？

情迷女船王

20世纪70年代末，克格勃利用美男计企图控制希腊女船王克莉丝蒂娜·奥纳西斯的阴谋，曾使世界为之一震，影响巨大。西方国家花了很大力气，才使女船王猛醒，从情网中挣扎出来，得以结束这桩以政治为目的、以色情为手段的婚姻。

女船王的婚事

希腊老船王奥纳西斯拥有世界上最大的原油航运企业——希腊油船队，其总吨位达500余万吨，其中有上百艘万吨级以上的油轮，资产价值总计在10亿美元以上。该船队担负着把中东的原油运往世界各地的任务，美国、日本、德国、英国、法国等主要东西方发达国家从中东进口的大量石油均由其承担，因而对它依赖性很大。正因为该船队具有如此举足轻重的地位，它也就自然成了西方发达国家和苏联觊觎的对象。它们都想利用或控制这支庞大的油船队，但又都无从下手，只好等待时机。

机会总算来了。1975年3月15日，老船王奥纳西斯一命呜呼，而其财产的唯一继承人只能是女儿克莉丝蒂娜。因为尽管老船王生有一男一女，但儿子亚历山大早已于1973年1月，在一次乘坐私人飞机时命丧黄泉。

克莉丝蒂娜·奥纳西斯继承10亿多美元的资产后，真正成了大名鼎鼎的女船王，而且还是世界上最富有的女人。但她当时正值青春妙龄，而又在与丈夫闹矛盾，婚姻问题是她最感到头痛的问题。克格勃看准这点后，决定在这一问题上下些功夫与本钱，把年轻的女船王控制起来。

平心而论，克莉丝蒂娜作为一个年轻女人，相貌平平。又由于父母缺乏感情过早地离婚，使她从小就没有得到很好的爱抚和教养，因而养成了一种乖僻放纵、目空一切、喜怒无常的性格。然而，就是这么一个女人，她的婚姻却与整个油船队紧密相连，并为世人所瞩目。

早在1970年，老船王奥纳西斯就向世界宣称：

女船王克莉丝蒂娜·奥纳西斯

其女儿和希腊另一家大航运公司的继承人俾斯奥杜已正式订婚。从这门婚事上，人们不难看出老船王要把女儿的终身大事，也纳入他发展油船王国的轨道上来。

然而事与愿违，克莉丝蒂娜对父亲包办的这门亲事从一开始就采取排拒的态度。她没有把年轻有为而又风度翩翩的俾斯奥杜放在心上，在感情上始终激发不起对他的爱。1971 年夏，克莉丝蒂娜竟违背父命，下嫁给美国的一个年近 50 岁的地产商布克。这样一来，老船王的计划全给搞乱了，一怒之下，老船王也采取了极端办法，把每年给克莉丝蒂娜的 7500 万生活费用全部断绝。一向娇生惯养、挥金如土的克莉丝蒂娜万万没想到父亲会来这一手，顿时感到手足失措。在父亲的威逼下，她只好于当年的 12 月 12 日宣布与布克离婚。克莉丝蒂娜的第一次婚姻就这样夭折了。

第二次婚姻也是在维持了几个月后告吹的。1973 年 1 月，老船王唯一的儿子亚历山大因乘坐私人飞机失事而丧命，他因此大病缠身，一蹶不振，长期卧床。

1975 年 2 月，生命垂危的老船王，仍念念不忘与实力雄厚的俾斯奥杜船运公司合并，扩大油船队，并要求女儿克莉丝蒂娜答应嫁给俾斯奥杜。看着即将离开人世的父亲，克莉丝蒂娜百感交集。想到父亲的养育之恩，为了能让他不带遗憾地离开人世，她狠了狠心，同意了这门亲事。

3 月 15 日，老船王在得到女儿的回答后，心安地离开了人世。不久，克莉丝蒂娜就与俾斯奥杜结了婚。

对于这门婚事，克莉丝蒂娜本来就一千个不愿意。勉强遵奉父命结婚后，她也只和俾斯奥杜维持着貌合神离、同床异梦的夫妻关系。这样违心地结合几个月后，她又突然单方面宣布与俾斯奥杜解除婚约。

当时女船王克莉丝蒂娜年仅 24 岁，尽管两次婚姻都以失败而告终，但像这样一位女船王，担负如此重要的航运业务，其婚姻已成为世界关注的大事。而克格勃在掌握上述情况后，捷足先登，抢在西方各国情报组织的前头，妄图利用色情间谍，拉拢住克莉丝蒂娜，达到打击西方的目的。

精选谈判高手

苏联对希腊油船队早已虎视眈眈，企图控制这支油船队原是蓄谋已久的既定方针。目的一旦达成，就可以进一步通过各种途径控制中东石油的出口，削弱西方各发达国家对中东石油的依赖，进而搞乱搞垮其飞速发展的工业，制造内乱。这不能不算是在东西方争霸中，一个举足轻重的筹码。为此，苏联当局密令克格勃，要不惜血本想方设法与克莉丝蒂娜拉上关系，而且要动用一切手段来控制她，把她当作苏联的筹码，为苏联的战略目的服务。

但长期以来，由于希腊油船队与西方各发达国家业务联系比较多，因而关系也十分密切，这点对苏联是极为不利的。为此，他们采取了双管齐下的办法。

一是寻找突破口。尽量多掌握一些希腊油船队，尤其是女船王克莉丝蒂娜的情况，以便使用最佳捷径控制女船王。他们通过调查了解到，克莉丝蒂娜坐上女船王的宝座后，尽管老船王在临终前妥善安排了一些忠实可靠的同事、专家来帮助她，处理具体业务，但克莉丝蒂娜还是挑起了经营船队业务的重担，边学边干，在希腊比雷埃夫斯的办公室里坐镇指挥，并经常出入设在美国纽约的航运公司总部。在遇有重要业务时，还时常亲自出马。这些情况对克格勃来讲很重要。因为，一旦时机成熟，他们抛给克莉丝蒂娜一个诱饵，她就会亲自上钩咬食，这样钓住她的可能性就很大。

二是等待时机。真是心想事成，时机终于很快就被他们等到了。1976 年，世界爆发了石油危机，中东各产油国接连不断地宣告石油减产。克莉丝蒂娜的庞大油船队因此而生意清淡，无油可运，业务受到严重影响。这给克格勃提供了千载难逢的绝好机会。他们经过密谋后，认为利用克莉丝蒂娜急于寻找出路、扩大业务的心理，适时向她抛出诱饵，不怕她不上钩。于是，苏联当局指令苏联航运公司和希腊油船队谈判租用 5 艘大型油船的事宜。

克莉丝蒂娜接到苏联航运公司想租用大型油轮的电报后，心中十分高兴。一旦达成租赁协议，就可大解燃眉之急。于是，她立即拿定主意，要尽力促成这笔买卖。为了显示自己的经营才能，她不顾各方的劝阻和反对，决定亲自与苏联航运公司谈判，地点就在莫斯科。

克莉丝蒂娜的这些举动，正中克格勃的下怀。他们接到她的答复电报后，经过一阵紧张而忙碌的研究，一致认为：要想通过谈判和克莉丝蒂娜拉上关系，并设法和她增进感情，使她坠入情网，进而争取和她建立婚姻关系，达到控制她，为苏联所用的目的，应选择一个精通航运业务的人。因为克莉丝蒂娜不仅是一个年轻的女人，而且更是一个事业心极强的大企业家。在对待自己的感情与婚姻问题上，无疑要受事业的左右。如果只选身材魁梧、相貌堂堂而不懂业务的美男子与她接触、调情，恐怕难以使她倾心。这位女船王走南闯北，跑遍世界各地，接触的美男子不计其数，也没见到她对谁倾心相爱。就连风度翩翩、年轻有为的第二任丈夫，她说离就给离了。更何况如果只选一个英俊小生，也没有恰当的理由安排他和女船王进行接触。

最后，克格勃总算物色到一个非常合适的人去与克莉丝蒂娜谈判，他的名字叫谢尔盖·高佐夫。此人 40 多岁，曾受过专门的特务训练，尤其在色情学校训练时，成绩特别优秀。他精通男女之事，调情手段极其高明，能根据不同的女人，采取灵活多变的手法去打动女人的心。尽管他个子不高，相貌一般，但两眼炯炯有神，善于通过眼睛表达对女性的渴求，常常使女人在他的眼神下倾倒。不仅如此，他在穿着上也十分考究。更能让女人倾心的是他谈吐风雅，精明干练，往往能给人留下难忘的印象。当时，谢尔盖·高佐夫的公开身份是苏联航运公司的业务副主管，还有一个航运专家的头衔，对航运业务非常精通，反应敏捷，是一个名副其实的谈判业务与引诱女人的高手。派他去对付克莉丝蒂娜，克格勃将稳操胜券。

迷人的航运专家

1976 年 10 月，经过一系列准备后，女船王克莉丝蒂娜率领人马来到了莫斯科。苏联航运公司在克格勃的授意下，把他们当成贵宾进行了隆重的接待。航运公司总经理在致欢迎词时，对克莉丝蒂娜本人进行了十分得体的赞扬，褒奖奉承恰如其分，使女船王听了心里感到特别舒坦。接着又频频举杯敬酒，表示了亲密合作的诚意。当天晚上，还特意安排他们在莫斯科大剧院贵宾席观看芭蕾舞《天鹅湖》。这一系列活动，无疑给第一次进入苏联的女船王，留下了十分满意而难忘的印象。

更让克莉丝蒂娜开心的是第二天便进入谈判。当双方代表落座后，她惊奇地发现坐在她对面谈判的苏联主角，竟是一个其貌不扬、身材矮小的中年人。但他在一大群人高马大的代表中却显得十分精明潇洒，严肃中含有笑意，精明中不乏风趣，粗犷中充满细腻，他就是高佐夫。这时，高佐夫的矮小身材在克莉丝蒂娜的眼里不仅不是什么缺陷，反而给人一种新奇感，使人觉得很特殊。应该说，克格勃这一手是相当高明和成功的，女船王一见到高佐夫就产生了一种好奇的感觉，并对这位谈判对手给予了更多的注意，克格勃收到了预期的效果。

谈判一开始，双方代表就进行实质性会谈：对希腊油船的吨位、船况、性能、租用时间、租金、租用手续、船员安排、行驶航线，以及海关限制等诸多方面的问题，进行了广泛而细致的商讨。双方讨价还价，互不让步。

在这一系列问题上，最引人注目的是高佐夫。他对所谈判的问题不但十分熟悉，而又非常在行，对问题的理解既深刻中肯，又能以丰富的航运知识和航行经验，结合租船的具体情况，进行深入细致的探讨。该坚持的坚持，该让步的让步，恰到好处。坚持时语调和缓，有理有据，让对方心悦诚服，在不知不觉中接受他的观点。该让步时，他充满友谊，不卑不亢，充分显示出对希腊朋友的尊敬和理解。在整个谈判中，高佐夫自始至终处于主导地位，是人们关注的核心人物。他思路清晰，语言简洁、明了，并能切中要害。时而慷慨陈词，时而幽默风趣，开个适当的小玩笑；时而严肃坚定，时而微笑友好，表现出十足的灵活性，又不失时机地为自己国家的利益据理力争。

高佐夫在谈判中的一切表现，让女船王十分钦佩。自她主管希腊油船队一年多以来，大大小小参加过许多业务谈判，还没有遇到过一个像高佐夫这样头脑冷静、知识丰富、反应敏捷、态度优雅的谈判对手。这个矮个子才是她遇到的第一个真正精通航运业务而难对付的谈判高手。高佐夫的所作所为，不仅在克莉丝蒂娜的脑海中留下了深刻印象，而且使这位年轻女船王在心灵中产生了好感，认为这个矮个子很有意思，把如此重要的谈判变成这么轻松愉快的交谈，使她感到特别受用。

几小时的谈判结束了，双方最后顺利地达成了满意的协议，都感到今后合作前景美妙，心情十分舒畅。尤其是克莉丝蒂娜和高佐夫两位主角的欢快，更是不言而喻。他们不仅看到了谈判的成果，而且通过这次谈判，他们互相都有了深层的了解，博得了对方的好感，似乎感情的距离也越拉越近了。

当天晚上，高佐夫又不失时机地特意赶到克莉丝蒂娜所住的宾馆，进行专程拜访，向女船王表示友好，表示谢意，庆贺合作成功。在这一活动中，他有意无意地向女船王献献殷勤，并不时地投出含情脉脉的目光。

克莉丝蒂娜也以主人的身份热情款待了他。女船王在与高佐夫交谈时，容光焕发，谈兴颇浓。他们两人在谈到有意思的地方时，不时地发出爽朗而无拘无束的大笑。当他们两人谈兴正浓时，高佐夫又恰到好处地很有礼貌地站起来，准备告辞。轻松愉快的交谈，已使女船王对高佐夫十分倾心，对于高佐夫即要离去，女船王从内心产生了恋恋不舍、相见恨晚的感觉。

翌日下午，出于礼节，克莉丝蒂娜对高佐夫进行了回访。自然，这是一种讲得过去的借口。而实际上，这位女船王从内心深处已隐隐约约地怀有急于见到高佐夫的愿望。要知道，她毕竟还是一个二十几岁的年轻女人，处于这种年龄段的女子，渴望与自己倾心的男性接触的心理欲望自然是很强烈的。

他们这次见面大有老朋友久别重逢的感觉，谈话兴致更浓，也更随便。什么女人的服饰呀，女人的性格与风度呀，女人的美容与化妆呀，女人的文化修养与情趣呀，女人的礼仪与社交呀，不一而足。其间，高佐夫借斟酒之机，顺势大胆地紧靠克莉丝蒂娜坐了下来，并借酒盖脸，在谈话中时常辅以动作，有意无意地去接触女船王的身体。

对此，克莉丝蒂娜不但不躲闪，反而红光满面，大有来者不拒之意。应该说，此时此刻的克莉丝蒂娜已经被高佐夫挑逗得有些魂不守舍，完全忘记了自己世界女船王的身份，很像一个年轻女子沉浸在与自己情人的幽会中，充满了快乐与幸福。

自这以后，克莉丝蒂娜又与高佐夫单独幽会了几次。他们的感情随着接触次数的增多越来越深。

本来谈判任务圆满结束后，按照原计划，克莉丝蒂娜该回国了。但这位女船王因遇到了心上人，故临时决定再在莫斯科逗留几天。自然，苏联当局求之不得，他们对克莉丝蒂娜作了精心的安排，并专门安排高佐夫形影不离地陪着她游山玩水，调情逗乐，使女船王更加心满意足。

至此，克格勃实施美男计的第一步计划取得了圆满成功。

在感情与事业的天平上

自克莉丝蒂娜离开莫斯科回国后，克格勃探听到她在巴黎有一座寓所，而且大部分时间都住在那里。为了巩固和发展高佐夫与克莉丝蒂娜建立起来的感情，使他们有机会进行经常性的接触，克格勃经过密谋后，决定让当局将高佐夫派往法国，担任苏联航运公司驻巴黎的全权代表。

高佐夫到达巴黎后，克莉丝蒂娜喜出望外。从此，他们的来往十分方便与密切，高佐夫经常出入于克莉丝蒂娜的住处，频频幽会。

高佐夫与克莉丝蒂娜的频繁约会引起了法国当局的高度警惕，其反间谍机构在摸清高佐夫的政治背景情况下，派出精兵强将对高佐夫进行监视和跟踪，很快了解到他们的私情。此事对法国震动不小，他们认为有必要将这一情况向其他西方盟国通报。

西方各有关国家获知法国通报的消息后，对此都感到十分忧虑与焦急。克莉丝蒂娜所掌握的油船队对西方国家的能源供应有生死攸关的直接利害关系。一旦克格勃控制了女船王，后果将不堪设想：西方国家的石油需求、市场价格波动、战略石油的储存、运输渠道等诸多方面的情报，完全有可能被克格勃轻而易举地窃取。鉴于此情的重要性，西方各有关国家均对女船王进行了规劝，提出了忠告。但是，深陷情网的克莉丝蒂娜对此毫不在意，我行我素，仍然对高佐夫一往情深，沉浸在恋爱的幸福与甜蜜中。

克格勃听了高佐夫的汇报，了解到克莉丝蒂娜已深陷情网难以自拔，他们便抓住时机与火候，于1978年突然把高佐夫调回莫斯科。这样做的结果，一方面可在感情上折磨一下克莉丝蒂娜，使她将来更知道珍惜与高佐夫的爱情，成为感情俘虏。另一方面有时间让高佐夫和其妻子从党与国家利益出发，办理离婚手续，以便他和克莉丝蒂娜正式办理结婚手续，成为合法夫妻。

自从高佐夫离开巴黎后，女船王度日如年。经不住感情折磨的克莉丝蒂娜，竟找了一个非常漂亮的借口——去苏联进行旅游观光，痴情地穷追到莫斯科。而对舆论界爆炒她要和高佐夫结婚的新闻热点，她却假惺惺地郑重宣称，这些传闻纯属无中生有，造谣生事。

克莉丝蒂娜在莫斯科的几天，每天都在情爱中度过。只要见不到高佐夫，她就像丧魂落魄一样，六神无主，感到十分空虚与寂寞，不知如何打发日子。

一天，女船王与高佐夫突然出现在莫斯科的婚姻注册处，正式办理结婚手续，并举行了简单的结婚仪式。当天，塔斯社发布这一重要新闻，顿时引起了世界的轰动。人们瞠目结舌，惊叹克格勃手段之高超：略施美男计，竟能轻而易举地将一个拥有10亿美元以上资产的年轻女船王拉入其属下的怀抱。对此，西方各国只能望洋兴叹，无可奈何。

婚后，高佐夫对住在莫斯科的克莉丝蒂娜更是大献殷勤，哄得女船王团团转。当女船王成了高佐夫的感情俘虏后，他就渐渐地在言谈闲聊中，借探讨航运业务之名，行套取西方各国石油需求、价格波动、运输渠道等情报之实。对此，女船王开始并没什么反感，更谈不上警惕。于是，高佐夫自认为手段高明，因而胆子越来越大，胃口也越来越大。后来，竟发展到不加掩饰地刺探，甚至以丈夫的面貌出现，直接干预油船队与西方国家的业务，这就引起了克莉丝蒂娜的警觉。

尤其使克莉丝蒂娜大为光火的是苏联政府在各方面干预她的活动，并逐渐加紧了对希腊油船队的控制。按原计划，女船王与高佐夫结婚后将去西伯利亚度蜜月，但当局不知出于何种考虑，不让他们成行。为此，女船王一怒之下，在结婚的第四天就拂袖而去，返回希腊的柯尔奥斯岛。在她时过不久再次返回莫斯科后，苏联当局又对女船王在航运业务上提出了许多限制，这就使她越来越反感。

西方国家获悉上述情况后，立刻加紧了活动。他们的情报机构自探听到高佐夫与克莉丝蒂娜有私情开始，就一直特别注意高佐夫的行动，这时更是动用了最现代化的侦察手段，掌握了克格勃企图控制女船王的大量证据，并在与女船王的多次联系中，透露了高佐夫的政治背景，讲清了利害关系，开导她别上克格勃的当。

在事实面前，克莉丝蒂娜开始有所醒悟。她终于意识到自己不仅是一个女人，更是一个女船王，拥有上 10 亿美元资产的油船队，在世界石油运输中具有举足轻重的作用。最后，女船王迫于西方国家的巨大压力，考虑到油船队的兴衰，也不愿意让这份家业在自己手中败掉，更为摆脱克格勃的控制，她狠了狠心，于 1980 年 5 月和高佐夫正式办理了离婚手续。这一新闻公布后，再度引起世界的轰动。

离婚后的克莉丝蒂娜仍然念念不忘高佐夫，十分眷恋他们在一起的日子。为补偿高佐夫的损失，她在解除婚约后，还送给他一艘油船，让他经营航运业务。苏联当局也为掩人耳目，批准了高佐夫去英国定居的要求，并很快发给他离境签证。

在英国从事航运业的高佐夫也不忘情人，仍经常去巴黎同女船王相会。1984 年 3 月 17 日，克莉丝蒂娜与法国的第耶雷·洛沙尔结婚，但她在婚后还与高佐夫保持联系。也许克格勃为女船王精选出来的高佐夫的阴影，将会永远烙在她心中。

时装皇后倾情舒伦堡

　　1971年，法国最著名的时装皇后加布里埃·香奈儿因病逝世。时至今日，在法国巴黎、意大利米兰、英国伦敦继续以她的名字作店名的服装店所出售的服装，仍然是这些国家的上流社会妇女刻意求购的。尽管如此，但人们长期以来对这位20世纪法国最著名的女性之一，在"二战"时期，能在德国法西斯统治之下，不仅生存下来，而且生意兴隆之谜，一直未找到正确答案。在很长时期内，曾经出现过不少传言：有人说香奈儿当时与一位德国的著名网球手关系密切，是他保护了香奈儿，使她免受德国党卫军的伤害；还有人甚至传说她是一名法国抵抗运动的特工，是个机警而又爱国的女人。尽管她憎恨德国法西斯对法国人民的蹂躏，但为了潜伏在敌人心脏，表面上仍伪装支持他们。所有这些传言却被最近一份刚刚解密的"二战"审讯记录文件所粉碎。这份秘密审讯记录文件清楚表明：第二次世界大战期间，香奈儿不仅

年轻时的香奈儿

不是什么英雄，也没有什么网球手保护她，而是一直心甘情愿地为德国法西斯效力，且十分卖命。那么是什么驱使她为纳粹德国充当间谍呢？据人们对所有材料分析看来，她的所作所为完全是受虚荣心的驱使，完全是出于"爱情"，而不是政治原因。

享誉全球的辉煌

　　说起香奈儿的高雅风度，就连欧洲王室的公主们都望尘莫及，凡见过她的人，无不为她的气质所倾倒。于是，人们由此而推断她一定出身名门望族，是大家闺秀。其实，她是一个地地道道寒门人家的女儿。

　　1883年，香奈儿出生于法国小镇索米厄的一个贫民家庭。她上面有一个姐姐，一家四口全靠父亲摆摊做小贩维持生计，生活十分艰难。为此，母亲在她刚满月时，不得不背着她去沿街叫卖。后来，父母又生了两个弟弟和一个妹妹。当她12岁那年，母亲因病而离开了人间。父亲微薄的收入已不能抚养五个孩子，便把两个弟弟送给了一个农民，香奈儿也进了孤儿院。她的少年时代是在条件极差的孤儿院度过的。为使孤

儿们能尽早自立，孤儿院让他们从小就学习谋生的本领。香奈儿学会了缝纫技术，制衣制帽样样在行。

17 岁时，香奈儿来到法国中部城市穆兰的圣母院。不久，她离开圣母院到一家低级咖啡馆去卖唱。由于她有唱歌的天赋，又善于模仿歌星的表演，因而很快就赢得了听众的喝彩，连驻扎在这儿的官兵也时常来听她唱歌。她模仿巴黎歌后波莱尔唱红的小调《在特洛卡德罗，谁曾见过羔羔？》被列为保留节目。因此，她也赢得了"羔羔"的绰号。谁曾想到，后来这一颇为风趣的绰号竟蜚声全球。

当香奈儿厌倦在穆兰的生活后，又只身来到维希市闯荡。在较长时期内，她的工作没有着落，生活十分窘迫。正当她处于困境时，她在穆兰认识的男友艾迪纳·巴勒桑给她解了围。有钱而又年轻独身的巴勒桑看上了身材修长、艳若桃花的香奈儿。接着，这对情人来到花花世界巴黎。这时，被大都市生活搞得眼花缭乱的香奈儿经不住诱惑，整天沉醉在物质享受中，所有开销全由巴勒桑负责。当她玩腻后，又想在巴黎歌坛上露一手。巴勒桑认为这条路很艰难，而且成功的机会极少，劝她不要向这方面发展。于是，听从劝告的香奈儿决定搞服装，并把她的妹妹接来巴黎当助手。巴勒桑不仅腾出住宅的一层给她作工作间，还把巴黎著名的服装设计师，巴黎上流社会的女人们十分崇拜的露茜娜·哈巴迪夫人介绍给她。

从此，香奈儿开始了时装生涯，并在穷奢极欲的富人圈中周旋。她利用这些人对"英国派头"的推崇，在时装上标新立异，推出奇特的"香奈儿样式"，企图把一种新的生活艺术销售给淑女们。这一样式的独特和创新之处是以男装的潇洒，显出女性身段的美感。因此，她为贵妇们设计出一种束腰上衣和长裙配合的"淑女装"，不仅享誉全世界，且风靡至今。另外，香奈儿还十分注意从生活的一瞬间去捕捉时装款式创新的灵感，极力满足富裕阶层追求时髦的欲望。香奈儿为时装日夜煞费苦心，亲自用剪刀千百遍地裁来裁去，以适应上流社会喜新厌旧的性格和变幻无常的趣味。

天道酬勤。巴黎妇女出于时髦癖，不仅抢购香奈儿的时装，仿效她的穿着式样，还注意她的发型，亦步亦趋。到 20 世纪 20 年代末，她不但驰名法国，同时闻名于西方各国。从此，奠定了她在时装界不可动摇的地位。尽管她只设计价格昂贵的高档时装，但由于她不反对人们对她设计的服装款式的模仿，因而其时装款式的影响遍及世界各地。与此同时，她发明的 5 号香水、19 号香水也畅销全世界。在以后的整整半个世纪里，她设计的女装，以其命名的香水，以及从她而兴起的妇女夏日到海滩晒太阳的嗜好，都在很大程度上改变了西方社会的时尚。自然而然，香奈儿被人们捧上了时装皇后的宝座。

希特勒看中香奈儿

1940 年 5 月 10 日，德军集中 136 个师，其中 10 个坦克师，7 个摩托化师，坦克近 3000 辆，飞机约 4000 架，火炮 7500 门左右，在一批重型轰炸机、俯冲轰炸机、战斗机、伞兵运输机以及满载突击队的滑翔机等配合下，兵分三路向西欧各国的军队猛扑过来。由于德军采用前所未有的装甲部队快速突击，辅之以空降部队抢占军事要地，一举占领或摧毁了同盟国的主要防御工程、桥梁、交通枢纽、司令部和军火库等。这场历史上从未见过的立体快速攻击，使同盟军防不胜防，处处被动挨打，毫无抵抗能力。战争打到 6 月 24 日，法国被彻底击败，在停战协定上签字。

法国被打败以后，德国法西斯又把战火指向英国，并制定进犯英国的"海狮计划"，着手以武力攻占英伦三岛。与此同时，他们还向英国人抛出橄榄枝，希望英国政府按照他们提供的优惠条件同意签订妥协和约，以便集中力量进攻东线。当 1940 年他们以武力进攻英国的"海狮计划"破灭后，就把精力更多地放在与英国人修复断桥上。经反复分析研究，希特勒认为香奈儿是最合适的人选。其理由是显而易见的。

当时，香奈儿已经 57 岁，容颜正在消退，但时装皇后的名号却是无价之宝。她依然是雍容华贵的骄奢生活方式的象征，代表着名望和富有，依然是名扬四海、极有影响的人物。更可贵的是香奈儿的社会交往很广，西欧各地都有她的朋友，尤其是与英国上层人物的关系密切。

在战前，她曾多次跨过英吉利海峡到达英国，并是第二代威思明·斯特公爵的情妇。她还与温莎公爵和公爵夫人关系密切，通过他们，香奈儿可以接近皇室，了解他们的思想动态。然而，更让德国人感兴趣的是香奈儿曾在英格兰上流社会的乡间别墅聚会上，遇到了当时的英国首相温斯顿·丘吉尔，并从此成了好朋友，一直保持着良好的关系。

鉴于上述情况，希特勒把香奈儿看作能帮助他实现征服英国梦想的十分难得的人才。希特勒甚至认为：凭着香奈儿与温莎公爵夫妇的关系与友谊，就能帮助他在打败英国人之后，将这对有着亲纳粹倾向的公爵夫妇推上英国王位，作为代表德国利益的伪政权的象征，从而把英伦三岛置于自己的铁蹄之下。假如不能用武力征服英国的话，希特勒也同样可在香奈儿身上做出好梦。由于她和英国首相丘吉尔过往甚密，通过她可以去说服这位英国统治者，与德国人签订和平协议，以使纳粹德国能集中精力，在东部战线发动战争，夺取苏联大片领土，尽快实现消灭这个国家的梦想。

那么，怎样才能将香奈儿这个名人拉过来，为纳粹德国效劳呢？希特勒把这一重大使命交给了间谍头子海因里希·希姆莱。希姆莱又让手下十分得力的干将华特·舒伦堡去办这件事。

舒伦堡当时担任德国最高国家安全委员会代表，并成为这一机构中的反间谍工作处处长。进攻法国时，舒伦堡曾和纳粹德国宣传部的若干专家一起，利用三台电力强大而又装上特别装置的广播电台，进行一连串的法语新闻报道。他们伪造法国官方消息，散布虚构的假新闻，大造德国不可战胜的神话和法国必然失败的舆论，制造法国国内的恐怖和混乱。同时，印发了一本宣传小册子，伪造是根据法国一位有名的星相家纳思特勒敦的预言，恐怖的破坏是来自一种能飞的火器，并强调指出法国的东南将可能避免这场灾难，因而使得这本小册子极具影响力和欺骗性，无限惊恐的法国难民纷纷涌向法国的东南部，所有法国行政和军事部门的劝阻和企图平息这场混乱的努力都完全失败，从而极大地配合了正面的德军军事行动。

正当舒伦堡为自己的杰作十分得意之时，希姆莱却让他尽快赶到巴黎，把香奈儿发展成为纳粹间谍，为德国人效力。舒伦堡毫不犹豫地担负起这一任务，并做得十分成功。

人老珠黄心不老

希姆莱为什么要选择舒伦堡去担当希特勒亲自下达的这一重任？舒伦堡何许人也？只要略述舒伦堡的情况一二，你就会感到希姆莱作出如此选择是明智的。

1910 年，华特·舒伦堡诞生于德国萨尔希鲁肯一个商人家庭，父亲是一位钢琴制造商，母亲是一位虔诚的基督教徒。第一次世界大战德国战败后，他的家庭开始衰败。1923 年，他随着母亲迁往卢森堡。在国外的生活中，他获得了有关西欧的一般知识，特别是学习了法语，了解了法国的情况。1929 年夏，他进入波恩大学学习，最初读医科，后来改学法律。1933 年毕业时，恰好是希特勒上台的那一年，为谋取进身之阶，他参加了纳粹党，并加入了党卫军。由于他才华出众，能说善辩，不久就被党卫军情报安全局首脑海因里希看中，随即进入该局工作。之后，他长期负责配合盖世太保在德国和德占区的反间谍工作，曾组织破获过波兰索斯诺夫斯基等重大间谍案。1939 年，他担任了最高国家安全委员会代表和反间谍工作处处长，主持和参加了纳粹德国一系列的情报和反间谍活动。1940 年，他又对反间谍处进行了改组，进一步提高其效率。尽管舒伦堡在纳粹党内资历不深，然而他靠着自己的才华，以及对希特勒和希姆莱的忠心，在纳粹特工系统中是一个最年轻而又提拔最快的人。因此，希姆莱把这一重大任务交给舒伦堡既放心，又明智。

舒伦堡接受这一任务后，调来了香奈儿的所有材料。经过认真研究，发现香奈儿有两个弱点可以利用：一是她尽管已 57 岁，人老珠黄，但人老心不老，极力要保持自己的容颜不退，风流韵事不时

华特·舒伦堡

传出。二是她是个极要面子的人，她的所作所为完全受虚荣心驱使。

据此，舒伦堡制订了发展香奈儿的计划，决定亲自出马，采用"美男计"这一传统的爱情陷阱，引诱香奈儿上钩，使她自认为自己虽然年纪大了，但仍然是个狐媚迷人的女人，还能迷倒一个年轻人。然后投其所好，极尽奉承之能事，再委以重任，使之成为一位国际大使，使她确信自己传奇式的身份，以最大限度地满足她的虚荣心。

在一次有意安排的小型社交场合，香奈儿见到了舒伦堡。舒伦堡当时只有 31 岁，正处在春风得意之时，一身德军军服，使他更显威武雄壮，仪表堂堂，富有男性的阳刚之气，魅力无穷。一看到他，香奈儿就控制不住自己的感情，心跳脸红耳热。经朋

友介绍，她得知这位如此年轻漂亮的军官，竟是纳粹在被占领的法国最有权势的德国人之一，同时她还知道舒伦堡是希特勒和希姆莱眼前的大红人。在这次交往中，他们很快就成了很好的朋友。舒伦堡看得出，香奈儿使用她的一切交际手腕来讨好他。他心里暗暗发笑，其实她大可不必如此，因为他这次的真正目的就是要诱使这位法国名女人为希特勒效力，真想不到事情竟会如此容易。

交往不久，香奈儿便已无法抗拒舒伦堡的魅力，成了他的情人，对他言听计从。在这种情况下，香奈儿不仅被允许在纳粹占领的巴黎豪华住宅区居住，她的家自 1940 年以后，还成为纳粹高级军官聚会的场所。

舒伦堡很快又将这位情妇发展成为纳粹间谍，并精心安排她去了一次柏林，与德国最高当局商议实行一项代号为"模特帽子"的异乎寻常的行动计划。该行动计划的核心是围绕温莎公爵而展开。如果一旦纳粹德国以武力占领英伦三岛，他们就扶植温莎公爵建立亲德国的傀儡政权，用以欺骗英国人民。如果武力占领一时难以实现，他们则策划尝试劝说，甚至绑架温莎公爵夫妇去柏林，再在那儿迫使他们发表一项支持希特勒的声明。

当英国情报机构获悉纳粹德国已在制定"模特帽子行动"时，很想把它弄清楚：一旦纳粹德国得手，他们将怎样摆布英国，谁是潜在的中间人？当第二次世界大战结束后，他们在审判战犯舒伦堡时才得知：香奈儿在"模特帽子行动"计划中扮演着关键的角色，由她利用与温莎公爵夫妇的密切关系来实现纳粹德国的阴谋。后来因为种种原因，使这一努力流产了。

这里需要补叙一笔，随着第二次世界大战的继续，舒伦堡又劝诱香奈儿去执行另外一个重要的秘密使命，即利用她与丘吉尔的良好关系，充当"国际大使"的角色，去劝说丘吉尔与纳粹德国签订和约，香奈儿十分乐意地接受了任务。

1944 年 4 月，香奈儿在柏林接受纳粹德国最高当局的指令，派她去游说丘吉尔。之后，他们将她介绍给一位旅行伙伴。这位妇女是英国的维拉·龙芭迪，战前她曾在一起工作过一个短时期。德国人计划先让她们旅行到一个中立国家。在那儿，香奈儿想利用自己的名望，第一次把德国人希望和盟国媾和的信息传递给丘吉尔。

这两位女人一同来到了中立国西班牙。但是，龙芭迪刚到该国首都马德里，就径直找到了英国大使馆，并告发了与她同行的香奈儿是一个纳粹德国间谍。在这种情况下，香奈儿只好两手空空回到巴黎。就这样，纳粹德国的这一计划也破产了。

1995 年年初，曾担任舒伦堡的审讯官的英国军情六处官员思杜阿特·汗布西尔爵士在 80 岁高龄时，谈到上述情况，还轻蔑地将舒伦堡和香奈儿妄想利用其名望，劝说丘吉尔与纳粹对话的企图斥为天真的幻想：

"当德国人明显地正在失去那场战争之时，那种认为某种社会关系可能使丘吉尔有兴趣与德国人讨论问题的想法真是滑稽可笑。"

战后重温旧情

在盟军成功实施诺曼底登陆作战，开辟了西线第二战场，迅速收复欧洲失地之时，香奈儿已预感到了自己的命运岌岌可危。当时，尽管法国当局曾怀疑过香奈儿充当纳粹德国的间谍，但维希政权卑劣的傀儡行径已是路人皆知。所以，他们对她的问题就不会也不愿去深究。

当巴黎被解放的时候，香奈儿因涉嫌通敌问题，曾被军事当局拘禁了数小时。据说，当她向拘押者出示了丘吉尔写给她的一封支持信后，她很快就被释放了。现在有证据表明，因香奈儿对温莎公爵夫妇的亲德情况知道得太多，故丘吉尔出面写信保护了她，以避免使英国皇室难堪。

香奈儿被释放后立刻逃到了瑞士。在那里，她悠闲地度过了 9 年自由的生活。在她感到安全以后，便又回到巴黎重操旧业，经营起时装的生意，恢复了昔日时装皇后的地位。

第二次世界大战德国战败后，舒伦堡随伯拉多特伯爵逃往瑞典。1945 年 6 月，他被押往德国纽伦堡国际法庭受审。开始，他只作为审判戈林、里宾特洛甫等战犯时的证人。1948 年 1 月，他本人才真正受到审判。15 个月后，美国军事法庭审判结果，考虑到他在战争后期曾帮助集中营的盟国囚犯脱逃，因而减轻其处罚，只判处他 6 年徒刑，刑期自 1945 年 7 月算起。

1951 年，舒伦堡因病在未满刑期的情况下获释。他因听说香奈儿逃到瑞士，也辗转来到瑞士。在那里，他们两人恢复了昔日关系，重温旧情。

舒伦堡避居瑞士后便开始写回忆录。不久，瑞士当局要求他出境，他又迁居意大利。为了不让舒伦堡在写的回忆录中将自己战时同纳粹德国合作，充当间谍的隐情写出来，香奈儿最大限度地给予了舒伦堡经济上的支助。在她的鼎力支助下，舒伦堡得以完成回忆录《纳粹德国的谍报工作》全部书稿。他是纳粹集团从事情报的保安人员中唯一著有回忆录的人。

1952 年 3 月，舒伦堡因癌症死于意大利都灵。香奈儿怀着沉痛的心情，支付了全部葬礼的费用。同时，也埋葬了她与自己的德国纳粹情人共同生活时期那些最阴暗的秘密。

香奈儿自以为得计，再也无人知道她充当纳粹德国间谍的秘密。然而她没想到，她的纳粹情人早就向审讯他的英国情报人员供认了这段秘闻。1995 年年初，在纪念第二次世界大战反法西斯战争胜利 50 周年之际，思杜阿特·汗布西尔爵士向新闻媒介透露了审讯舒伦堡记录的内容，使香奈儿的真面目得以曝光。

落入圈套的小白狐

纳粹的王牌女间谍小白狐却抵挡不住盟军的糖弹袭击，她在对手的一再欺骗下，自以为得计时，却不知末日已经来临。当她即将死于希特勒的枪弹之下，这个纳粹忠实信徒仍然念念不忘："我为元首而生，为元首而死。"

小白狐与史蒂芬少校

在第二次世界大战的间谍斗争中，纳粹德国的王牌间谍——绰号叫小白狐的荷恩妮小姐，与盟军设在伦敦的 8104 特种部队的特勤处处长史蒂芬少校可谓棋逢对手。虽然这两人从来未见过面，但从 1940 年开始，他们就尔虞我诈，针锋相对地拼杀起来。

天资聪颖且又风姿秀逸的荷恩妮小姐，虽然是个女人，但绝不是一般的女流之辈。她 22 岁时毕业于慕尼黑大学社会政治系。不久，就给慕尼黑市一个区的纳粹党头目当秘书。接着，她加入了纳粹党，并当上了一个重要部门的机要秘书。由于她才思敏捷，聪颖过人，又通晓三门外语，特别是一口地道的英国牛津话，简直可以以假乱真。一个秘书的位子对她来说太屈才了。在一个朋友的帮助下，她认识了纳粹德国情报界的新秀、掌管对外情报工作的头目舒伦堡。他一眼看出她是当间谍的良材，于是将她送进瓦里森间谍学校进行专门训练。两年后，荷恩妮小姐以全优的成绩从该校毕业。

荷恩妮小姐还是一个纳粹的忠实信徒，对希特勒崇拜得近乎疯狂。她认为地球上只配雅利安这种人生存，对推行希特勒的人种灭绝计划满腔热忱，不遗余力。她曾破获过 5 个地下抵抗组织，并诱使十几名盟军和地下组织成员下水，还亲自杀过几十名被俘的抵抗运动战士。至于因她的缘故，而使盟军方面受到的损失，那就更加无法计算了。

正因为如此，即使对女人抱有成见的希特勒，也不得不授予她铁十字勋章，其意义自是非同凡响。同时，她还作为一个出色的谍报员，而不是作为情妇或类似身份与希姆莱几次共进午餐。这也是莫大的荣誉。因为，在当时又有几个女人能够坐上那个令人闻风丧胆的第三帝国秘密警察总监的餐桌呢？

荷恩妮在与史蒂芬少校几年的斗智斗勇中，总的来说，各有胜负，打成平局。然而，她却是世界上唯一让这位少校出过惨重洋相的人。她曾在浴缸里嬉水时，杀死了史蒂芬手下的一个得力助手。对此，正值上升时期的男性情报官史蒂芬少校从心底就不服，他决定寻找机会与她决斗。荷恩妮小姐却不声不响地又布下了一个圈套，给史蒂芬当头一棒，使他永世难忘。

1943年5月，盟军在北非取得胜利后，决定再接再厉，在意大利的西西里岛登陆。在这次战役前，负责战役保密工作的史蒂芬少校，采取了一系列的保密与欺骗措施，因而对于保密计划的可靠性相当自信。他深信不疑地认为对方会相信盟军将在撒丁岛，而不是在西西里岛登陆。当登陆部队在西部和东部顺利进展时，却在原来敌方以老弱伤残防守而兵力最薄弱的部位，遇到了异常猛烈的抵抗，一个师的兵力竟遭到强敌包围，被打得所剩无几。这事气得史蒂芬捶胸顿足，心痛欲裂，并受到艾森豪威尔将军的严厉训斥。

事后查证结果，出现这种情况的原因是在登陆的前几天，荷恩妮小姐利用色相，从盟军北部登陆部队第五师的一个联络参谋处，获悉在西西里岛北端的海滩上"将有一场好戏"的情报。为此，德国又将其精锐部队党卫军第八师调往该地，在防守上做好了充分的准备，以致盟军的一个师被包了饺子，而荷恩妮自己却早已溜之大吉。

对此，不服气的史蒂芬既愤怒又惭愧，诅咒她不得好死，并咬着牙发誓要亲手宰了她，以报西西里岛一箭之仇。

机会终于等来了。

1944年3月，经过一年多的艰苦努力，盟军已基本完成了大规模渡海作战的准备工作。但是，随着登陆作战日益临近，围绕此事，同盟国与轴心国的情报机关在欺骗与反欺骗的谍报斗争上也更加激化。

起初，盟军初步选定荷兰、科唐坦半岛（诺曼底的一部分）和加来海峡三个地方作为登陆点。在呈报同盟国首脑审定时，罗斯福与丘吉尔经再三磋商，最后把登陆点敲定在诺曼底。同时，他们还要求所属："尽一切努力来扰乱对方视线，以隐蔽自己的真正意图。"于是，在艾森豪威尔任总司令的盟军联合参谋部里，出现了一个神秘的A委员会，其正式名称是"欺骗行动委员会"。任务是在即将发动的登陆作战中，对敌人进行全面的欺骗。史蒂芬少校就是这个委员会的成员。他的任务就是要最大限度地使德国人相信盟军将在荷兰登陆。

无独有偶，史蒂芬少校的死对头荷恩妮小姐，却是德国为反欺骗活动而专门成立的神秘的D办公室的一员干将。

早在1943年年底，希特勒就预感到盟军不可避免地要在欧洲登陆。11月3日，他在第51号命令中指出："在西线，如果敌人成功地突破这里广阔的前沿防线，其直接后果是无法预料的。各种迹象表明，敌人至迟将在第二年春天，也许更早一些时候对欧洲西线发动进攻。"他梦想着："如果我们从一开始就能知道哪里是佯攻，哪里是真正的主攻，那就好了。"

为此，在纳粹德国对外情报头目舒伦堡的领导下，随即成立了一个神秘的组织D办公室。它的任务是识破盟军各种欺骗手段，弄清登陆的确切地点和时间。而王牌间谍荷恩妮小姐便是D办公室的一名重要成员，这就使得史蒂芬的工作更加困难。

正当史蒂芬少校寻找荷恩妮小姐报仇雪恨时，这位可爱的小姐却自己找上门来了。

风度翩翩的俊男

1944 年春末，史蒂芬收到一份密电：

"31468　58362　47146　81089
31750　26509　29209　01537
51771……"

经破译人员将数字密报按一定几何图形排列还原后，电文内容是：

"小白狐失踪多天，可能已去伦敦。"

看完电文后，史蒂芬喜形于色。他盼望已久的复仇机会终于来了。

是的，荷恩妮小姐来了。这次她是直接受舒伦堡的派遣潜入英国，目的是弄清楚盟军将在何处登陆。临行前，受命从内部寻找答案的舒伦堡向她下了死命令：

"要不惜一切代价把盟军的战略意图搞清楚。否则，前景……"

史蒂芬在伦敦张开网等着荷恩妮。然而，开始他又扑空了。荷恩妮根本就没去伦敦。她却声东击西，来到了英国海港城市大雅茅斯附近的一个小镇上，这也是她的高明之处。对外，她声称自己是来英国养病的荷兰地下抵抗组织的联络员，并出示了"介绍信"。一口流利的荷兰话，一副天真无邪的外貌，再加上一张权威的介绍信，不但使她蒙混过了关，还被驻扎在当地的一支部队雇为临时翻译员闯进军营。

几经周折，史蒂芬少校到底还是找到了她。他决定不惊动她，而利用她来实现自己的欺骗计划。他在研究了荷恩妮擅长利用美人计之后，决定投其所好，设下美男计，让这只小白狐自己落入圈套，为己所用。为此，他选中了漂亮的青年军官伯恩斯坦作诱饵。

这位剑桥大学的高才生，曾得过两个硕士学位。当时是英国第 58 空降团的中尉作战参谋。他长相英俊，而又风度翩翩，才华横溢，颇有少年得志的气派。他工作轻率、为人自负的致命弱点，本来不适合当一个情报官，但他突然被选调到史蒂芬的特勤处，还让他负责盟军与敌后各抵抗力量的联络工作。他大喜过望，陡然觉得身价倍增，越发不知天高地厚。

在 5 月初大雅茅斯附近的驻军周末联欢会上，荷恩妮自然成了晚会的皇后。她穿一身镶着花绒边的印度丝绸长袍，体态婀娜，一手端着酒杯，一手夹着烟，穿梭于军官们之中。

"喂，'眨巴眼'，我给你介绍的那位小姐怎么样？"她打趣地跟一个熟悉的军官打着招呼。

被称为"眨巴眼"的军官回答道："棒极了！只是要求过于频繁，我有点应付不了了。"

"哦，那可要怪你自己了。想当初你缠着我时，真像一匹小种马。喂，我说'眨巴眼'，今天这晚会上怎么来了这么多生人呀？"

"不！生人是进不了这大厅的。那几个新来的是刚从前线执行任务回来的。至于那个正在跟戴安娜小姐聊天的，我劝你最好永远不要认识他，也别去打听他。"

"你说的是那个长得挺精神的？为什么？"

"由于他有重要的地位和漂亮的脸蛋，周围总是有那么一大帮姑娘围着转。谁要认识他，准会吃醋。哦，这当然是指你们女人啦！"

"他真有那么大的神通？"

这时，只见那个长得挺精神的中尉已同戴安娜翩翩起舞了。

"他叫什么名字？"

"伯恩斯坦。怎么？你真想去试试？"

"可以这么认为。你知道，从别人身边夺来的男人才特别有意思。哦，刚才你说什么，由于他有重要的地位？如果我没看错的话，他不就是个中尉吗？"

"是中尉，但能量惊人，他在特勤处工作。听说过那单位吗？他负责与那边的人联系。""眨巴眼"端着酒的手朝东边指了一下。

"他结过婚没有？"

"没听说过。不过，这对他来说是无所谓的。"

"我要去试试运气，一定要把他夺过来。你能给我帮个忙吗？"

"这当然可以。不过，这一来，我就再也沾不上你的边了。唉，我真后悔提到他。"

"眨巴眼"把她介绍给了伯恩斯坦。20 分钟后，他们便搂在一起跳舞了。晚会还没结束，他们便溜出来了……

这一切均被躲在暗处的史蒂芬看见了，他微微笑了。荷恩妮这只小白狐已开始向他布置的圈套一步步走来。

痛设苦肉计

5 月中旬，当盟军定下登陆日期在 6 月上半月的某天时，艾森豪威尔将军敦促史蒂芬加紧实施欺骗计划，把德军在南部的兵力尽量调到北部去。为此，史蒂芬开始实施他蓄谋已久的第二步行动。

一天，他把伯恩斯坦叫到自己的办公室，告诉他：

"为配合即将在荷兰发动的登陆作战，特勤处拟设立专门与荷兰抵抗组织联系的 H 小组，任命你来负责小组工作。"

伯恩斯坦高兴地接受了这一职务，并对原印象中要在法国某地登陆，而现在意外地被告知要在荷兰登陆提出了质疑。史蒂芬解释说：

"这是盟军最高司令部的最新决定。从荷兰登陆，直扑德国的心脏，给它来个中心开花……但你必须记住，这是绝对的机密。"

史蒂芬仅仅成立个 H 小组，就要使荷恩妮甚至德国最高统帅部相信将在荷兰登陆，当然是远远不够的。为此，他又想出了一个狠毒的苦肉计。只是代价太大，并会受到良心的谴责，所以他犹豫不决，迟迟未付诸实施。经再三权衡，他才痛下决心，于是给艾森豪威尔总司令打了一个报告。

将军很快批示"同意"。

在一个伸手不见五指的夜晚，一艘大功率突击艇偷偷地越过了英吉利海峡，把一名荷兰抵抗组织的负责人接到英国。伯恩斯坦在 H 小组的办公室里接待了他。一交谈才得知，此人既不会讲英语，又不会讲法语，而伯恩斯坦恰巧不懂荷兰语。在征得史蒂芬的同意后，伯恩斯坦请来了荷恩妮小姐当临时翻译。接连三天，他们在那个小办公室里，详细而全面地询问了荷兰沿海的德军布防形势，抵抗组织的力量分布，重要的交通枢纽等情况。当要返回时，那位抵抗组织的负责人已深信无疑地认为：盟军将在荷兰登陆。他为之欢欣鼓舞，一再表示回去后要加紧集结力量，迎接盟军的到来。

看着他远去的身影，史蒂芬却心如刀绞，他完全可以想象得出等待他的下场是什么。果然不出所料，那位负责人一上岸就被捕了。盖世太保对他进行了严刑逼供。一连三天，他在受不了酷刑后，如实招供了。

一份关于盟军将在荷兰登陆的报告，立即被送到德国最高统帅部元首的大本营里，但它并没有给那儿的头头们留下什么特别的印象。因为，近来他们收到有关盟军将在欧洲登陆的报告太多了，而且多数又相互矛盾。这就使得大本营心乱如麻。

为加深他们对荷恩妮的工作成果的印象，史蒂芬少校又秘密从荷兰请来了一个水文地质工程师，向他详细地了解了荷兰沿海的航运、海滩、潮汛，以及五到七三个月的气候，尤其是风向方面的情况。

史蒂芬少校已经豁出去了。这时他深知，每从荷兰接来一个人，或向那儿派一个人，都无疑宣判了他的死刑。尽管他感到很内疚，但为保证渡海作战中几百万盟军官兵的性命，他不得不这样做。自然，那个返回去的工程师又遭到毒手。盖世太保又用酷刑使他供出了此行的目的。

又一份标有特急标志的报告，被送到德国最高统帅部大本营。这份报告看来有点作用。从 5 月 15 日开始，德军向荷兰增兵了。一个陆军师和党卫军 72 师的两个团，以及炮兵团，被陆续调到荷兰。在 8 天时间里，据情报员统计，德国向荷兰增兵 2 万多人。但希特勒与他的将领中，有一大批人还是不相信盟军会真的在荷兰登陆，将要进攻的是法国，而不是荷兰。

当盟军最高司令部最后将登陆时间定在 6 月 6 日后，各种欺骗活动得到进一步加强。两个工兵团和一个商船队被调到大雅茅斯一带。不久，该地又出现了许多新的基地，据说是为即将到来的渡海作战主力做的准备。这一切均被荷恩妮和德军侦察机关所侦获，报往最高统帅部大本营。

5 月 21 日，伯恩斯坦接到通知：盟军最高司令部主管作战的哈里森少将，马上要到大雅茅斯进行与"某一重大行动有关"的视察，让他负责陪同，并回答将军的询问。史蒂芬特别强调有关将军的到来和所有活动均属绝密，不得向其他任何人透露。将军被安排在一所秘密的住所里。但荷恩妮很快从情人的嘴里对哈里森少将的到来，了解得一清二楚。当第二天傍晚，将军提议为感谢伯恩斯坦几天来的友好合作和庆祝"即将到来的胜利"，换上便服去酒吧喝酒时，伯恩斯坦同意了。将军以公开场合不适合带机密文件为由，把一只一直随身携带的公文包也留在了房子里。午夜，他们才醉醺醺地回到房间。

半小时后，史蒂芬接到将军打来的电话，告知他的公文包被人打开了，原来安放在公文包上的头发不见了。他当然知道是谁去开的公文包，也是他所希望的。与此同时，他的侦听台还截获了荷恩妮向德国情报机关拍发的电报。经破译，电文内容是：

　　　"H 作战计划已到手，速派飞机到 4 号点接我。"

史蒂芬随即通知周围的空军和防空部队：日内，对海峡对面来的飞机一律放行，不得干扰。第二天，一架小型轻便飞机从海峡上层如期飞来，降落在一块平坦的草地上。当一个黑影向飞机亮了几下手电后，便迅速地朝飞机跑去。片刻，飞机又消失在空中。

望着远去的飞机，史蒂芬少校自言自语地说："小白狐的末日来临了。"

王牌女谍之死

这次，荷恩妮带去的文件起了很大作用。两天后，德国以空前的速度和规模从南向北调兵。由法国经比利时，以及德国直接通往荷兰的公路、铁路上，一时间被滚滚的车队和人流所淹没。在离进攻的日子只有 3 天的时间里，欺骗计划总算成功了。德国这次军事行动，不但使法国沿海的防务减弱，还使其参谋部陷入一片混乱。

1944 年 6 月 6 日 6 时 30 分，盟军在诺曼底以空前绝后的大规模兵力发动了登陆作战，迅速冲上了海滩。措手不及的德军被打得晕头转向，外围工事很快被突破。盟军士兵潮水般地涌向滩头阵地。等德军在打击中清醒过来，明白诺曼底才是真正的主攻方向，急忙调集兵力进行反击时，为时已晚……

诺曼底登陆战役的滩头阵地。图中左小图为盟军的水陆
两栖车装载着重炮炮弹，准备登陆。右小图为此战役中
一名筋疲力尽的德国装甲部队士兵。

自从盟军在诺曼底发动大规模进攻以后，盖世太保便以"两面间谍"、"变节者"、"内奸"等罪名将荷恩妮逮捕。正是她一而再、再而三地发回盟军将在荷兰登陆的假情报，最后一次竟携带着所谓盟军将在荷兰登陆的作战文件跑了回来，为敌人办事不遗余力。半个月后，被打得焦头烂额的希特勒亲自签署命令，处决"盟军间谍"荷恩妮。在两天后的一个月色如水的仲夏夜晚，她被押赴刑场。当子弹穿透她娇美的躯体时，据说她还始终不渝地念道："我为元首而生，为元首而死。"到这时，恐怕她还不清楚为什么自己会落得如此下场。

这时已获得"自由勋章"，并被晋升为中校的史蒂芬获悉此消息后，不禁为之动情，物伤其类的悲哀隐隐约约从他心底升起。作为军人，死在敌人之手是一种光荣，而死于自己人之手是一种莫大的耻辱。更何况荷恩妮受的是一种不白之冤！

事后，从他们各自的档案资料中，能看出他们相互不平凡的"交往"，对于对方均有很高的评价：

史蒂芬称她："一只真正的小白狐，纳粹德国谍报工作最完美的结晶，既有女性间谍的风流与魅力，又有男性间谍的刚毅与果断。二者合一，可怕。"

荷恩妮称他："20 世纪的沃尔辛厄姆（16 世纪英国天才的情报专家，现代国家情报理论体系的奠基人之一），艾森豪威尔的一件秘密武器。作用不亚于 3 个满员的步兵师。擅长于耍小聪明。虽然偶尔会露怯。神枪手！徒手格斗术极佳，但迷人功夫也不错。离过两次婚……"

贝尼蒂笑赴刑场

一个漂亮的德国贵族少女贝尼蒂，在为表哥复仇的驱使下竟变成了一个间谍。谁知这位生性风流的间谍不仅复仇未成，更是坠入波兰间谍的情网，难以自拔。后来，她竟心甘情愿充当两面间谍，不惜出卖德国的重要军事机密。事败后，这位美若天使的女人在被刽子手砍下头颅时，脸上依然露着微笑，似在静候情人的亲吻。

投入男谍怀抱

1900年，贝尼蒂出生于波兰的波兹南（当时叫波森），是德国空军官员里希托霍芬男爵的表妹。在第一次世界大战期间，这位男爵率领德国空军共击落敌机100多架，给协约国军队以重大打击，被称为德国的国宝。然而，天有不测风云，1918年他却战死在沙场。

里希托霍芬男爵之死，对当时过着平静而优裕生活的贝尼蒂无疑是一个极大的打击。她的心理发生了彻底的变化，"复仇"二字已占据了她的整个心灵。

此时，贝尼蒂已长成为一位窈窕淑女。当她下定决心要为表哥报仇后，不久就参加了德国间谍组织。经过训练，被派往巴黎执行任务。

但是直到第一次世界大战结束，贝尼蒂都没有达到自己复仇的目的。后来，她在巴黎嫁给了年纪可以做她父亲的弗尔肯海因，一位极热心于赛马的人。贝尼蒂这时无所事事，为排除烦恼，因而经常随丈夫来到赛马场。在赛马场经丈夫介绍，认识了索斯诺斯基男爵。两人竟然一见钟情。

索斯诺斯基男爵的家族是波兰最古老的贵族，当时他在巴黎已是拥有数匹赛驹的大财主。青年时代曾在奥地利军队中服役。他身材魁梧，仪表堂堂，见面就能抓住女人的心，充满了贵族男子的魅力。同时，他还是一位十分热爱波兰的爱国者，在第一次世界大战前，他组织一批志同道合之士进行了积极的复国活动。大战结束，波兰复国后，他即成为波兰的谍报人员。他是一个十分复杂的人物，既具有忧国忧民的思想，同时又在生活中玩弄过许多女性。在从事间谍活动中，他曾到过柏林、维也纳、华沙等地。现在又潜入巴黎，当然也是为了完成间谍任务。他做间谍工作深得其妙，成绩显著。因为，他有得天独厚的条件：潇洒倜傥，又有用之不尽的金钱，这使他很容易接近上流阶层的妇女，以甜言蜜语诱骗他们，暗中窃得军事机密。

生性风流的贝尼蒂本来与丈夫年龄相差悬殊，她与索斯诺斯基男爵钟情后，自然就忘记了丈夫，而同男爵共享欢乐。她身穿十分豪华的服装，经常与男爵手挽手地出现在宴会厅或夜总会。于是，他们的风流韵事很快就成为社交界的热门话题。这事又很快传到德国，德国情报部门立即下达了召她回国的命令。

两面间谍

与贝尼蒂一块儿来到柏林的还有她的情夫索斯诺斯基男爵。

当时，正处在各种困境中的柏林，人们天天陶醉在放荡不羁的尽情享乐之中。在这种及时行乐、自暴自弃的风气中，既有金钱，又是美男子的索斯诺斯基男爵很顺利地打入了上流社会，并在社交界的名望迅速提高。他每晚举办豪华宴会，招待各方的绅士名流，从中逐渐发展自己的间谍网。而他的美艳情妇贝尼蒂有宴必到。她显得高傲而娇媚，心满意足的喜悦每时每刻都能从她那漂亮的脸蛋上反映出来，使她那丰满的身姿更加充满了性感的诱惑。

然而，贝尼蒂也有烦恼的事。尽管她与索斯诺斯基男爵进出成双成对，俨然一对夫妻。但作风轻浮、用情不专的男爵却极善于巧妙诱惑她，从不向她提出求婚的意思。开始，他说：

"如果你是独身的话，就与我结婚吧。"

当贝尼蒂与结婚好几年的丈夫弗尔肯海因离婚后，她原以为很快就能投入男爵的怀抱。她万没想到索斯诺斯基这时却用一种冷淡的态度来对待她，根本不想与她结婚。同时，还经常借口商务繁忙，频繁来往于巴黎和维也纳。每当贝尼蒂苦苦哀求与他一同前往时，都遭到他的拒绝。这使心里十分难过的贝尼蒂不由得暗自想道：

"奇怪，他肯定有什么事在瞒着我。我得暗地跟踪，抓住证据。"

秘密跟踪侦察的结果使贝尼蒂大吃一惊。原来，她如疯似魔般狂爱的情人，不仅在维也纳早有妻室，还与柏林当红的女明星玛丽·波多拉热烈地相爱着。这时，她像发了疯似的，马上赶到他住的公寓，号啕大哭，歇斯底里地大吵大闹。

索斯诺斯基看着她的面孔沉思了一会儿，好像下定决心似的问道：

"既然你知道我的事，我也不想瞒你。不过，我倒有兴趣知道你是使用什么手段弄到我的秘密的。"

说完，他故意装出一副强硬的姿态，冷漠地在一旁抽着烟。

面对深深爱着的男人这种傲慢强硬的态度，贝尼蒂无力争辩，只是伤心地痛哭。但是，她并没灰心，决心无论付出多大代价，都必须占有他。她这种狂热的欲望，随着时间的推移越来越强烈。当她后来很快了解到索斯诺斯基男爵是一个可怕的间谍时，她仍然一如既往地爱着他。她不在乎所爱着的人是间谍，还是恶魔，或是别的什么更可怕的东西。她只有一个欲望，就是把他变为自己的掌中之物。在她了解到他的忌妒心很强后，她认为：

"要想得到这个男人，只有挑起他的忌妒心。我要与其他男人结婚。"

不久，贝尼蒂与一直追求她的约瑟夫·冯·贝尔德男爵草草结了婚。自然，这种以报复为目的的婚姻是没有爱情可言的。

贝尔德男爵在德国空军机关工作，这对索斯诺斯基来说是一个很好的猎物。为了获得德国空军情报，他又对贝尼蒂热情起来了。经常到她的家里去，以便达到一举两得之目的。他时常彬彬有礼地出现在她的面前，勾引她再次燃起"爱情之火"。在他的引诱之下，她终于又一次背叛了自己的丈夫，重新投入索斯诺斯基的怀抱，不惜出卖德国空军的重要机密，又充当了波兰间谍。波兰间谍机关称她为莫丹·唐·范。

很快，战胜国获得了一份令人愕然的意外情报，即希特勒上台后，德国违反凡尔赛条约，正在进行大规模扩军备战。在"热爱祖国"的旗帜下，希特勒对一切反法西斯运动者进行了血腥镇压。而在柏林被检举、逮捕的各界人员中，大部分又是索斯诺斯基男爵招待会上的常客。但德国当局对此并没引起足够的重视。

笑对死神

索斯诺斯基间谍网的暴露，完全是由于他另一个情人多疑的母亲招来的灾难。他为了获得更多重要军事情报，又把目标对准德国陆军雇员——年轻美貌的姑娘伊尔玛·冯·尤娜小姐，他很快就把这位小姐拉下了水。这时，伊尔玛的母亲对女儿最近突然穿起与身份不符的服装，并经常在外过夜表示忧虑。一天，她问道：

"你最近经常不在家，不是去干什么坏事了吧？你看你的穿着打扮，简直不像一个年轻姑娘！你哪来的那么多零花钱……伊尔玛，妈妈对你很担心，说话呀！求求你，告诉我吧！"

伊尔玛却沉默不语。对此毫无办法的母亲，第二天就到陆军部报告了女儿近来品行不端的情况，并恳求对她进行严密监视。陆军部随即作出了跟踪伊尔玛的决定。

跟踪结果发现她已成为间谍的同伙，大量出卖国家机密，而她的顶头上司就是索斯诺斯基。于是，希特勒的特务组织盖世太保对其采取了严密的监视，除对他们进行跟踪外，还窃听索斯诺斯基男爵与贝尼蒂的电话，拆看他们的信件。然后，对各种搜集到的材料进行综合研究，归纳出间谍集团的成员。

索斯诺斯基这时做梦也未想到，他的间谍活动已经完全掌握在盖世太保的手中。他像过去一样，依然从事间谍活动和纵情玩乐。

一天晚上，索斯诺斯基男爵又为新得到的情妇——西班牙出身的舞蹈家利阿尼克举行盛大宴会。他身着特意定做的黑缎子上有着绯红和银色刺花的东方式服装，腰上系着一条红色的腰带，悠然自得地叼着烟，被许多贵妇人簇拥着，谈笑风生。

在这种宴会上，自然少不了贝尼蒂。她仍像孔雀一样美丽。

宴会开得十分成功，节目丰富多彩，而最受欢迎的要算法国的艳舞。这种脱衣舞把人们推到了亢奋的旋涡之中，拍手、跺脚，喊叫声、口哨声……除宴会场地外，人们不知地球上还有其他地方。

正当人们兴高采烈之时，突然"啪"的一声，场内电灯全熄了，漆黑一团。

"停电了！"

"快开灯！"

人们喊叫着，乱成一团。这时，突然一声严厉的声音吼道：

"不许动！举起手来！抵抗者立即枪决！"

盖世太保的突然袭击，瞬间把欢乐场所的 50 名来宾全部拘捕了。这当中包括贝尼蒂的前夫弗尔肯海因，新夫贝尔德男爵。数日后，他们因与间谍案无任何牵连而被释放。

对贝尼蒂的审讯结束后，她被判处死刑。执行死刑的那天早晨，阴冷的浓雾笼罩着柏林郊区的古老监狱。当刑场上响起毛骨悚然的最后钟声时，只见灰色的大铁门打开了。贝尼蒂昂然挺胸，以坚实的步伐缓慢地迈步向前。她依然楚楚动人，美如天使。人们叹息着，有的甚至好像不堪忍受一样，用手捂住脸。贝尼蒂却微微一笑，似乎在嘲笑人们的胆怯。

走到斩首台前，贝尼蒂坦然地伸出她那白嫩的脖子。看守不慌不忙地拿来已准备好的皮绳，想捆住她的手。而她却激动地摇摇头拒绝了，并斩钉截铁地说：

"不需要捆绑！"

老刽子手见此情景，只好点点头说："好！"他接过助手递来的大斧，倏地举过头顶，只听到"咔嚓"一声，砍下的头颅掉到了事先准备好的柳条筐里。只见死者的嘴唇仍然微张着，脸上还是那样露着微笑，没有任何痛苦与忧伤的表情，就像在含情脉脉静候着恋人的亲吻那样。

索斯诺斯基本来也判以死刑，但他没有死。他与被波兰抓捕的德国著名间谍约瑟夫·奥格莱夫相互交换，平安地回到了华沙。在车站迎接他的是一位身着黑色服装、用面纱紧紧包住面孔的女人，两人紧紧地拥抱着。这女人是谁？是故国的妻子，还是情妇？这只有他们自己知道。

红色卡萨诺瓦

18 世纪末，意大利出名的"大情人"季亚哥莫·吉·卡萨诺瓦在73岁时逝世。他是一个传奇式人物，从事过多种职业，当过军人和间谍。然而，后人之所以知道他的大名，并不是因为他从事这些职业时作出了什么了不起的贡献，而是他擅长追逐女人，到处留情，故成了有名的"大情人"。无独有偶，第二次世界大战之后，联邦德国的土地上，也冒出了一个到处留情，名气很大的男性色情间谍。他就是苏联克格勃间谍卡尔·赫夫曼，一个被德意志联邦政府反间谍机构人员戏称为"红色卡萨诺瓦"的人。

当上间谍

卡尔·赫夫曼早年在一家工厂学习当装配师。由于他生性聪明好学，因而很快就学成，当上了装配师。这时，随着德国经济的恢复和发展，纳粹头子希特勒的上台，德国不断向外扩展。当德土关系加强后，德国为了巩固东南，决定派出更多的技术人员支援土耳其。在这种背景下，赫夫曼作为一名工程师被派到土耳其工作。在那里，他结识了一个土耳其女人，并同她结了婚。

然而好景不长，第二次世界大战前夕，赫夫曼的第一次婚姻破裂，他只身回到德国。由于没有找到工作，在相当一段时期内，他只好挨家挨户地去推销妇女穿用的内衣内裤。

当希特勒发动第二次世界大战后，军火工业的生产日夜繁忙。赫夫曼因而在德国容克飞机制造厂找到一份工作，充当学徒车间的监工。容克飞机制造厂是当时德国最大、最著名的厂家，它生产的容克战斗机是德军用于战争的主要飞机。其间，他再次结婚。但这次婚姻并没有给他带来更多更长久的幸福和欢乐。两年后，他与妻子又分手了，他再次过起单身汉的生活。

卡尔·赫夫曼

1945 年，希特勒被盟国打败，第二次世界大战结束。战争的沉重灾难使德国的经济遭到毁灭性打击，并一蹶不振，在相当长的一段时期内经济十分不景气。在这种情况下，赫夫曼再度失业，生活艰难，几乎到了难以维持的悲惨境地。被生活所逼，他只好挑起修锅的行头，当了补锅匠以维持自己的最低生活。

在补锅生涯中，赫夫曼经过长期摸索，竟发明了一种黏合机。从此，他的命运发生了变化。他充分利用发明的这种机器赚了一笔钱。他用这笔钱在鲁德兴开办了一家旅游代办处，而且还找了一个女人，第三次结婚。然而，命运总是和他开玩笑，没多久，生意清淡，女人也跑了。

赫夫曼开办旅游代办处失败后，他又突然做起葡萄酒的出口商。他认为这职业不错，没有什么危害，人们喝酒的兴趣会随着收入的增多、生活水平的提高而越来越浓。尤其是葡萄酒，对女士们也有吸引力。然而，正是这一看来没有什么危害的职业，将他引上了间谍的道路，变成一个"红色的大情人"。

那是1953年，他55岁的时候，为了参加一个商品贸易博览会，赫夫曼来到东德的莱比锡会场。莱比锡既是久负盛名的商业贸易集散地，也是间谍活动十分活跃的场所。就在这次博览会上，他认识了东德商业部部长魏玛·勃兰特。此人的公开身份是东德商务官员，实则是东德情报机关的头面人物，他随时为东德情报机关招募间谍。

在洽谈生意中，勃兰特为赫夫曼提供了一个难以拒绝的机会。勃兰特十分清楚赫夫曼当时的处境很不好，因为他的葡萄酒生意正每况愈下，难以维持下去。他到莱比锡会场的重要目的就是要把这生意维持下去，使其免予破产。而免于破产的希望全在于能在东德找到有利可图的订货主顾。

勃兰特暗示赫夫曼，如果他能向东德提供西德的一般经济情况，他就可以大大增加向东德的葡萄酒出口量，勃兰特保证为他找到有利可图的订货主顾。乍一听，这种要求合情合理也无可非议。而且，这种一般经济情报又都能在西德公开出售的报纸、杂志和书籍中获得。因此，赫夫曼几乎没经什么考虑，就同意了勃兰特的这个建议。

回到西德后，赫夫曼便按勃兰特的要求搜集有关情况。几个月来，他经常去鲁尔旅行，从有关公司的财务报告和许多内容无大妨害的类似材料中，挑选出一些精华部分，按勃兰特为他提供的通信地址寄到东德。东德人对他的这一举动十分赞赏，很快给他寄来了大量的金钱作为回报，并鼓励他继续干下去，进一步加强和他们的合作。尝够了失败与失业苦头的赫夫曼，这时深深感到自己找到了生财之道，生活从此有奔头了。

后来，当勃兰特再次会见赫夫曼时，要求他提供一些有关西德的机密材料。勃兰特并信誓旦旦地向他保证，如果他能这样做的话，就能获得更多的金钱。赫夫曼经不起巨额金钱的诱惑，从而一步一步地按照勃兰特的要求，开始了间谍的生涯。

"情"字功夫

赫夫曼自从走上间谍的道路后，便积极地活动起来。开始，他没有什么情报来源，为了搞到勃兰特所说的机密材料，他只有到处跑，并找借口积极地拜访政府机构和私人企业老板的办公室。在这一过程中，他也常找机会与女秘书打情骂俏。尽管他年龄不小，但见多识广，能言善辩，并且穿戴十分整洁，衣冠楚楚，首先给人的印象就不错。他结过三次婚，并且交过数不清的女朋友，因而既有失败的教训，也有成功的经验。他能很快窥探出女性的心理，根据不同对象灵活地运用不同的方法，扮演不同角色，进行各式各样的表演，以博得她们的欢心。这就使他在情场上显得老练而有魅力。而且，成功率十分高。

比如，对于那些年轻的女秘书，赫夫曼为了博得她们的欢心，开始把自己装扮成一个富有同情心的长辈。当她们把他当作父亲一样看待后，他便邀请她们上餐馆、咖啡店、电影院或戏院，以及别的娱乐场所。吃过几次饭，喝过几次酒或咖啡，玩过几次后，这些女秘书们不知不觉地就中了他的圈套，有的甚至成为他的情妇，和他睡觉，寻欢作乐。有的尽管并不和他发生性关系，但她们认为赫夫曼对她们有父亲般的态度，又很慷慨大方，既风趣幽默，又彬彬有礼，仅这些就够了。她们向他提供他所需要的材料也心甘情愿。

至于对那些年纪较大的女职员，赫夫曼则根据她们的性格、爱好和兴趣，送去一束玫瑰花、一盒巧克力或糖果，以及其他什么小礼品，向她们大献殷勤，表示他对她们的爱。这些女人觉得有这么一个能体贴人的人向她们求婚示爱，心里像吃了蜜一样甜滋滋的。接着，赫夫曼就邀请她们共进晚餐，最后以走进她们的房间到床上去寻欢作乐来结束这完美的一天。

哪位女人一旦上了赫夫曼的圈套，赫夫曼总会不失时机地劝说她提供一些机密文件给他。同时，他向她保证要这些东西绝不是什么间谍活动，只是搞一点内部消息，使他从事的生意更加兴隆发达。当这些女人开始为他提供情报后，他的要求便逐渐增多，直到她们心甘情愿地偷出文件让他拍照。赫夫曼也时常去这些女人的办公室里，用他那架16毫米的米诺克斯照相机偷拍。然后，他竟毫无掩饰地将这些和家庭照相的底片一齐送到照相馆去冲洗，使人看到后，还以为是无关紧要的家庭生活小照片。

赫夫曼在女人面前的充分表现，不仅使那些初恋少女尝到了爱情的甜头，被他弄得晕晕乎乎；就连那些心灰意冷或结过婚的妇女，也能从他的爱情中得到生理上和心理上的最大满足，被他搞得昏头昏脑。艾姆尔德·雷莱是一个长相一般的半老徐娘，她在外交部工作，曾为赫夫曼提供过重要的外交情报。事情败露之后，她在法庭上承认自己疯狂地爱着他，为了和他共同生活，她不惜抛弃丈夫和两个孩子。在解释她的这些行为时，她说出的理由竟使法官大吃一惊。她说：

"在一种神奇力量的影响下，我帮助了卡尔。好像有个人坐在我旁边，对我说，你必须帮助赫夫曼。"

释放后再结婚

由于赫夫曼积极的间谍活动，他的情人遍布全国各地，每年他要开车跑好几千公里轮番同女人们睡觉。从1953年到1958年的5年时间里，他走遍了德国各地，从一个办公室到另一个办公室，从一张床上到另一张床上。他迅速而又似乎真诚地向各种类型、不同年龄的女人们求爱，老练而又狂热地和她们私通，并像魔术师变戏法一样，施展他的手腕，从她们的办公室、保密柜和打字机上获取了众多的秘密文件。

就这样，赫夫曼有众多的情人向他提供着不同类型的情报。艾姆尔德·雷莱在西德外交部工作，除了向他提供国家的外交机密文件，还把德国政府与其驻梵蒂冈大使之间的来往信件全部复印给了她的这位"情人"。这就使东德人，并通过他们也使苏联人清楚地知道了西方对于1953年9月逮捕波兰大主教斯蒂潘·维辛斯基的态度。在美国科研机关威斯巴登办公室工作的漂亮的金发女郎艾弗雷德·普赫娜也为他的爱情所倾倒，心甘情愿地为他提供该研究所的技术情报。在飞机工厂里工作的一个有着明亮而美丽大眼睛的女秘书，则向他提供该厂飞机制造业的最新工艺及其细节。在曼内斯曼炼钢联合企业里工作的一个爱慕他的女人，也慷慨地为他提供经济和工业机密文件……

由于他要开着人民牌小汽车到处跑，为了使他能及时传递所获得的情报，东德情报机关还专门派出技术人员，对他的汽车进行特殊改装，装上对讲机和发报机，使他在开着汽车并且不减速的情况下，也能接受上司的指示和发送他所获得的情报。

无论是玩女人还是每天开着汽车到处跑，都是大量消耗精力的事。不要说一个近60岁的老人难以承受，就是一个年轻小伙子这么玩命也是受不了的。但赫夫曼不但神奇般地做到了，而且精力十分充沛，使所有的情人都快活，都和他爱得死去活来。对任何一个间谍来讲，有这种表现实在令人吃惊。不仅如此，5年来，他还躲过了德国反间谍机关的侦察，成功地从事着自己的间谍活动，把大量机密文件送往东德。由于他卖命地为东德人工作，因而，从他们那儿获得了25000美元的报酬。

赫夫曼间谍案的暴露不是德意志联邦反间谍机构有什么能耐，而是由情人们的内讧引起。

那一次，他在地中海的一个疗养胜地正和一个新的情人寻欢作乐时，被他的另一个定期拜访的情人所发现。她受不了这种刺激，打翻了醋缸子。为了报复赫夫曼这种不忠行为，她便给反间谍机关打了一个电话，告发了赫夫曼这个"红色卡萨诺瓦"。这便引起了德意志联邦共和国反间谍机关的注意。他们经过深入侦察，掌握了赫夫曼从事间谍活动的事实，因而决定逮捕他及其同伙。当反间谍机关突然逮捕他，给他戴上手铐的时候，这个衣冠楚楚的色情间谍却嘟哝着：

"感谢上帝，现在我总算躲开这些女人了！"

看来这众多的女人需要他去满足，他也有些烦了。

赫夫曼进行间谍活动的罪行证据是无可争辩的。他也没说自己是无辜的，但是为了减轻罪刑，他争辩着说：不是为了思想意识上的原因而进行间谍活动的。对于他的这一说法，法院不予理睬。最后审理结果判处他5年苦役。外交部的同伙艾姆尔德被判处3年徒刑。而漂亮的金发女郎艾弗雷德·普赫娜被判刑9个月。

当警察去领赫夫曼服刑时，这个现代卡萨诺瓦式的大情人还得意地说：这种被迫的单身生活，能使他有个机会喘喘气，暂时休息，调整一下紧张的神经与筋疲力尽的身体。他宣称："你们等着吧，我一被释放就要再结婚。"

情人的枪口

1917 年亦即第一次世界大战结束的前一年，法国第二厅优秀特工人员亨利·杜蓬特在小镇 L 地休假时，艳遇玛丽。他本想在休假中来一次牧歌式的恋爱插曲，却意外地发现她竟是……

一语泄天机

亨利·杜蓬特为人开朗，热爱特工工作。他认为和敌人周旋令人精神振奋。他被第二厅派到工作最紧张的 X 地，不仅长时间得不到休息，而且时常要开夜车加班。长期没完没了地工作，使他感到劳累过度，精疲力竭。鉴于此，司令官命令他去休假。他为此而暗暗高兴。

第二天早上，他就离开了巴黎的营地，来到离营地 25 公里，战争尚未光顾而安静的小镇 L 地。L 地的田园风光使他立刻畅快起来，像逃学的孩子那样高兴。他决定忘掉战争和公务，摆脱一切烦恼，痛痛快快度过半个月假期。于是，他在当地唯一的一家旅馆的楼上租了房间。当他换好衣服来到餐厅用午餐，看到邻桌坐的一位姑娘时，顿时将餐厅其他人抛到九霄云外去了。

这位年轻漂亮的姑娘穿一件蓝色的上衣，独自一人坐在那儿，故意低着头，望着桌上的盘子。第六感告诉杜蓬特，对于对方的出现，双方均感到十分敏感。年轻、不乏风度而又尚未结婚的杜蓬特颇具罗曼蒂克情趣，他幻想在休假中来一次牧歌式的恋爱插曲。于是，他一边慢慢吃饭，一边不时地朝她张望。当他们的目光相遇时，他举杯向她致意。她羞红了脸，不好意思地笑了笑。他吃完饭，提议两人一起喝咖啡，她点点头，居然同意了，并朝杜蓬特嫣然一笑，似含无限深情。

两秒钟之后，杜蓬特就坐在了她的身旁，交谈中了解到她叫玛丽，是巴黎一家商行的女秘书，也是当天上午刚到的。还知道她是因为讨厌巴黎太喧闹和奔赴战场的大兵拼命寻欢作乐，恣意欢度眼前生活，以及不能返回离战场太近的家看望父母，在女友莎丽遭家人反对而未同行的情况下，单独来 L 镇过几天安静日子的。她的声音像夏夜小河潺潺的流水一样，非常动听。杜蓬特则以在哈瓦斯通讯社工作来掩护自己的秘密身份，并说他也是讨厌巴黎的喧闹和狂热，才来乡下休息的。接着，他以绅士似的口吻说：

"见到你，我觉得我的假期也许不像预料的那样平淡乏味了。"

这时，玛丽的脸更红了，眼里闪着狡黠的光。当杜蓬特知道她下午准备划船时，他建议俩人同划一条船。她很大方地接受了邀请。于是，他们租了一条船。玛丽躺在船尾的软垫上，杜蓬特在前面划船逆流而上。他们两人的兴致极高，就像老朋友一样。彼此不用开口，就能互相了解。船静悄悄地驶在波光迷人的水面上。他们时而热情地交谈，时而若有所思地凝视对方。

要进餐了，他们将船停在一个幽静的港口里。杜蓬特扶着美丽的女伴走下船，把事先准备的食品摆在地上，一边吃点心、水果，一边喝酒。然后，两人就躺在芳草萋萋的地上，任周围的蜜蜂嗡嗡，彩蝶纷飞。杜蓬特抽烟时，用胳膊支住身子，深情地望着温顺地躺在身旁的玛丽。

玛丽那张俊美的脸在阳光照耀下，泛出一股诱人的光彩，荡漾着青春的美。她伸了伸双臂，从那迷人的眼睛里瞬间飘出令人心醉的波光……杜蓬特再也控制不住自己，本能地俯下身子，吻了吻她。她的嘴唇是那么热烈、多情。他们长久而幸福地搂着，直到很晚才想起应该回旅馆。

小船缓缓地顺流而下。

杜蓬特坐在她身边的软垫上，两个人谁也不讲话，每隔一会儿，嘴唇就自动凑到一块儿。他用胳膊搂着她那纤纤细腰。她顺从地依偎在他怀里……

他们一起吃完晚饭后，又沿着小河长时间地散步。回到旅馆时，旅客都睡了。他们轻轻地走进楼上那间敞开窗子、被月光照得如同白昼的住房，不声不响地脱去衣服。银色月光照在白皙的皮肤上，使站在那儿的玛丽像一尊亭亭玉立的雕像。然后，她钻进白色被单里。杜蓬特也躺下，用胳膊搂着她。她搂着他的脖子高兴地用德语喊叫着：

"啊，我爱你！"

这位令人倾倒的美人儿，在极度兴奋时竟讲出了德语。一下子，杜蓬特感到血像凝固了一样。特工的本能和多年的经验，使他迅速松开她，跳下床，打开灯，抓起衣服就穿。

没有发现自己忘形中说出德语的玛丽，这时既吃惊，又困惑。当她得知杜蓬特要出去买烟时，她倒在枕头上快活地笑了，并告诉他，床头桌上有一包满满的烟，还问道：

"你是在借口逃避？亲爱的，到底是怎么回事？"

她春情荡漾，笑着张开双臂。

"很遗憾，玛丽，我不能。请不要问我为什么。我出去买包烟，半小时后准时回来。如果我回来时，你还在旅馆，我只好逮捕你，并把你送给附近的值勤警察。"

"逮捕我？亲爱的，你在开什么玩笑？"

"不是开玩笑。玛丽，如果是开玩笑就好了，请你别问我为什么。如果我告诉你，我不在哈瓦斯通讯社工作，而是在第二厅工作，你也许就明白了。"

"我怎么啦？"

"别浪费时间了。你很迷人，说真的，我无法用语言表达你如何使我倾倒。但是，我们必须马上分手，但愿这次分手成为永别。这一回，我不履行我的职责。但是，我第二次再碰到你，就不能再这样做了。"

无情的枪口

杜蓬特多么希望自己的推断是个错误，并确信半小时返回旅馆后，能再见到玛丽。然而，无情的事实证实了他最初的判断。他们两人的住房均无玛丽的踪影，她带着行李逃跑了，这等于自己已承认是德国间谍。

杜蓬特再也无心度假了。心中老是想着玛丽，河边、旅馆，到处都能看到她穿着蓝色上衣的影子。她怎么样了？现在在哪儿？这类问题使他无法入睡。他甚至埋怨自己愚蠢，为什么不将怀疑藏在心中，同她尽情玩乐，等假期结束后，再告诉她，并劝她洗手不干，这不更好吗？可现在，白白失去了和一个让人神魂颠倒的女人在一起的幸福机会。

在 L 地又过了两天后，杜蓬特在惆怅、烦闷中提前返回营地，使同事大吃一惊。他埋头工作，想尽力忘掉这事带来的烦恼。然而，两天以后，一件意想不到的可怕事情发生了。一个下级军官匆匆走进他的办公室，气喘吁吁地报告说：

"中尉先生，我们的两个士兵在村子里抓到一个女间谍。她企图从一位军官那儿窃取情报，结果被抓住了。她就在这儿，你要审问她吗？"

当杜蓬特全副武装，跟着这位下级军官一起走出门时，像当胸挨了一颗子弹。站在他面前的竟是玛丽。被两个士兵扭着的玛丽态度傲慢，咄咄逼人。可当她认出杜蓬特时，脸色一下子变得刷白。杜蓬特紧张地望着她，心好像就要跳出来，他问道：

"怎么回事？"

"中尉，我和杜波依斯在红兔旅馆站岗，这女人和一名骑兵军官住在一个单人房间里。那位军官已有所察觉，就假装喝醉了。她问他们营驻在什么地方，属于哪个师。军官证实了自己的怀疑，就故意把她留下，让一个朋友来找我们。我们逮捕了她，搜了她的皮包，发现里面有这个小本子，就把她带到营地来了。"一个士兵回答道。

翻开小本子，只见上面记有部队的番号和一些军官的名字，以及一张当地地图，并用德语地图上常用的箭头和符号，标有各司令部的名称。更为严重的是，在最后一页上，有和柏林联系的地址。

杜蓬特鼓起勇气，抬头看着她说："你还有什么要说的吗？"

"这是战争！"玛丽耸耸肩，淡淡一笑说。

她的勇气很快消失了。她挣脱扭住她的士兵，扑到杜蓬特跟前，抱住他的腿，吻着沾满泥浆的靴子，绝望地喊着：

"发发慈悲吧！看在上帝的面上，饶了我吧！我求求你，我还年轻，我不想死啊！"

她不想让扭住她的士兵听懂，在绝望中用德语和杜蓬特讲话。杜蓬特呆呆地站在那儿，一句话也说不出来，心里上下翻腾。我能再次逃避自己的职责吗？

"把她带走，先关起来，明天审问她吧！"他对士兵说。

命运给杜蓬特又出了一道难题，因无人代替他，审讯还得由他主持。审讯结束，判处第二天凌晨枪毙。按照惯例，杜蓬特心碎地问她临刑前还有什么要求，她毫不惊慌地对他凄然一笑说：

"我想要一包××牌香烟……"这种牌子正是杜蓬特平时喜爱抽的烟。

"这些香烟使我想起了幸福的一天。一天时间太短了！"玛丽感叹地说，"我的朋友曾给了我一次机会，可惜他现在不能再给我第二次机会了。"

过了若干年后，杜蓬特同朋友谈起此事时，最后总忘不了说：

"即使现在，当我躺在妻子旁边的时候，有时还会突然惊醒，好像看到玛丽——啊，也许永远无法知道她的真实姓名——一个穿蓝色上衣的美丽少女。这个少女的影子总是苦苦地折磨着我！"

思春而误国的猫

密芝莲卡丽是一个聪明绝顶、屡建奇功的女间谍，又是一个使敌人闻风丧胆的女英雄。谁能想到呢，后来她却在男性色情间谍的诱惑下，背叛了自己的祖国，替敌人卖命，而走向悲剧结局。

可怕的猫

密芝莲卡丽出生于英国，父亲是政府中的一个小公务员。她一生下来就讨人喜欢，既聪明又漂亮。在 18 岁那年，她结识了一个英俊的法军少尉。没过多久，就双双坠入了爱河，旋即结婚。因丈夫被派到非洲的阿尔及利亚去服役，她也跟着来到北非，过着幸福与甜蜜的生活。

第二次世界大战爆发之后，他们从非洲返回法国。密芝莲卡丽在一家医院找到护理工作，而丈夫却上了前线。战争打破了她的美梦，破坏了他们的幸福生活。不久，丈夫在前线与德军作战中阵亡。密芝莲卡丽痛不欲生，决定要报仇雪恨。

当德军越过边界向内推进占领法国全境时，密芝莲卡丽一直干着照料伤病员的事。在法国沦陷后，密芝莲卡丽在法国抵抗组织中坚持着地下斗争。这期间，她结识了许许多多的朋友，他们大多是法国军官。在这些朋友中，密芝莲卡丽特别喜欢罗文。罗文是一个波兰人，他既高大又漂亮，密芝莲卡丽很快就钟情于他。罗文决定组织一支抵抗德军的队伍，密芝莲卡丽毫不犹豫地参加了。她决定拿起武器同德军作战，替丈夫报仇。不久，

密芝莲卡丽

罗文成为抵抗部队中的领袖。而密芝莲卡丽这时也练就了一身十分娴熟的收发报技术，在抵抗组织中充当报务员的工作。那时，在敌后工作，为了隐蔽身份，所有报务员都有自己的代号。而密芝莲卡丽喜欢她爱人叫她"我的小猫"，所以她决定用"猫"来作自己的代号。正是这只猫在往后的日子里，在英国与法国抵抗组织中大出风头，赫赫有名。而德军每听到她的声音就气得要命，非置她于死地而后快。

密芝莲卡丽使用地下抵抗部队的秘密无线电台，每天夜晚都向伦敦发出重要的情报。而且，她的情报有自己特殊的标记，如果是通过无线电发往伦敦，则在情报的开

头必是"猫作报告"。如果是通过密写邮寄的情报，也必定要在开头画一只猫。很快，她通过电台所发的温柔声音和猫的标记在伦敦和法国抵抗组织中名声大震，甚至连德国人也知道了这只著名的女间谍猫。

　　为此，德军秘密警察在法国狂抓滥捕，将许多法国女郎投进监狱，进行严刑拷打，妄图从中找出那只可怕的猫。但密芝莲卡丽凭着自己的聪明和智慧，一次又一次地躲过危机，使他们的一切阴谋破产。经常是当德军在街上大踏步走过时，她却在室内向伦敦拍发密报。对此，伦敦方面也十分担心，常常向她发出友谊的呼声，让她"珍重自己，勿作愚蠢的冒险"。

法国抵抗组织成员在擦拭武器

　　密芝莲卡丽与伦敦频繁的无线电联络，无须说出自己的隐身地点，德国人通过无线电测向也能找出电台的具体位置。尽管如此，由于密芝莲卡丽经常变换发报地点，来去无踪，他们仍然不能立即找到她。对此，德国秘密警察头子戈林十分震怒，他下令全巴黎的特工人员全力寻找猫，尽快把她抓住，否则全部就地枪毙。于是，每天晚上，德军无线电侦察小分队广布在巴黎的大街小巷进行侦听搜捕。然而，每次在他们满怀信心找获后，当快要搜捕到电台的具体位置时，结果又垂头丧气地空手而归。

　　密芝莲卡丽如同在同德军无线电技术侦察人员开玩笑，捉迷藏，一次又一次地躲过他们的侦察搜捕。最可恼的一次是当她与伦敦联络时，德军无线电侦察分队的测向机指针指向同一个地区，并搜捕到三角区的具体房屋，抓住她已是唾手可得的事。但当秘密警察快速行动，逐屋搜查时，猫又一次神奇般地逃走了，而且连收发机也带走了。德军特工人员一无所获，又一次来迟了，又一次尝到了猫的厉害。

　　几天后，猫不但依然如故地在巴黎郊区的一个地点向伦敦发送情报，而且她还颇有兴致地去西班牙边境旅行。在那儿，她获悉德军在瑟堡建成了一个巨大的汽油站。后来她又来到瑟堡，搜集了该汽油站一切情报。

密芝莲卡丽在向伦敦发报

当晚，她拟好电报，立即和伦敦进行联络。英国在接到她的详细情报后，不到一天，就派轰炸机将其全部炸毁，使德国人惨淡经营的秘密汽油站瞬间化为一堆废墟。

被炸昏了头的德军无线电侦察人员只好再次坐下来进行研究，重新布置了侦察力量，妄图通过不懈的努力，侦测出密芝莲卡丽的秘密电台的新位置。但结果仍是一而再、再而三地扑空，都被这只狡猾的猫先行一步，及时逃脱掉。

思春的猫

经过较长时期的敌后斗争，密芝莲卡丽不仅是一个全能间谍屡建奇功，成功地戏弄了德国人，而且逐步成为法国地下抵抗组织的一个重要领导成员。这时，她将与伦敦的无线电通信工作交给其属下另一个女人。这个女人叫兰尼，长着一头金发，十分美丽动人。兰尼本来也是一个很坚强的反法西斯战士。她利用自己的美色，成功地吸引了不少德国军官，从他们身上获取了许多重要情报。然而，后来问题就出在她爱上了密芝莲卡丽的情人。

兰尼从密芝莲卡丽的手中接过报务工作后，她不仅喜欢这份带有刺激性的谍报工作，更喜欢借此去亲近密芝莲卡丽英俊的情夫阿孟。没过多久，她就爱上了这个小伙子，经常想亲近他。但阿孟却对她没有任何爱慕。一次，他竟毫不隐讳地对兰尼说："我时时爱着猫。"

兰尼听后，很难咽下这口酸醋，决定置自己的情敌于死地而后快。一天，她在巴黎一家餐厅引诱一群德国军官时，认为机会来了。于是，她对他们说："你们不是要找猫吗？我知道猫是什么人。"

德国秘密警察正为猫伤透了脑筋，听了兰尼的话，立即将她带到秘密警察总部进行讯问。这时，兰尼知道自己说漏了嘴，如果她照实说了出来，不仅密芝莲卡丽要被处死，而且她和阿孟也同样活不成。为了摆脱这种结局，于是她说这是酒后说说玩笑而已，她什么也不知道。德国人见问不出什么，只好把她放了。

如果兰尼将此次遭遇向组织上报告，及时采取措施，一般讲是不会出现什么大问题的。可惜的是她没有这样做。德国人并没有因为她说是开玩笑而真正放弃，他们意图不惊动她，放长线钓大鱼。于是，放她出来之后，暗中派人跟踪监视她。兰尼对此毫无察觉。她就这样在毫无警觉的情况下，将德国人引到了密芝莲卡丽和阿孟所居住的秘密房屋。一对情人立即遭到逮捕，并被送到秘密警察总部。

当时，德国人使用酷刑对待所有的抵抗运动战士，像密芝莲卡丽和阿孟这样坚强的反法西斯战士，更是必死无疑。被捕的密芝莲卡丽任凭德国人百般盘问，严刑拷打，她一句话也不讲。当盖世太保告诉她，明早就要枪毙阿孟，她也不回答任何问题。当一个盖世太保在她面前读出一系列地下抵抗组织人员的名单时，她瘫软在椅子上，却仍旧一言不发。第二天一大早，阿孟被枪毙了。密芝莲卡丽觉得再也没有什么值得她留恋的事了。连日来，她被关在一间小黑屋里，等待着死亡的到来，以求一死百了，脱离人世。

正当密芝莲卡丽对一切心灰意冷，等待着死期到来时，一个意想不到的人走了进来，使这只快走到尽头的猫儿心中重新燃起爱情之火，并投入德国人怀中，成为他们的宠物。

这是被捕后的第三天，当狱门打开时，走进一个高大而穿着平民服装的德国人，名叫晓高比利察。他长着一双使女人无法抗拒的蓝眼睛。当密芝莲卡丽第一眼看到他时，就被他那双眼睛所征服，燃起了生的欲望。而且，他还和天天拷打她的秘密警察不同，文雅而友好。他看着她的眼睛说：

"如果你相信我的话，我可以帮助你。"

密芝莲卡丽从晓高比利察的眼睛中看到了生的意义。她在德国情报部门中又找回了爱情。她什么也没说，也说不出来；她默默地跟着他走出了监狱，接着又上了汽车。

晓高比利察把密芝莲卡丽带进了巴黎郊外的一座大厦中，两人同居在里面。他决定把这只可怕而又思春的猫，变成一只德国军事情报部门的宠物，回击英国人。

该死的猫

前文说过，自阿孟死后，密芝莲卡丽伤心地等待着死神的降临，谁知她意外地又获得了晓高比利察，他讨好她，给她优厚的物质享受，还给她种种柔情和抚慰，使她青春的欲火又熊熊地燃烧了起来。猫儿一思春是不顾一切、不计后果的。密芝莲卡丽这时已爱恋着一个法西斯。她十分信任他，而且对他言听计从。

过去，晓高比利察利用高薪酬报，曾使不少法国抵抗运动战士转过来为德国人效力。这次他要用男性的阳刚之气，征服这只美丽的小猫。他轻而易举地做到了。猫已相当听他的话了。他为她出主意，向伦敦联络，发出德国人为她拟好的假报告。每天夜里，"猫作报告"的无线电声，又传到了伦敦，人们对她没有丝毫怀疑。

这时，密芝莲卡丽的工作室也从过去的陋巷小屋，搬进了德国军事情报部门的宽敞房间。为了她深深爱着的人，她与晓高比利察策划了一个更大的阴谋，决定愚弄英国人，救出被困在法国布勒斯特的3艘德国的一级巡洋舰。这3艘军舰已被困在法国一年多。如果他们冒险冲出英吉利海峡，就会立刻遭到盟军的轰炸，无异于自杀。

要想使盟军中计，相信这3艘军舰损坏过重，在战争中一直会留在布勒斯特动弹不得，只有猫的声音才能做到。于是，1942年的一天夜里，密芝莲卡丽向伦敦密报说，德国的3艘军舰已在布勒斯特拆毁了。在她发报一星期后，又让德国海军上将在当地宣布军舰上的军官离岸，士兵在岸上到处游逛，以便让英国情报人员看到。英国情报人员受到了愚弄，把所见所闻报告给伦敦。伦敦当局将猫的报告与其他情报人员的报告进行统一评估后，认为此事是真的。从此，英国海空军取消了日夜警戒，这就使德国海军有机可乘。

10天后，当英吉利海峡满布浓雾时，德国海军的史杰荷斯号、吉尼西诺号、欧根王子号3艘一级战舰，冲出了狭窄的英吉利海峡，使英国一年多的努力付之东流。

这次事件使英国人十分尴尬，政府要员一谈起此事，便愤怒到了极点。他们纷纷指责丘吉尔，竟被一个变节的女子替德国打了一拳。

从此之后，伦敦方面再也不相信密芝莲卡丽所发出的密报了。与此同时，晓高比利察对她的爱也开始冷淡下来。德国人把她榨干了，她已毫无利用价值。一天晚上，在巴黎郊区的别墅中，晓高比利察对她说，他另有任务，将要永远地离开她。

听到这一消息后，她深知自己被遗弃了。于是，她大喊大叫，大哭大闹，像一只野猫一样，用她的利爪去抓她曾经爱过的人。晓高比利察推开她，并对她说：

"如果你仍留在这里，抵抗组织会来收拾你的，你最好到国外去。"

求生的欲望使密芝莲卡丽问道："我去哪里？"

晓高比利察答道："英国。"

密芝莲卡丽细想之后，感到也对。但如何去英国，而又不受到惩罚呢？这时晓高比利察又和她共同策划了一个瞒天过海之计。于是，她首先与伦敦取得了联系，并发报称：她要向总部解释德国3艘军舰冲出英吉利海峡之事。为了明白事实真相，伦敦同意安排接她去英国。

猫十分顺利地回到了伦敦。接着，戴高乐将军的部下对她进行了侦讯审查。密芝莲卡丽用事先编好的谎言掩盖了事实真相。很快她就过了关，把责任推得一干二净。

正当密芝莲卡丽认为大功告成时，几个死里逃生的抵抗运动战士返回英国，一五一十地将她背叛抵抗运动，投入德国人的怀抱，替他们卖命的事实和盘托出。于是，她被拘留了。

1949年，在拘留密芝莲卡丽7年后，英国将她移送到法国。法国军事法庭在核查事实后，依法判处她死刑。这时庭外的群众大声怒喊："把猫处死，送她上断头台。"

密芝莲卡丽在死囚室被关了4个月后，律师呈请总统开恩。欧利奥尔总统将她改为终身监禁。这只思春而误国的该死的猫，最后在监狱里走完了她人生的旅程。

交际场所的超级间谍

一份从南斯拉夫外交部获取的秘密情报曾使希特勒大为震怒，他下令情报机构彻查该国驻柏林武官 V，但一无所获。然而一次偶然的奇怪电话，又点燃了希望。纳粹情报机构的进一步调查表明：武官 V 是一个标准的"社交场上的间谍"。他专门引诱那些漂亮而风流的女人，然后再用感情控制她们，为其间谍活动服务。

来自内部的惊人情报

1940 年年中，当希特勒的法西斯军队在西欧横扫盟军，一举夺得西欧的控制权后，接着他又决定侵占巴尔干半岛，要把巴尔干半岛各国统统置于他的血腥统治之下。为此，派遣大批间谍潜入有关国家，大肆从事情报活动。有些战略间谍甚至渗透到巴尔干半岛各国的核心部门，隐藏得极深。他们不仅搜集这些国家的军事、政治、外交等战略情况，同时也搜集这些国家派遣到德国的间谍情况，为纳粹反间谍机构服务，以便及时清除危害德国利益的隐患。其中，德国派到南斯拉夫的间谍干得最出色。

1940 年下半年，德国渗透到南斯拉夫外交部的间谍，已经能够查获该国驻外大使馆和领事馆密传回去的许多秘密报告文件。在这些报告中，最令他们感兴趣的是获取了南斯拉夫驻柏林武官 V 向该国总参谋部报告的德国情报。这些情报无论从哪种角度看都是第一流的。报告的体裁，从结构到文字等各方面都非常清晰和完美。至于报告的内容，在叙述德国高层政治、军事等计划的内幕情报时，其详尽与正确程度更使人惊骇不已。

其中一份军事情报，极其详细地报告了德国轰炸机和战斗机生产的精确数字，以及其他许多细节。纳粹情报机构获悉此材料后，呈送给野战司令凯特尔，他立即转呈希特勒。希特勒得知这一情况，严厉指责了军事统帅部疏忽职责和军事工业部门严重缺乏保密观念，同时，他命令军事情报局（阿布威尔）首脑卡纳里斯立即与中央安全局局长赫德里希共同研究对策，并要求纳粹间谍头目舒伦堡具体执行，一定要在极短的时间内向他提出详细的调查报告。

根据希特勒的命令，卡纳里斯与赫德里希放权给舒伦堡，只要他认为有必要，就可以不待上级的同意，采取任何步骤，其中包括触犯该武官应有的外交豁免权。这一决定自然是一个非常严重的事情，因为当时德国与南斯拉夫的关系已经很紧张，弄不好，这件事很可能导致两国间的公开破裂，或更大的政治问题。

舒伦堡在和他的专家们分析研究了武官 V 几个月来传送到贝尔格莱德的所有情报

后，使他们产生极大困惑不解的是，他到底从哪里获得如此之多而又十分准确的情报？

尽管他们通过近期侦察，了解到南斯拉夫的间谍在德国十分跃，通过他们的领事馆布建了许许多多的工作关系。但这些仍然不是武官 V 的情报来源。

德国纳粹头目希特勒

从武官 V 所上报的情报内容看，他的消息显然是通过德国陆军的高级关系所取得的。因此，他们认为：武官 V 可能是用金钱收买，或用感情笼络了同情分子，在德国陆军的高层中建立了工作关系。于是，他们对他进行了全面监视，同时也不放过任何一个同他有来往的人。

起初，跟踪、盯梢的结果十分令人失望。他的活动与其他外交官相比，不仅很节制，而且仅仅在正常的官方集会中，他才和德国陆军的军官有来往。对其他各国驻德国的武官也是抱着同样的态度。在这些场合，他不可能从事任何有效的情报活动。因此，对他的情报来源一直是个谜。

奇怪的电话

德国反间谍机构虽然在跟踪盯梢中没有什么发现，通过窃听他的电话，也没有发现任何重要的情况。但是在这种偷听中，他们发现武官 V 和柏林餐厅老板的女儿朱姐关系密切。很显然他们俩正在热恋中。他供给朱姐小姐一切奢侈品和物质享受，并经常和她在公共场所出现。此外，他还和柏林上层社会的两名女人也有关系。但他们在电话中的谈话，并没有发现什么可疑的地方，只是了解到他们许多不同的幽会地点和时间。

若不是耐心继续窃听，几乎前功尽弃。一天，监听到的一个电话十分可疑，打电话的人说他有急事要和 V 通话，并说：

"请你立刻到我这里来一趟，就在平时那个地方！我一切都准备好了，我想你现在来最好！"

为弄清此人背景，纳粹反间谍机构加紧跟踪监视，希望尽快查清他的身份。但结果跟错了对象，一无所获。于是，他们根据通话人的只言片语，研究出其中的含义，再设法调查那个神秘的打电话的人。

经分析，纳粹反间谍人员认为：这人是空军部的一个高级军官，具体主管飞机和派往国外空勤部队的分配调遣工作。所以，他可能清楚地了解德国空军飞机制造计划方面的很多内幕。他完全有可能充当着武官 V 的最重要情报员之一的角色。

后来，又窃听到武官 V 同他的女友朱姐小姐在电话中十分有趣的谈话。从朱小姐说话的声音分析，好像她对 V 挺生气，而 V 对她的语气也十分粗鲁。他说：

"这件事，今天晚上我确实必须做。"

但朱小姐不愿意照他所说的去做，她说：

"今天晚上你真的不要写任何东西吗？这只不过是一个借口而已。你已经和其他小姐约会了。"

"我必须在今天晚上要这个文件！"

V 很不客气地说完这句话后，就把电话给挂了。

监视人员事后报告说：这天晚上 7 时，朱妲小姐很准时地来到 V 的住处，15 分钟后就离开了。V 当天晚上并没有外出。但在第二天清晨两点，V 的助手突然来看他，也在他的家里待了 15 分钟后走了。

根据上述情况分析判断：V 在这天晚上很可能编写了一份情报资料送给贝尔格莱德总部，大使馆的助手深夜出动是专门来拿这个文件的。这一判断结果很快被证实是完全正确的。4 天之后，德国隐藏在南斯拉夫外交部的那个间谍，就把武官 V 这次报告的情报副本弄回来了，其内容又是极端重要的。

交际场所的女人

纳粹的反间谍人员为了扩展这一案情，除了严密监视朱妲小姐和那位空军军官外，同时决定对另外两个上层社会的女人也加紧进行监视。这些人都很有背景。

其中一位是某将军的妹妹，她是一个拥有独立财产而又具有优雅风度的女人。她的朋友主要是工业界的大亨和德军的高级将领。她本人经常出现于最讲究的餐厅和酒吧间，并经常在下午和一群倾慕她的人玩牌。根据她的经济情况，她的财力完全可以支持这种高标准的生活水平。而且，她对于和武官 V 的友情也从不忌讳，她和她的朋友似乎都没有想到这种友谊有什么不对。

另一个女人叫维拉，是一位具有领导地位的工程师的太太。她丈夫叫鲁尔金，他在社会和军队中都享有很高的声誉。正因如此，他们的婚姻并不是很愉快。她丈夫是工作狂，好像仅仅是为工作而活着，极少关心维拉的生活。他认为作为丈夫，他已供给了妻子一切奢华的享受，这也是她渴望得到的。他对自己能够合法地占有这个美丽的女人，并常常和她在一起，感到无限快慰。至于她对其他东西的需求，尤其是精神上和私生活上的关心，他做得十分不够。因此，他们俩在公开场所出现时，其举止给人的印象，更多地像一对兄妹，而不怎么像一对夫妇。但他们对这种生活方式都极力维持，丈夫对妻子与武官 V 的亲近也似乎并不反对。

这些迹象很明显地表明：这是一个十分标准的"社交场上的间谍"活动方式。武官 V 利用自己的男性魅力，引诱那些漂亮而风流的女人，然后再用感情控制她们有意无意地为他提供情报。

为了不惊动武官 V，纳粹反间谍机构并没有简单地禁止这两个女人和他来往，以切断他的情报来源。而是采取了放长线钓大鱼的策略，力争全部搞清，一网打尽。

但后来事态的发展，却促使了纳粹反间谍机构尽快破案。在德军开始要对南斯拉夫发动军事进攻的前两天，纳粹的情报机构又接到潜伏在贝尔格莱德的那个间谍的报告：

　　"V 已经将德国进攻计划编制详细报告送到贝尔格莱德。其中，包括这次攻击所使用的兵力和战斗序列等。V 甚至还提醒德军可能轰炸贝尔格莱德（注：希特勒原计划用空袭方式进攻南斯拉夫）。"

　　当凯特尔将报告转呈希特勒后，他暴跳如雷，并指责反间谍部门为什么不把这些人逮捕起来。于是纳粹反间谍机构立即采取行动。两小时以后，就将武官 V 以及南斯拉夫情报机关派遣在德国及占领区内所有重要的间谍都逮捕了。随后在同一时间逮捕了朱妲、两位社交场所的女人和空军部的军官。但他们对此感到十分惊愕，他们声称仅是 V 的朋友，和他谈论的也是一些社交圈子中极普通的事情，而且所有的朋友都知道并经常谈论这些问题。

　　审讯武官 V 的工作连续进行了 6 天。因为他知道德国和南斯拉夫两国互相敌视的关系已经公开化，外交豁免权也全部丧失，所以，他毫不犹豫地供出了一切，并且尽其所知，非常详细而又坦白地供述了他的工作方法。经查证和研究，他的口供完全是真实的。

　　他供认：他的所有情报都来自于社交场所，主要来自于自己的一个恋人与两个情人，他对她们所提供的情况进行科学分析，然后综合整编，使其成为一份惊人的正确的情报。

恋人和情妇

　　武官 V 唯一关心的事就是替自己的恋人朱妲小姐辩护，而将所有的罪责都归咎到自己身上，反复强调说朱妲绝没有存心破坏德国的利益。审讯朱妲，她确实不知道武官 V 需要她供给情报的企图何在，也从来没有想到他的行动竟会破坏她的国家。

　　武官 V 非常详细地交代了他最近一次从朱妲那儿获得情报的情况，事情的过程是这样的：

　　一天，在朱妲父亲开设的餐厅里，她父亲和几个休假后要回总部的军事谍报人员聊天，后来又有几个陆军军官也加入其中。这些军人谈到军事单位正在积极准备一个新的大规模行动，并得到在餐厅吃饭的其他客人的证实。对这件事，朱妲的父亲感到非常激动和焦虑。第二天吃中午饭的时候，他怒气冲冲地对朱妲说：

　　"那些当权的显要人物还觉得不够，他们贪得无厌！战争已使双方死伤那么多的人，这应该是他们停一停的时候了！"

　　接着，他又多次喊叫着说："我们那些可爱的年轻人又要再度流血了！"

　　这些话同样深深地刺激着朱妲。当这天下午他们两人幽会时，朱妲的情绪非常沮丧。一见面，她就把这一谈话的情形告诉了他。最后，她还问道：

　　"你对这所有的事情怎么想？你真相信战争又要开始吗？"

　　尽管朱妲在说这一事情时杂乱无章，毫无头绪，但武官 V 已从中获得一个非常重要的情报。为了详细地了解这一情况，他要求自己的恋人再和她父亲谈谈这一问题，并希望她探寻这事的真相，写下来交给他。武官V还对朱姐说：关于她希望了解一般形势的发展情形，他可以告诉她一些真正的内幕。同时，他进一步强调他所致力的主要工作，乃是防止战争的扩大，尤其是防止德国和南斯拉夫两国间的公开冲突。

朱姐正深深地热恋着武官V，对他所说的一切毫不怀疑。但是，她拒绝要她将父亲所说的事都写下来交给他。但她按照武官V的要求和父亲再次谈了这个问题，并尽力默记其要点，在当天晚上又重复讲给武官V听。这便是那一天纳粹反间谍人员在窃听电话中，听到他们俩争论是否她应该写或不写的问题，以及以后朱姐去他居住的地方整个事情的原委。

至于武官V从交际场所两个情人处获得情报的方法更是高明和巧妙。每当他们情意缠绵的时候，武官V以非常巧妙的方法，不露痕迹地刺探着她们从朋友那里听来的消息，从中撷取每一个重要的情报。对此，她们两人对他始终没有丝毫怀疑。如他从维拉处套取或证实虎式坦克每月生产数量的准确情报，便采取了如下方式。当他们调情进入高潮时，他会说：

"你知道，维拉，我曾想到你丈夫前几天告诉你的话，这简直是无稽之谈。"

随即，他解释这种批评的理由。这样一来，这位太太就会和他争论，为自己的丈夫进行辩护。于是，武官V就乘机怂恿说：

"你必定是误解了你丈夫的意思，我简直不能想象他竟会是这样的傻瓜，会说出这一类的话。"

维拉听后不禁生起气来。她的丈夫是工程界领导人物，对于丈夫的这种地位，她常常引以为荣。所以，无形中她就中了他的诡计，按照武官V所希望的那样说：

"我一定要证明给你看，你才是一个大傻瓜呢！我要详细地再问鲁尔金关于他所说的话，那时你就会明白他是对的了！我并没有误解他的意思。"

这样，武官V在下一次与维拉的调情中，就可完全核实这一情报的准确性。在问到他是如何获取希特勒下令空军突袭贝尔格莱德的情报时，武官V交代说：

一天，他正在空军军部里看容克飞机的运输工作。有一位试飞的飞行员带着憎恨的口气对他的朋友说：

"不到几天，这些家伙都要真真地落到他们的肥头上。"

他说话的时候声音很大，而用眼睛瞟着武官V。第二天，当他与维拉幽会时非常困恼地问维拉："究竟这是怎么一回事？"

维拉说，人们传说希特勒现在要援助希腊的本里杜部队。她的丈夫认为以目前德国空军强大的威力，可以摧毁任何一股抵抗力量，这一支援工作将不至于太难执行。说这些话的时候，她紧紧地拥抱着武官V，接着说：

"你没有在南斯拉夫，而和我在一起，我是多么快乐啊！那里一切混乱起来了！"

于是，维拉又继续告诉武官V她在一个玩桥牌聚会中的详细情况，并说有一位德军空军将领的太太曾说，她丈夫已被派往维也纳去了！研究上述消息，使武官V得出结论：德国对南斯拉夫的进攻，将以大规模的空袭开始。

　　武官V还收藏着一份整个军事、政治和技术情报的完整资料卷，并已制定出研究判断这些情报的科学方法，据此判断每一个情报的真伪和价值。他很科学地分析着每一则传到他耳朵里的柏林社会的闲言碎语，然后将它们综合起来，整编成十分精确的情报。由于他是一位经过专门训练的间谍人员，专业知识使他能胜任自己的工作，他的这套科学工作方法，更使他的间谍工作逐渐臻于完美和高效。

　　他在从事间谍的活动中，除了因真正的私人感情关系，送给自己的恋人朱妲一些礼物外，其他没有花费一分钱。他承认自己和朱妲是完全为了爱情，而和社交场所的其他两个情人，完全是为了工作的目的，谈不上有感情。

　　希姆莱看准时机，在希特勒高兴时向他口头汇报了整个案情。他获得了自由处理该案的权力。因此，后来当武官V愿意为纳粹工作时，他们就雇用了这位高明的超级间谍。由于他意大利语讲得很漂亮，他们派他到意大利从事间谍活动，他同样干得十分出色。而朱妲也进入了纳粹反间谍部门工作。

超级间谍与空姐

在当代的联邦德国，有一名超级间谍被人们誉为现实生活中的"007"——德国的詹姆斯·邦德，而他的真名叫威尔纳·毛思。这个超级间谍曾在国内外反犯罪和反恐怖斗争中建立了卓越的功勋，创造了许多惊人的奇迹。

大侦探毛思

1940年2月11日，德国埃森市的一个家庭诞生了一个男孩，他父母给他取名威尔纳·毛思。毛思长大成人后，其貌不扬，1米76的个头，圆得像皮球一样的脑袋，长着一头棕黄色的短发，稀松而散乱，两只蓝眼睛也缺乏光彩，显得呆滞而无神，穿着也相当普通。然而，就是这么一个人，却在间谍活动中屡创奇迹。

1961年3月，毛思闯荡一番江湖后，没干出什么名堂，便开办了一家私人侦探所，从此走上了侦探生涯。侦探所开办之初，有一位青年女子协助他。这位女子名叫玛格莉特·依达·艾尔弗里特·宇蕾丝。她比毛思大一岁，也是德国埃森市人。后来，这位女子竟成了他的夫人，他们于1961年9月22日正式结了婚。婚后，夫妻二人继续从事私人侦探的生涯。

不久，联邦警察局雇用了毛思，但他仍以私人侦探的身份为掩护。后来又受聘于保险业、情报局。从此，毛思开始浪迹天涯，干着侦探的秘密工作。他不仅成为德国联邦警察局的"秘密武器"、情报局的宠儿、保险业的大红人，而且由于他隐姓埋名，行踪诡秘，混迹于黑社会，因而也成了犯罪分子信得过的朋友和同伙。

毛思的代号叫"M"，但他的化名多得数不清，诸如什么"里格"、"纳尔森"、"亚克"等。如果他要去警察局，不仅所有办公室的门都得关上，而且楼道里还不允许有任何人走动，更谈不上逗留了。假如他走进局长办公室，如果里面有人的话，局长会立即命令这些人背过脸，面向墙，不转头地退出去。毛思本人已成了警察局的核心机密，神秘莫测。

更有趣的是毛思的间谍活动有绝对的自主权，而且大多数情况下独来独往，不受警察局和情报局清规戒律的约束。假如需要警察配合的话，他也总是以领导者自居，发号施令，并且独断专行，要求那些警官们绝对服从他。这样一来，尽管在警察局内树敌很多，但上司仍能无条件地庇护他。因为，他们把他看成超人，他工作的好坏，直接与警察局的前途、命运相联系。

毛思的自主权还突出表现在用钱上。他的私人侦探活动耗资巨大，然而警方从不过问，对他实行全开放，用多少，算多少，全部实报实销。由于他功劳卓著，因而酬金和奖赏也很多。毛思过着相当富裕的生活：拥有私人飞机、豪华轿车，甚至整座山谷、私人动物园。警方对他从来就不惜重金，处处满足他的要求。他们认为，毛思的价值要比给他的钱高出数十倍。

毛思的私生活却不尽如人意，他和玛格莉特共同生活了22年，终于在1983年5月正式办理了离婚手续。这期间，尽管他们在事业上由"默默无闻"到"惊天动地"，然而他们的婚姻却有些复杂多变，说幸福美满、如胶似漆也可，说充满矛盾、又吵又闹也行，总之，不是一帆风顺，有时好，有时坏。这与从事秘密活动有关。

从事侦探工作既紧张又危险，而且生活毫无规律可言，事情多、任务紧，就要不分白天黑夜地干。为了隐蔽自己，还要频繁变换身份。这一切，均给玛格莉特的心理造成极大的压力，神经时常处于高度紧张状态。女人的心本来就较脆弱，没有多久，她就得了偏头痛。加之毛思又不怎么体贴她，在她犯病严重需住院治疗时，毛思不但不送她去医院，还硬拉她去破案。在性生活上不是受到折磨，就是得不到满足。因为干侦探，有时整天忙碌，玛格莉特到夜里就感到十分疲劳，对性生活毫无兴趣。但毛思却来情绪，非要折腾她几小时，没完没了地闹。然而当她情绪好，身体也处于最佳状态，需要毛思的爱抚，渴望过性生活时，毛思却因为劳累，而不关心她，蒙头睡大觉。长此以往就有了矛盾，打打闹闹也就在所难免。这样一来，夫妻俩在感情上就自然产生裂痕，以致反目，后来竟发展到毛思在外面搞女人，而玛格莉特也红杏出墙，各干各的事。1980年年初，毛思遇到一位美丽的印度空中小姐，并通过各种手段使她成为自己的情人以后，玛格莉特就更加遭到冷落，独自待在A镇的别墅里过着冷清的日子，从而加速了婚姻的破裂。

情取空姐

别看毛思其貌不扬，但他在情场上追逐女人却是一把好手。在他40岁时，他竟以自己的手段与男性魅力，在情场大获全胜，追逐上了一位24岁的年轻女子，而且是印度的一位空中小姐，一位十足的东方大美人。然后，他利用这位女子，巧施美女计，向印度政界要人刺探情报，又在间谍活动中大获全胜。

事情说来确实凑巧。1980年年初的一天，毛思没案可办，比较清闲，他就想找个地方消遣一下，放松放松自己紧张的神经。于是，他独自来到一家酒吧。一进酒吧，他发现里面坐着一位迷人的东方丽人，毛思相信任何男人都会拜倒在她迷人的眼神之下。

毛思经不住她的诱惑，于是坐到她的桌旁，同她喝酒聊天。从谈话中，毛思得知这位年轻女子叫古尔西德·茉莉尔，是印度航空公司的一位空中小姐。她服务的班机飞柏林、巴黎、伦敦航线，但常在德国换班休假。古尔西德尽管生长在印度，但对欧洲情调特别感兴趣，因此经常出入于舞厅和酒吧。

这次古尔西德遇到毛思，自然有她的好戏看。毛思与妻子已是同床异梦，这次面对如此漂亮的东方美女，他岂有轻易放过之理。毛思从第一眼看到古尔西德开始，就下定决心要使出浑身解数，穷追不舍，不管花多大本钱，都要把她追到手。

这次邂逅，毛思要来了古尔西德的电话号码，从此每天要和她通好几次电话，每次通话不仅时间长，而且用尽甜言蜜语，逗得古尔西德满心欢喜，开怀大笑。同时，两人还时常在舞厅、酒吧、公园幽会。为了博得古尔西德的欢心，一天晚上，毛思特意为她包了一座大酒店，专供他们二人饮酒、跳舞，尽情欢乐，并且送给她一条昂贵的珍珠项链和一只纯金镶宝石的戒指。这一晚确实使古尔西德玩得十分开心，极大地满足了她的虚荣心。

自这以后，他们两人的约会更加频繁，关系已十分密切。一次，他们俩在山谷别墅幽会时，古尔西德告诉毛思，追求她的人不少，但最密切的是家乡的欣先生，此人既是政界要人，又很富有。

毛思听到这个情况，职业间谍的敏感使他立刻意识到，这是一个刺探印度情报的好途径。因为印度与苏联的关系非同一般，而德国又与苏联水火不容，如果利用古尔西德这一美人，从欣先生处刺探出有关印度的情报，无疑是十分有价值的。

自这以后，毛思对古尔西德更加大献殷勤。在与古尔西德即将分别时，他说要送她一件礼物，并卖弄关子让她猜是什么礼物。古尔西德故意卖弄风情，娇嗔地让他拿出来。她万万也猜不到，毛思送给她的礼物竟是一辆豪华的奔驰280型高级轿车。顿时，她目瞪口呆，继而欢喜若狂，一下扑倒在毛思的怀里，并给了他一个深沉而热烈的长吻。毛思的脸上、脖子上，明显地印着她的口红印。

到了此时，古尔西德已心甘情愿投入毛思的怀抱了。

这时的古尔西德感到特别惬意，她不仅在印度家乡有如意郎君，而且在欧洲还有痴迷的情人。她无论走到哪里，都有人向她献殷勤，都有大把大把的钱花，都有尽情的欢乐。因此，这位空姐把自己所在飞机的日程表和她在欧洲休班的具体日程一并告诉了毛思。只要她一到欧洲，毛思就不惜花钱和周折，去与她幽会。毛思曾告诉古尔西德，他是德国一家大报的高级记者，名叫纳尔森。因采访需要，在世界上飞来飞去是很自然的事。有了这个理由，即使古尔西德是在巴黎休班，他也特意赶去幽会，从未引起她的怀疑。

但毛思又不想因自己而断了古尔西德与欣先生的来往，否则就达不到获取印度情报的目的。为把事情处理得恰到好处，于是他在一次幽会中，除了对古尔西德表示无限爱恋之情外，而且告诉她因自己有妻子，短时间内两人还不能结成伴侣。对此，古尔西德没有太大的惊讶。原因很简单，一方面她受东方文化的特有影响较深，眷恋家乡热土，同时，她更眷恋欣先生，因为他们的关系已有多年，非同一般。为了给古尔西德一个好印象，毛思进一步表现了一个男子汉的宽宏大量，说："你经常飞欧洲，在欧洲有落脚点，有我这个痴情人，你会在欧洲和印度都有欢乐，只要你快乐，我不会干预你的自由。"这话正中古尔西德的下怀。对于这位风流美女来讲，在家乡、在欧洲都有痴情男子向她献殷勤，真是太好不过了，她非常乐于这样。

美人面前无遮拦

古尔西德和毛思谈论的欣先生，其全名叫 M. K·欣，约 40 岁，略微卷曲的头发乌黑，身材瘦小，但衣着十分讲究，只穿定做的英国毛料西服。他好自我表现，感情易于冲动。他精通英语，曾担任过德里大学的经济学教授，现任印度贸易部主任秘书。这位欣先生在印度还非常富有，而且与印度政府的要员关系密切，尤其与英迪拉·甘地总理私交甚密。另外，他的一个姐姐还在印度财政部担任要职。他本人经常受印度政府的委派，到柏林、伦敦、巴黎和日内瓦进行活动。

1978 年的一天，欣先生搭乘古尔西德服务的班机去巴黎，在机上邂逅这位楚楚动人、热情洋溢的空中小姐。欣先生一见到这位丽人就被她的美貌所打动，两眼发直，足足在她的脸上、胸部盯了好几分钟。在接她递过来的饮料时，又故意碰了一下这位空姐绵软、滑润、鲜嫩的小手，顿时像触电一样，一股燥热腾地升起。为了显示自己的身份和地位，欣先生在飞机上频繁呼唤这位丽人，要这要那，同时又十分有风度和分寸地找话题与她搭讪。4 个多小时的飞行，欣先生与这位空姐总算有一面之交了。古尔西德对这位阔先生也产生了好感。

有了这次邂逅，从此欣先生去欧洲办事，非古尔西德当班不飞。目的只有一个，就是要见见这位空姐，设法接近她。而每当古尔西德在印度休班时，他就拉上她去游山玩水，大把地花钱，时常送些贵重礼物给她，哄得她心花怒放。

两人交往两年多来，欣先生对古尔西德无话不说。为了显示自己的身份、地位和博学，他上至天文地理，下至风土人情，无所不谈，而且时常讲一些鲜为人知的政府内幕和机密大事。古尔西德当然乐于听这些奇闻逸事，由此也更敬佩这位阔先生，更表现得温柔百般，风情万种。欣先生见她高兴，也就更起劲地卖弄，口也没遮没挡，以致把自己从不离身的公文箱密码也告诉了她。

每当古尔西德在欧洲休班与毛思幽会时，毛思除谈一些对她的爱恋之情外，也时常以记者的身份，有意无意地谈论一些世界奇闻、政治经济大事。这些话头，自然也就引起古尔西德把从欣先生处听到的印度政界大事讲给他听。这除了显示自己有教养、有知识、有见解，以博得毛思的尊重与倾心外，更重要的是引逗毛思为她多多花钱。

这样一来，毛思通过这位美人，源源不断地获取了印度政府的一些内幕机密情报，甚至连欣先生的公文箱密码、箱内的小盒子经常藏在什么地方也一清二楚。

毛思在大功告成，美人计进展顺利后，便向联邦情报局的联系人——情报官马蒂尼报告了印度国家政权中心这个神秘的情报来源，马蒂尼大喜，立即向局里汇报。情报局对这一情报来源非常重视。马蒂尼十分想摸清这个神秘情报来源是何许人。但毛思鬼得很，在很长一段时间里，他成功地隐瞒了这位印度空姐的真实身份，使古尔西德一直控制在自己手中，这样就进一步加重了联邦情报局对他的依赖。但毛思对自己多年的知心朋友波恩刑警局长思特芬却很大方，经常陪同古尔西德光顾思特芬的小型私人宴会。

原子弹秘密

1980 年 5 月 27 日，欣先生代表印度政府来到巴黎，与法国进行经济合作项目谈判。毛思非常清楚，联邦政府对印度和西欧各国的关系一向非常关注，弄清欣先生此行的目的和一切细节，这将是一份十分有价值的情报。同时，他也知道，古尔西德一定会陪着欣先生。于是，他乘飞机直抵巴黎，在靠近欣先生不远的一家饭店住下来，并找到了古尔西德。

毛思在巴黎期间，通过几次约见古尔西德，很快就搞清了欣先生此行的目的。欣先生这次来法国，主要是同东道国具体洽谈在印度投资兴建化工厂的问题。但古尔西德在与他交谈中，使毛思意外地获得了一个重要情报。古尔西德告诉毛思，她从欣先生处得知英迪拉·甘地连任总理后的一天，欣先生应召参加了这位总理亲自主持的一次重要会议，到会的还有英迪拉·甘地的儿子。英迪拉·甘地总理在会上指示，秘密制定财政预算，研制原子弹，发展核武器和印度的核工业。欣先生认为，印度拥有原子武器后，能够稳定将来的内外政策，总理也可以为了健全法律制度，进行宗教和军队改革，并为进一步改革不合理的分配制度打下必要的基础。

毛思通过古尔西德还得知，印度的对外政策不会过分依赖苏联，将来反而要依赖法国，特别是在经济领域。她又说，欣先生说过，英迪拉·甘地总理因出于竞选的需要，接受了苏联的经济援助，现在暂时与苏联政府关系密切。因此，英迪拉·甘地无法而且也不愿意过多地谴责苏联入侵阿富汗，他要报答苏联人的恩惠，但没有承认阿富汗现政权，以及苏联对阿富汗的占领。同时，欣先生还谈道，当前世界舆论一致认为印度一切都要依赖苏联，其实并非如此。他此行的重要目的就是要逐步发展与法国的关系，以便慢慢摆脱目前这种对苏联的过分依赖。

毛思将上述情报整理后，向联邦情报局作了详细的汇报。他们对此十分重视，感到非常有价值，除重重奖励了毛思外，同时还希望他继续利用他的情报来源，搞到更多的情报，尤其必须搞清印度政府对德国的态度。德国政府认为，即使印度将来逐渐不依靠苏联，但与法国热起来，对德国也是很不利的，只有弄清印度对德国的态度，德国政府才能据此制定出对印度的政策。

当欣先生与古尔西德在巴黎结束谈判，前往巴斯散心游乐时，毛思又追踪到巴斯，并再次设法与古尔西德进行了秘密幽会。他很快又从古尔西德口中得知，印度政府对联邦德国的态度不十分令人乐观，印度人背地也夸奖德国人的勤奋，但一直否定他们一丝不苟的态度，以及在谈判中强于对手的优势。印度政府还认为，这个优势在他们与德国政府官员商谈向德国购买武器的问题时，表现尤为突出，使印度人很不受用。同时认为，联邦德国过于依赖美国，因而难以推行独立的对外政策。

联邦情报局获知上述情况后，又奖给了毛思一大笔钱，并通过他的联系人马蒂尼送来一份绝密的情报搜集指南。在这份文件中明确提到，德国的情报专家们最感兴趣的问题是"印度的原子弹"。这就等于给毛思下达了向印度搞原子弹情报的命令。但他们又鉴于毛思对核技术一窍不通的情况，认为他要搞清"印度的原子弹"是无从下手的，因而逼迫他把"消息来源"转给联邦情报局的布拉荷直接领导。毛思在竭尽全力，费尽口舌，并保证搞到有关印度原子弹的情报后，才最终确保了独占对古尔西德的控制权。

此后，毛思与古尔西德每次约会重点交谈的话题转到了原子弹的问题。毛思先是一阵甜言蜜语，然后不露痕迹地提到自己对原子弹这种高新技术不甚了解，而作为一名高级记者不应该缺乏这方面的知识，否则会被同行嘲笑的。再说，如果一旦搞到这方面的新闻，抢先在报纸上发表就可以名利双收。古尔西德自然十分相信他的这套骗人鬼话，于是表示乐于为他向欣先生打听，并讲给他听。

不久，毛思通过古尔西德得知，印、法两国对话的灵活性很大，目的在于为印度研制原子弹寻求援助。原因是苏联拒绝向印度提供这方面的研究援助，因而两国谈判中断。为此，印度政府收买了一些法国政客，并企图依靠他们的暗中帮助，早些得到制造原子弹的援助。同时，还确切地得知，英迪拉·甘地总理打算在 1981 年年初进行第一次核试验。然而，这次毛思获悉印度第一颗原子弹在 1981 年年初爆炸的时间却大错特错。因为，早在 1974 年 5 月 18 日它就爆炸了，比他获取的时间足足早了 7 年。如果他翻翻报纸，绝不会闹出如此大的笑话。

男谍与痴情少女

　　正是"二战"风云欲起的时候，由于英、法两国采取绥靖政策，签订"慕尼黑协定"，出卖东欧，鼓励纳粹德国东进，因而助长了他们的侵略气焰。希特勒在英法两国的默许下，不但战胜了德国军队中的反战派将领，而且一次又一次地向邻国发起的侵略战争也频频得手。他在吞并奥地利、出兵占领捷克斯洛伐克之后，又把矛头指向波兰。1938 年冬天，德、波两国谈判破裂后，希特勒发现波兰人非但固执得不愿作出一些让步，而且还对自己的实力抱有不切实际的幻想。因此，他决定以武力来解决两国争端。两国的战争看来是不可避免了。

　　为了摸清纳粹德国的底细，波兰总参情报机构派出自己优秀的谍报人员潜入柏林，广泛搜集德国的军事情报，积极为战争作准备。在这些间谍中，要以 1938 年年底受波兰情报局派遣到柏林刺探德国军事情报的索斯诺夫斯基中校干得最出色。他采取传统的色情方法，靠着自己异常的男性魅力，同时征服了德军统帅部女秘书弗娜琳小姐和德国国防部女秘书封·尼小姐，并通过她们获得了大量德军高层的核心情报。其数量之大，内容之准确，价值之高，都是惊人的，以致使波兰当局从最初对他的高度赞赏发展到开始产生怀疑，最后竟错误地认为这是假情报，武断地指责他受德国反间谍机构的愚弄。最后，竟允许他可将一部分重要情报卖给其他情报机关和法国情报局。正是由于波兰当局的这种愚蠢决定，不仅断送了自己最可靠的情报来源，而且葬送了自己最优秀的间谍，也断送了其他十几名间谍的性命。等到他们清醒过来时，这些为祖国舍生忘死的间谍早已倒在纳粹德国的枪口下。这是第二次世界大战前夕，波兰当局一次无法弥补的惨重教训。

潜入柏林

　　1938 年 12 月 3 日深夜，华沙笼罩在浓浓的夜色里。天空中刮着寒冷的大风，并且夹着鹅毛大雪纷纷扬扬地飘落下来。然而，还有一种更可怕的寒气随时会向波兰袭来，这就是德波战争的阴云越来越浓，波兰人民担心战争瘟神会随时突然降临在自己的头上。一想到此事就不寒而栗。

　　战争未到，情报先行。为了对付纳粹即将发动的侵略战争，波兰情报局积极行动起来。此刻，在该局局长普鲁斯办公室的昏暗灯光下，有两个人正在进行极其秘密的会谈，气氛肃穆。密谈不知进行了多久，局长普鲁斯抬起头盯着坐在对面的下属索斯诺夫斯基中校，沉思良久后说：

"战争的阴云笼罩着波兰，德波战争是不可避免了。这次派你潜入德国，你还有什么要说的吗？"

这时，中校满脸狐疑地问道：

"在柏林我能站得住，隐藏下来吗？盖世太保是十分阴险而很难对付的！"

"没有商量的余地！即使柏林是座坟墓，你也得进去，不成功你就别指望活着回来。"

"我一人吗？"

"是的。孤胆英雄，这是我对你的期望与祝愿。"

沉默。

"12月5日出发。到柏林后，用规定的暗号与你姨妈奥斯卡娅联系。记住，她58岁，右耳下有颗黑痣，并且上面有3根黄毛，认错了姨妈可不妙。"

"采用什么工作手段？"

"传统手段——情爱。这不用我教你吧？利用你的身体与魅力，首先选中一个女人，尤其是那些在德军统帅部或参谋部工作的女人。"

一听此话，中校笑了。

不久，索斯诺夫斯基潜入到了柏林。街上冰天雪地，过往行人都穿上了皮衣厚衫。他站在凛冽的寒风中，拦住一辆出租车坐了进去。穿过大街小巷，不一会儿就来到贫民区，他让车停在13号房前。随着他的暗号敲门声，从屋里走出一位老太太。她满脸皱巴巴的，但右耳下的黑痣和上面的3根黄毛在鬓角染霜的映衬下，显得十分突出。

"啊！我的好姨妈！"索斯诺夫斯基说着，喜出望外地猛扑过去，紧紧抱住奥斯卡娅。

索斯诺夫斯基进到低矮而乌黑的房子里，展现在他眼前的是一些杂乱无章的东西。看得出，奥斯卡娅的生活颇为艰难。

孤独的奥斯卡娅对于索斯诺夫斯基的到来，无疑是十分高兴的。晚饭后，她滔滔不绝地向他介绍着这里的一切。最后，她对他说：

"住在这贫民区的不仅有穷人，还有没落的贵族。住在19号的查洛丽就是这种人。她丈夫过去是德国军队的大官，但后来猝死了。于是，她便带着女儿弗娜琳住到这儿来了。"

"弗娜琳在工作吗？她是干什么的？"

"工作着。她总是穿着军装，听说她在德军统帅部当秘书。"

"姨妈，你知不知道是什么军衔？"索斯诺夫斯基暗自欢喜。

"不知道，我也不懂。好了好了，时间也不早了，你又一路劳累，也该休息了。"

这一夜，索斯诺夫斯基太高兴了，怎么也睡不着。想不到他运气这么好，第一天来到这儿，不费吹灰之力就有了目标。弗娜琳，德军统帅部秘书，这再好不过了。他策划着明天怎么接近她，又如何尽快把她弄到手，并通过她搞到德军统帅部的情报，完成上级交代的任务。他觉得展现在自己眼前的是一片光明。

情取弗娜琳

当第二天天一亮，一轮红日冉冉升起时，索斯诺夫斯基早已圆睁双眼盯着 19 号房子，只见从房子里走出一个十分漂亮的少女来。不用说，这准是弗娜琳。索斯诺夫斯基暗暗高兴，不要说她在德军统帅部工作，就是她本人的漂亮劲儿，也够他享用的。他庆幸自己艳福不浅。

看着这个像花一样的少女，索斯诺夫斯基苦苦地思索着，采取什么方法才能尽快与她接触，把她揽在自己怀里？许久，他什么也没想出来。最后，他决定观察几天，摸准她的行踪，然后看准机会再和她接触，这样既显得自然，同时也不乏浪漫。

过了近半个月，机会终于来了。一天，弗娜琳骑着单车下班回家，因躲避一横穿马路的男孩，眼看单车就要倒地。就在她即将摔倒在马路上的一刹那，只见索斯诺夫斯基十分迅速地伸出手，扶起她的单车，而她的身子和他撞了个满怀。

弗娜琳带着十分感谢的心情说："太谢谢您了！要不我非摔断腿不可！请问您叫什么名字？"

"小姐，我叫索斯诺夫斯基。请快些回家吧！区区小事，何足挂齿。"索斯诺夫斯基低垂着头，显得羞羞怯怯，回答也很谦恭。

弗娜琳注视着这个英俊潇洒而又憨厚诱人的小伙子，心里一动，不禁问道："能告诉我，你住在哪里吗？"

"不远，13 号房。"

"啊，奥斯卡娅姨妈家，但过去我为什么没见过你？"

"我是她侄子，刚从科隆调到这儿来工作。"

"太好了。以后请多关照。"

"只要小姐需要，我能办到的，一定效劳。"

索斯诺夫斯基既风度翩翩，又威武雄壮，对女性具有极大的魅力。弗娜琳那次遇到他后就有些心动，更不要说是他使自己转危为安了。自那以后，他们两人的关系就日渐密切起来了。不久，她就邀请索斯诺夫斯基去她家。他施展手腕，不仅赢得了弗娜琳的芳心，而且她的母亲也十分喜欢这个小伙子。

弗娜琳出生于一个衰落的普鲁士贵族家庭，父亲曾担任德国皇家军队的高级军官。但自他逝世后，生活每况愈下，她和母亲的生活过得十分艰苦。自从认识索斯诺夫斯基后，他用一种侠义而圆滑的手段应付她们母女俩。索斯诺夫斯基出手大方，给她们很多钱。一向穷愁的母女俩，从此富起来了，不仅还清了她们的欠债，而且很快把她家的生活水平恢复到从前那样子。这位年老的夫人心中期望着有一天，这个外表英俊而富有的小伙子能够成为她的女婿。她逢人就夸索斯诺夫斯基。至于弗娜琳更是高兴，她感到生活有了奔头。这位少女自从心中有了心爱的人，就像阴雨天有了太阳。后来，她干脆让索斯诺夫斯基在自己家里过夜。老太太查洛丽这时也不顾忌贵族的道德原则，从不反对他们这样生活。她认为他同自己女儿的感情越亲密，她未来的幸福就越加毫无疑问。而就弗娜琳来讲，她的用情是绝对真心的，她千百次地重复着：

"我爱你，索斯诺夫斯基，我非常爱你！"

就这样，两颗年轻的心紧紧靠在了一起。然而，索斯诺夫斯基对于自己肩负的重任是不会忘记的。每当弗娜琳回到家里，他总是以关心的名义问长问短，套取情报。对此，她毫无防范之心，时常高兴地将工作中接触到的德军文件内容滔滔不绝地说出来。索斯诺夫斯基不仅十分认真地听她说，而且还时不时地提出问题。弗娜琳对于这位心上人能静听自己的讲话已感到十分满足，但同时感到他的军事知识也很渊博，因而她便问道：

"老实告诉我，你是否当过兵？"

"没有……真的没有。"

"那你为什么提问很内行，而且对德军的内幕也十分了解呢？"

"哈哈，那不都是向你学的吗？小姐，你就是我的好老师呀！"

"原来这样。好好学吧，有机会我推荐你到军队中工作。"

弗娜琳有一位英俊的情侣，这消息不胫而走，传得既快又广。她的女朋友都纷纷赶来看望。对此，索斯诺夫斯基心里别提有多高兴。他慷慨解囊，忙着给这些天真的姑娘们分发礼品，显得落落大方而又风度翩翩。从与姑娘们的交谈中，他了解到弗娜琳的好友封·尼小姐在德军国防部当秘书。这么好的条件，自然又成了他狩猎的对象。索斯诺夫斯基决心要把这块又肥又香的肉也尽快弄到手。

两女共一男

一天傍晚，德军国防部门前下班的人们蜂拥着走出来，不一会儿就顺着冰封的街道消失在暮色里。封·尼小姐在暮色中缓步前进，在一个无人的小巷里，突然一辆轿车停在她跟前，一个脑袋从车里伸出来，热情地说：

"小姐，请上车。"

"啊，是你，你怎么来这儿？"封·尼小姐看清是索斯诺夫斯基后，欣喜而惊疑地问道。

"专程来接你呀！小姐，难道不应该吗？"

"实在不好意思，太麻烦你了。"封·尼满脸含笑地说着，就坐到了车里。

"不麻烦，而是我爱你，小姐。"

封·尼的脸一下羞得通红，心跳突然加快。她不知如何是好，对此她很矛盾。从内心讲她也喜欢他，但她知道他已有弗娜琳，而且也是她的好朋友。他不该再向自己求爱，万一此事让弗娜琳知道了，如何交代呢？

索斯诺夫斯基好像看透了这位小姐的心事："封·尼小姐，你用不着那么想。爱是每个人的权利，她弗娜琳有权干涉我吗？！"

"但我总感到不好，我怕……"

轿车在一片光秃秃的树林里停下了，四周漆黑一片，冷气袭人。索斯诺夫斯基紧紧地抓住封·尼的手，殷切地恳求道：

"我十分爱你，答应我吧，封·尼，要不然我会发疯的。"

封·尼经不住他的祈求，更何况她也喜欢他呢。于是两人紧紧地拥抱在一起，顾不上冬天袭人的寒气……

索斯诺夫斯基快一个月没去找弗娜琳了。每天夜晚，弗娜琳躺在床上，彻夜难眠，心里咒骂着："该死的负心人。"带着受伤的心灵，她到处寻觅他。然而，时间一天天过去了，仍然杳无音信。但她不灰心，她决心要找回属于她弗娜琳的索斯诺夫斯基。

这时的索斯诺夫斯基却正和封·尼小姐热恋着。初春的一天晚上，他们看完电影，又依偎着来到公园。他们好不容易找到一个没人干扰的隐蔽之地坐定。于是，就谈开了电影中永恒而神圣的爱情内容。

"封·尼，我爱你，全身心地爱你，我的心灵中只有你！"

"你真好，我这一生，除你以外不会再爱第二个人。"

说着说着，他们认为语言不足以表达自己的爱，于是用行动来表明自己对爱的真诚……

正当他们俩抱作一团难分难解之时，突然，一束强烈的白光从天而降，把他们赤裸的身体映照在初春的泥土上。封·尼惊叫着，迅速从索斯诺夫斯基的身下跑开，躲到一棵大树后羞涩地啜泣起来。情场老手索斯诺夫斯基却无所畏惧。他系上裤子，握紧拳头，怒声喝道："谁？"

"我！一个你熟悉的幽灵！"对方冷冷地答道。

天哪！是弗娜琳，他一时惊呆了，感到惶恐。于是，他双膝跪下，泣不成声，一面打着自己的耳光，一面说："我不是人，我该死！"

"'我的心灵中只有你'，多好听！封·尼，别怕。我只想告诉你，他对我也不止一次说过这种话。我想，以后他还会对其他姑娘也说这种话的。这种人能是好人吗？他是一个骗子，一个色鬼！"

突然受到这一刺激的封·尼"哇"地大哭起来。她既十分感谢弗娜琳，又很痛恨索斯诺夫斯基。索斯诺夫斯基面对险境，分寸不乱。他跪地不起，假装诚实，声泪俱下地表白说：

"我真的爱你，如有半句假话，就不得好死！"

然后，他又跪在封·尼小姐跟前，一面叩头，一面说：

"我也真的爱你，亲爱的封·尼。你们是好朋友，倘若没有她，我怎么能认识你呢？"

索斯诺夫斯基这一手真灵，他的这种可怜相，竟把两个女人都给征服了。惊恐而难堪的封·尼小姐看到弗娜琳不发火了，也不知从哪儿来的勇气，她哭着搀起痛哭流涕的索斯诺夫斯基说：

"我们都错了，一起向弗娜琳赔礼道歉吧！"

弗娜琳这时也动了恻隐之心，尽管表情万分痛苦，但她决定马上离开这儿回家。

当她走进小巷，索斯诺夫斯基赶上来气喘吁吁地说：

"怕你发生意外，我一直护送着你！"

弗娜琳佯装生气地"啪啪"打了他两记耳光，嗔怒地说："谁要你讨好！为什么不送封·尼小姐？"

"小姐，打吧，打吧。"索斯诺夫斯基伸着脖子说，"只要能出出你的怨气，你就用劲儿打。我是有错，但我却很爱你，并永远爱你，信不信由你。"

弗娜琳一听这话，满腹怒气早已被抛到脑后去了。

从此以后，索斯诺夫斯基转危为安。尽管两位情人间有些互相嫉妒，但他运用高明的手法控制了这个局面，让她们以分享他的爱情为满足，并用嫉妒去束缚着她们，反而对他更有利。就这样，在很长一段时间里，他在这两位情人间施展手腕，尽可能多地制造爱情场面，并大把大把地花钱，献殷勤，经常带她们出入公园、舞厅和商场，使她们都心满意足地笑了。她们贪婪地喝着情欲的毒汁，越来越上瘾。

门卫的发现

索斯诺夫斯基估摸着条件成熟，于是，他抓住在和两位情人做爱之后的有利时机，向她们泄露了自己的身份。他告诉她们，他是一名波兰间谍，因没有搞到像样的情报，华沙总部发怒了，决定从柏林把他调回去，再到波兰军队中去服苦役，可他实在离不开自己心爱的人。说着说着，他痛不欲生地哭泣起来。

索斯诺夫斯基的两个情人听后，无不惶恐愕然。曾与他爱得死去活来的两位少女都受不了失去他的痛苦，再也坚强不起来了。她们哭着说：

"我们也不能没有你。你说，这事如何办好呢？"

于是，索斯诺夫斯基利用她们怕失去他的心理，对她们说，要解决这事也好办。假如他能顺利完成任务，华沙总部不会调他回去，还会给他更多的钱。她们都经手很多德军机密文件，只要把这些文件带回来，他就可以顺利完成任务。等他有一大笔钱以后，然后他就和她们结婚，再一起到英国去生活。

两位少女一听，都表示愿意为他工作。自这以后，每当夜晚谈情说爱后，他便指示她们的工作。她们都开始将文件带到家中过夜，以便给他拍照。不久以后，封·尼的家便变成许多与军、政、经济各界有来往的柏林社交团体中美丽妇女们嗜爱的集会场所。在这些女人当中，索斯诺夫斯基又进行了一连串的偷香窃玉和情报活动。很快地，他又将柏林西区一家范围很小但陈设优雅的女帽店店主搞到手。

一天清晨，雾气蒙蒙，德军军官和职员穿过大雾拥进本德尔斯特拉斯的德军国防部。不知怎么搞的，参谋部作战处一位上校军官的女秘书封·尼小姐姗姗来迟，这事引起了老门卫的注意。封·尼小姐以前一直都能按时上下班，而且生活很朴素，穿戴也不讲究。但现在不同了，不仅打扮得漂漂亮亮，还经常迟到早退。

过了几天，这位老门卫在晚上夜巡时，发现一间办公室还亮着灯光。他向房里看了一眼，发现封·尼小姐还在打字。当他走进房间时，她却大吃一惊，但很快又镇静下来了，并抱怨她的事太多，不得不加班加点。可老门卫同时发现了保险柜的门也被打开着。看着打开的保险柜，封·尼小姐脚上漂亮的皮鞋，衣架上的昂贵大衣，以及刚才她吃惊的样子，老门卫不禁产生了怀疑。

第二天一上班，老门卫就把自己的发现和怀疑向作战处那位上校军官作了如实报告。上校很生气，也引起了他的警觉，因为保险柜里装的文件，其中有进攻捷克斯洛伐克和波兰的最新作战计划，有关于德国国防军各种装备的现状和力量的统计资料，新式武器的设计图和说明以及生产数据等核心机密，如果被间谍搞走，整个作战计划就会破产。

自这以后，这位上校特别注意观察自己的女秘书。第三天深夜，他回到办公室核查保险柜的文件，但一切都井井有条，一份也不少。可是在第四天夜晚他回办公室清理文件时，却发现一份重要的作战研究文件的最后10页不见了。这些日子，他一直在研究这一计划。而且，封·尼小姐还为他打印过一些修改的段落，这事他记忆非常深。可是，当他第二天上班时，这10页文件又放回了原来的地方。

对于发现的情况，这位上校毫不犹豫地向上司写了一份报告。这份报告很快摆在纳粹反间谍头子舒伦堡的办公桌上。舒伦堡看完报告后，决定对封·尼小姐实行严密监视。

没几天，封·尼小姐的14个朋友很快被纳粹德国的反间谍机构查清，从而发现了一个以索斯诺夫斯基为首的较大规模的间谍网。按常规，他们可以立即把这些从事间谍活动的人抓起来。但考虑到索斯诺夫斯基是波兰侨民，抓他必须人赃俱获。为此，他们决定寻找时机。

经过进一步的监视，纳粹德国的反间谍机构人员发现：索斯诺夫斯基不仅把所获情报报送波兰，而且还向法国、英国等其他国家出卖情报。这是怎么回事呢？

原来，索斯诺夫斯基所获情报起初报到华沙总部，他们对它十分重视，认为都是德军最新最核心的内幕情报，价值极高，并对他能获取如此多的重要情报赞不绝口。但随着时间的推移，索斯诺夫斯基送来的情报一天天增多，而且价值越来越高，高得简直让人惊讶，就好像他本人出席了德军最高统帅部和国防部的所有会议，对各种事情了如指掌。他们不相信索斯诺夫斯基有如此大的神通，他们怀疑他送来的情报是德国反间谍机构有计划供给的假情况。当索斯诺夫斯基最后将两箱重要的情报送到华沙时，波兰情报局局长普鲁斯基至指责他已上了德国人的当，但允许他可在柏林出卖这些情报，作为活动经费。于是，索斯诺夫斯基向法国、英国等间谍机关出卖情报，以便获得更多的活动经费。

有鉴于此，纳粹德国反间谍头子舒伦堡和负责这一专案的侦案组组长科诺斯重点研究了索斯诺夫斯基与法国情报机关的联络情况。于是定下计谋，准备假装成是法国第二局的人员和他接头，智擒索斯诺夫斯基，力争人赃俱获，使他无法抵赖，并很快布下了天罗地网，单等索斯诺夫斯基上钩。

悲壮的结局

一天傍晚，夜色降临，华灯初上。在一个人烟较少的偏僻小巷里，索斯诺夫斯基与弗娜琳又欢聚在一起。正当他们情意绵绵时，只见封·尼小姐神色慌乱，气喘吁吁地赶来。索斯诺夫斯基一看情况有异，一把推开弗娜琳，急忙问道：

"封·尼，怎么啦，出事了？"

"门卫已盯上我，虽没抓到什么把柄，但我怕极了。我们得好好合计一下，要不然，后果不堪设想。"封·尼脸色苍白，用颤抖的声音说。

"好，从今以后，你们再不要搞情报了。我将最后一批情报卖掉，我们就远走高飞到英国去。"

索斯诺夫斯基与弗娜琳、封·尼两位小姐商量好逃往英国的方案后，接着又周密地计划翌日向法国第二局的情报人员出卖情报事宜。这可是最后一次拍卖情报，千万不能出纰漏。

第二天，索斯诺夫斯基精心化装后，早早地来到柏林火车站的一个头等候车室，等着法国第二局人员到来。他扫视了一下候车室，没有发现异常情况，他放心了。一会儿，由科诺斯化装而成的法国第二局人员来到。他们对了接头暗号以后，科诺斯问：

"先生，照你的意思，钱我已带来了，货呢？"

"请跟我来。"

索斯诺夫斯基带着科诺斯来到自己的轿车前，顺手打开了车：

"全在车里，一共两箱，全部拿走吧！"

正当他们交接时，突然冲上一群大汉，把他们俩按倒，七手八脚地将他们绑了起来。惊愕而又恐惧的索斯诺夫斯基感到一切都完了。

接着，弗娜琳和封·尼两位小姐，以及其他间谍分子全部被逮捕。经过几天几夜的连续审讯之后，索斯诺夫斯基和弗娜琳、封·尼三人被判处死刑。弗娜琳和封·尼两人最后申诉减刑的要求被希特勒打回。

两周后，在柏林西郊的一片荒地里，随着三声枪响，三个风流鬼倒在了血泊中。但两位可怜的痴情少女直到死时，对索斯诺夫斯基诚挚的爱情依然忠贞不贰。

然而，有一风流女子却例外地幸免一死，她就是柏林西区的女帽店老板。这位女老板因牵连此案较轻，纳粹反间谍机构通过对她的审查，认为她可以充当两面间谍，因此要求分开处理，停止对她的审判。案情宣布后，她的两个女友命丧黄泉，因而她痛恨索斯诺夫斯基，决定向波兰情报机构进行报复。她在纳粹德国反间谍机构的授意下，继续替波兰情报局工作，并得到华沙当局的认可。后来，她诱使了十几个波兰间谍，使他们均落入纳粹德国的魔爪。

由于索斯诺夫斯基的积极活动，获取了大量的作战情报，因而使得德军统帅部不得不重新作出计划，部署部队，花费了很长的时间，才从这一挫折中恢复过来，从而使得德波战争时间推迟。

爱箭射中老处女

巴巴拉·珍纳特·费尔，出身名门望族，受过高等教育，在英国政府情报中心担任要职。谁承想，在 20 世纪 50 年代，这个反共老手，这个 50 多岁的老处女，竟会陷进克格勃乌鸦设置的爱情陷阱，并为其间谍情人提供了不少英国政府的情报。后来，东窗事发，她被判刑 2 年，前途尽毁。

英俊的新闻顾问

南斯拉夫驻伦敦大使馆的新闻顾问斯密尔杨·倍尔克是一个 34 岁的英俊男子，当过驻巴黎大使馆官员，而其真正的身份却是一个双重间谍。

斯密尔杨·倍尔克出生于南斯拉夫。在他的少年时代，第二次世界大战爆发，希特勒的侵略军攻占了南斯拉夫。17 岁时，他怀着满腔热情，投身于反法西斯战争，参加了铁托领导的游击队，在崇山峻岭中同德军作战。由于他聪明、勇敢，因而受到铁托的高度注意。因此，他们之间也产生了很深的友谊。

1942 年，铁托为加强反法西斯联盟与共产国际的联系，决定派一个 12 人的代表团到苏联去。因为这是一个重要的政治使命，他特意把深受宠爱的青年军官斯密尔杨也派到其中，采用分批越过德军封锁线的办法进入苏联。几个月后，只有斯密尔杨等 5 人到达莫斯科，其他人因没穿过封锁线而失踪。

斯密尔杨等人在苏联参加了很多会议。在他们完成任务后，铁托又决定让他们继续留在苏联接受训练。于是，苏联政府把他们送到古比雪夫，拟为南斯拉夫培养领导人才。

1944 年，斯密尔杨在共产主义大学毕业。12 个月后，他进入共产国际情报局工作。约过半年，克格勃又将他派到间谍学校进行专门训练。自 1945 年到 1953 年，斯密尔杨从初级间谍学校到高级间谍学校，接受了全面系统的谍报学习，掌握了从事间谍活动的多种专门技术，其中包括间谍活动中性技术这一重要课程。性教师在讲授对女性勾引技术时特别强调说：

"对付女性，要学会引诱她，要使这个女人认为你爱她，你需要她，而引起她内心的冲动。女人为了爱是什么事都敢做的。这点很重要。针对女性的对象，不管你内心爱还是不爱她，都可以引起相同的效果。即使她又老又丑，你也得在性方面使她满足，那她就会甘心俯首听从你的摆布了。"

在这期间，尽管 1949 年铁托与共产国际闹翻了，但斯密尔杨的间谍训练从来没有停止过。他也接受了共产国际情报局对铁托的谴责决定。

1955年，他受克格勃派遣，由苏联到波兰，并从波兰"逃跑"回南斯拉夫。回到国内后，他使出浑身解数，并成功地利用了他和铁托的深厚友谊，重新跻身到南斯拉夫的领导层。铁托对他的"爱国回归"很信任，并表示热烈欢迎和衷心祝贺。斯密尔杨和铁托在亚德利亚海小岛共度假期后，他被委任重要职务。后来调至驻巴黎大使馆工作。接着，又把他派到驻伦敦大使馆任新闻顾问，设法搜集英国政府的情报。

在斯密尔杨到达伦敦的同时，克格勃也和他接上了头，并命令他利用自身的优势，"集中力量在英国政府中任职的女性身上下功夫"。

斯密尔杨经过一段时期考察后，选定了担任政府要职，而年龄已50多岁的老处女巴巴拉·珍纳特·费尔为猎取对象。这个反共老手，在他的性引诱下，终于身败名裂。

爱情姗姗而来

在英国情报中心办公室担任重要职务的巴巴拉·珍纳特·费尔，做梦也没想到在她年满51岁之时，丘比特之箭竟射中了她。

费尔出身名门，在家族近亲中有4个将军。她毕业于牛津大学，后在舰船街当记者。1939年参加政府工作。由于她性格温顺，工作成绩出色，因而获得了上司的良好印象，并担任了很高的职务，负责情报中心海外工作监察的任务，是一个长期从事反共的老手。她向来处事十分小心，包括个人私生活，因而一直没有找到如意郎君。

斯密尔杨经过一番周折，彻底搞清了费尔的背景、性格、爱好、优点和弱点，于是将爱箭射向这个老处女。在一次聚会上，斯密尔杨结识了她，并设法和她交谈。他根据费尔的出身背景、个人素养和心态，施展手段，同她大谈特谈她喜欢的文学艺术和音乐。斯密尔杨年轻英俊、风流倜傥，阳刚之气十足，在女人面前有迷人的气质与风度。再加上他灵活高超的社交手腕，费尔被他深深吸引住了，觉得这个南斯拉夫人有很高的艺术素养。

宴会结束时，他们似乎有许多话还没来得及谈完，感到就此分手十分遗憾。于是，斯密尔杨又热情地邀请她第二天去赴午宴。费尔也很想再听听他对艺术的见解，竟不假思索地爽快答应了。自然，这位老处女除了艺术之外，也想和这位新知已在进一步交谈中，求得感情上的补偿。正是这次私自幽会，使她迈出了走向悲剧的第一步。

接着，斯密尔杨又邀请她参加一个宴会。为了迎接这位贵宾，斯密尔杨事前做了充分的物质准备。同时，对自己进行了一番刻意的打扮，更加光彩照人。

当费尔来到时，早已恭候在门前的斯密尔杨迎上去，热情地欢迎她的到来。在丰盛、美味可口的宴会上，他们一边尝着美酒佳肴，一面谈着艺术，十分随便，家庭气氛很浓厚。尤其是斯密尔杨温柔得体的言谈，落落大方的举止，更使费尔倍感亲切、温馨。他们的友谊在一种传统的形式下发展起来。

斯密尔杨将在性训练中所学的本领，全力施展出来。他用欲擒故纵的手法，很快俘虏了这个老处女。然后，又不失时机地向她表示"爱恋"。费尔一听此言深感吃惊，她想不到自己已年过半百，还能盼来这迟开的玫瑰。对此她忧喜参半，不敢贸然行事。

费尔的复杂心境自然没逃过斯密尔杨的眼睛。他接着又设法使费尔相信，她具有一种超凡脱俗的气质和精神力量，使他同她在一起时感到精神生活得到净化和升华。同时，他还设法把自己打扮成一个反纳粹的英雄，并表示自己反苏而亲西方。

这些话，使费尔深信不疑。她希望通过爱情来感化斯密尔杨，她相信自己具有这种影响力，能把这个英俊的新闻顾问变为具有西方民主思想的人。

由于费尔过分相信自己的影响力，盲目信任斯密尔杨，看不出他设下的性诱惑圈套，结果做了人家的俘虏。

难咽的苦果

这时的斯密尔杨想的是什么呢？他想起了教师在性训练时讲的话：

"即使她又老又丑，你也得在性方面使她满足，那她就会甘心俯首听从你的摆布了。"

于是，在一次幽会中，他假装醉酒，要求留在费尔的住处过夜，费尔同意了。自那以后，费尔发现自己再也离不开他了。因为，那晚他给了她有生以来，从没有过的快乐和满足。

从此以后，费尔与斯密尔杨逐步发展到难分难解的地步。这时，她既不去想自己是英国政府的高级情报官员，也不去想斯密尔杨是一个外国大使馆官员，而只是把他当作一个男人，一个表示永远爱她，使她能得到快乐和满足的男人。他们在一起时，男女之间的情爱是至高无上的。在这种爱河中，她把他当成是生命不可分割的一部分。

斯密尔杨正是利用了这种爱情和她要感化他的动机，而向费尔刺探了不少英国政府的情报，有南斯拉夫大使馆拍回来的秘密电报，有英国对南斯拉夫政策的文件，甚至连联合国的政府报告也弄到了手。

他们过密的交往，引起了英国反间谍机关的注意。经立案侦察，在掌握了费尔将国家机密文件提供给苏联后，他们逮捕了她。在法庭上，费尔不以为然，并为自己的行为进行了辩解。她说：

"我相信，我有责任指导他，而指导他纯粹是为了国家最高利益。我十分热爱我的国家，爱我国的民主制度和生活方式，我永远不会做出有损国家利益，危及国家安全的任何事情。"

费尔坚持说她并没有给过、也永远不准斯密尔杨看到任何绝密级的文件，或有关军事机密的资料。对此，副总检察官罗林森说：

"法庭相信她确实是并非故意危害国家安全的。但事实上，她已危害了国家安全，而且还相当严重。"

法官在最后宣判时又指出：

"每一个政府部门及大工业部门，都应交给可靠的人处理。在你的案例中，你职务很高，对国家的安全事务负有重大责任。而且，你的薪俸丰厚，又被信任。你的罪行就在于辜负了这种信任，严重失职，这完全归咎于你的堕落。"

最后，费尔被判刑两年。一个久经考验的反共老手，就因为中了克格勃的美男计，盲目地相信自己情人的甜言蜜语，看不出他用性诱惑自己，不自觉地变成一个出卖国家利益的人，使自己走上犯罪的道路，最终身败名裂。

斯密尔杨因有外交豁免权，事发后，他带着妻子和两个儿子安全地离开了英国，返回南斯拉夫。

栽在情床上的总理夫人

1993 年 8 月，业已退休的克格勃将军潘图斯基对外宣称，他曾一手策划安排手下人员勾引了 M 国前总理 C 的夫人佛娜。上钩后的总理夫人多年来心甘情愿地成为他们的情报来源。对此，潘图斯基扬扬自得地夸口说：这一糅合政治、性、情报丑闻的精彩戏剧，是他情报生涯中最伟大的创作。因为，无论是谁，纵有天大的本事，也无法探听到堂堂北约国家总理躺在浴缸里说的话。他做到了，而且神不知鬼不觉。那么，这位情报头子是怎样自编自导了这幕闹剧，其男主角又是谁呢？

导游将夫人“导”上情床

C 在 M 国享有“现代最伟大的政治家”之美称，他从 1945 年起，连续担任总理20 年。M 国有今天如此富裕的社会，并被西方称为福利社会的典范，都是在他执政期间建构的。他生前死后，一直受到 M 国人民的尊敬和爱戴。其夫人佛娜长得非常漂亮，并且比他年龄小了一大截。佛娜思想“左倾”，对苏联一直抱有好感。在 20 世纪 50 年代，她担任 M 国工党青年团的领导人时，曾发起与苏联共产主义青年团结为姐妹团体的活动。通过不断的联谊活动，结识了一批俄国人。

当时正值“冷战”时期，东西方分别组成了华约和北约集团。M 国于 1949 年加入北约组织，并是创始国之一。但是，M 国对北约集团的行动却有较多保留，如它始终严禁核武器和北约部队进驻 M 国。同时，C 总理对苏联并无太坏的印象，而且时常流露出一些好感。因为，在第二次世界大战末期，苏联部队曾一度出兵 M 国北部，当地居民曾把苏军当成将他们自纳粹手中解放出来的英雄。这些历史因素，加上 C 夫妇的“左倾”倾向，使苏联人认为从他们夫妇入手，有可能打开北约缺口，从而引导 M 国工党政府脱离北大西洋联盟，走上中立的道路。但如何使这一目标达成，苏联领导人却一筹莫展。

正值苏联人为此大伤脑筋之际，一个意想不到的机会不期而至。1954 年，总理夫人佛娜决定率领一个青年友好代表团访问苏联。这下可忙坏了克格勃，他们决定使用性诱惑，把这位漂亮的夫人拉下水。经过周密的计划，于是由潘图斯基将军导演了这幕“杰作”。

潘图斯基将军安排手下的贝尔雅可夫充当此次行动的主角。贝尔雅可夫尽管长相不怎么美，但他体格健壮，精力充沛。加之受过全面、系统的性训练，熟练掌握了挑逗引诱女人的各种有效方法，对付总理夫人还是绰绰有余的。

按克格勃的安排，贝尔雅可夫在接待佛娜率领的友好代表团中充当导游。他待人周到，服务热情，一开始就给总理夫人和代表团成员留下了极好的印象。在代表团到达亚美尼亚首府埃里温的几天访问中，克格勃竭尽全力，端出美酒佳肴招待他们。对此，代表团全体皆大欢喜，佛娜也觉得脸上有光。

就在代表团结束访问，即将离开苏联的前一天晚上，贝尔雅可夫认为要收网了。于是，他盛情地邀请总理夫人到他房间里去。他没花太大的力气，就把这位漂亮的夫人弄到了他的房间里。这个房间从外表看与代表团住的房间没有两样，但实际上是克格勃为进行色情间谍活动而专门设置的特殊房间，内装窃听器和特殊的摄像机。这种红外线摄像机，哪怕是无灯光也不影响拍摄效果。

贝尔雅可夫略施手段，就把这位总理夫人弄到了床上。就这样，这对"露水鸳鸯"在克格勃的严密监控下，你情我愿地欢度了良宵。自然，年轻的贝尔雅可夫给予了佛娜从未有过的快乐和满足。

在埃里温旅馆一度春风后的第二年，C总理携妻对莫斯科进行了访问，成为第二位接受克里姆林宫邀请的北约国家首脑。这使人们不能不想到这与贝尔雅可夫和佛娜的关系有关。

将军充当皮条客

为了牢牢抓住佛娜这条上钩的大鱼，克格勃总部立即采取了措施，把贝尔雅可夫派往苏驻M国首都大使馆工作，为这对男女提供方便，成全他们偷香窃玉的好事。

不久，潘图斯基也跟着来到M国首都，他来的主要目的是就近指挥督导这一大阴谋。任务十分明确，保住佛娜这条上钩的大鱼，并不断提高她提供情报的数量和质量。但是，潘图斯基担任的角色并不光彩，堂堂一个大将军竟充当了他们幽会的司机。说是司机，实则与皮条客无异。

佛娜（图左）与赫鲁晓夫的夫人在M国首都会晤

每当贝尔雅可夫、佛娜幽会时,潘图斯基亲自为贝尔雅可夫开车。因为贝尔雅可夫五大三粗,为避人耳目,就把肥大的身子压低,要他斜躺在后座上。此车后面通常还要跟着一辆公务车,随行护送,并检查前车是否被人盯梢。等把贝尔雅可夫送抵旅馆或佛娜的秘密小公馆时,潘图斯基才开车离去。但总是要留下几个随员在附近巡逻观察,以便发现不妙情况时,及时发出暗号,通知这对偷吃禁果的男女迅速撤离,不致发生意外,暴露这桩丑闻。

佛娜在每次完事心满意足后,都要忘情地谈论一些贝尔雅可夫感兴趣的国际、国内大事。为了获得更多更有价值的情报,贝尔雅可夫时常也玩弄一下苦肉计。他声称,他们的每次幽会,都被人秘密地偷拍下来了。他信誓旦旦地说,事先他毫无所知,对此,他感到心里很内疚,实在难为情。并假惺惺地表示,这对自己无所谓,主要是替佛娜担心。接着,他又可怜巴巴地说,自己在外交使馆里是一个无名小卒,要想提升,并保持两人的关系,只能在情报上作出成绩,以获得上司的欢心。

被弄得迷迷糊糊、神魂颠倒的佛娜,一想到事关他们两人今后的幽会,就毫不犹豫地答应,一定想办法帮他办好。尤其当她听到贝尔雅可夫向她保证,这些情报主要是用来对付美帝国主义,绝不会用来给 M 国制造麻烦的誓言,她就更没什么思想负担,而毫无顾忌地干了起来。

尽管事后证明,贝尔雅可夫从佛娜嘴里套取的情报,有些是报纸上公开发表的政情分析,并非事事都具有机密价值;但它终究是从总理夫人嘴里讲出来的,从情报的时效来讲比别人要快,而且其精确度要高,并具有内幕性。因为它是来自内部权威人士的看法,或对时局的剖析。潘图斯基在谈到此事时说,比如 M 国在北约组织的地位,以及 M 国国会权力结构,它在联合国或其他组织中可能采取的立场等,我们就根据她提供的情报作出决策。

自毁"露水鸳鸯"

贝尔雅可夫原本是一个酒色之徒。他不但是一个有名的色鬼,还是一个典型的酒徒。克格勃正是利用了贝尔雅可夫的好色之长,勾引了佛娜,给苏联提供了不少情报。正当克格勃准备长期利用这种关系时,春风得意的贝尔雅可夫却不争气,越来越贪杯,而且一喝就喝个酩酊大醉,并时常在老婆面前耍酒疯。正是他这种酗酒的恶习,而自毁了他与佛娜这对"露水鸳鸯"的美满姻缘。

对于贝尔雅可夫与 M 国总理夫人这种私情,贝尔雅可夫的夫人依娜早有所闻。但身为苏共党员的她,在国家利益高于一切的信条支配下,只得睁一只眼闭一只眼装糊涂。对此,贝尔雅可夫不是采取关心体贴妻子的做法,反而趾高气扬,从不把她放在眼里。尤其是在喝醉酒之后,更是不可一世,借着酒劲,只要依娜稍不如他意,就是拳脚相加,打得依娜鬼哭狼嚎。

这事发生以后,在幕后指挥的潘图斯基大感失望。他认为贝尔雅可夫的失控程度已到了临界线,如让他再发展下去,他与佛娜之间的关系,必然被暴露而变成国际丑闻。再三权衡利弊，潘图斯基经请示总部后，决定把他送回国。就这样，克格勃的情报人员与 M 国总理夫人这段"危险关系"，在维持了 3 年后宣告结束。

　　这段鲜为人知的东西方恋情，长期以来被掩盖在铁幕后面。近期，因为曾担任"编剧"兼"导演"的潘图斯基在退休后不甘寂寞，又亲自上阵，将几十年前这段色情刺激的间谍故事向世人曝光。消息一经传出，简直把 M 国人民一下子打入了冰窟窿，陷入前所未有的尴尬与混乱之中。他们无法接受这一难堪的事实，一向受他们尊敬的前总理 C 的夫人，竟然和苏联克格勃低级的情报人员有如此见不得人的私情，并背叛国家，心甘情愿地泄露国家机密。M 国一位发言人曾出面打圆场。谁知，他不但不能自圆其说，反而漏洞百出，疑点颇多。

　　此事，不仅 M 国人难以接受，恐怕连西方几个主要国家的情报机关也坐卧不安。因为，他们一想到苏联人曾突破 M 国这一缺口，在 3 年长的时间内将北约洞察无遗，这对他们并不是福音，而是耻辱。

女议员钟情美间谍

埃及间谍穆萨长得英俊而又气度不凡。他在以色列的特拉维夫期间,打动了许多少女的芳心,并使一位长得漂亮而春心不眠的半老徐娘神魂颠倒,竟辞去议员职务,心甘情愿地投入他的怀抱。在她的庇护下,十月战争前,穆萨得以把大量情报发往埃及。当战争打响后,他又在前线提供打击目标,报告打击结果,最后光荣地死在战场上。

漂亮的穆萨

1967年6月5日,以色列突然发动战争袭击了阿拉伯国家,并侵占了对方大片领土。埃及为报仇雪恨,一洗耻辱,战争一结束,就着手复仇的准备。

战争未起,情报先行。埃及情报局拟首先派一名间谍打入以色列国防军内部,进行长期潜伏。平时不动用,关键时刻才让他出马。一旦开罗需要他搜集重要情报时,他便能立即开展工作。但要找到一名这样的间谍,也不是一件轻而易举的事。

一年以后,他们终于找到了一位各方面都很出色的青年人,他名叫阿慕尔·塔利布。当时阿慕尔刚好20岁。他不仅有英俊的外表,而且具有男性所特有的冒险性格。他渴望接受危险的任务,经常在自己丰富的想象中编撰一些从事间谍职业的无名英雄的故事。

埃及情报局将这个招募来的年轻人送进间谍学校,进行了严格训练。这个间谍学校的一切设施都是模拟以色列的,学习期间必须使用希伯来语交谈,即使打内部电话也是如此。餐厅里只使用以色列货币买卖食物,学校的道路两旁都悬挂以色列的交通标志,路上行驶着以色列流行型号和颜色的车辆,电影厅里每周放映3次以色列影片,生活在这儿与生活在以色列没有什么区别。

1969年3月,阿慕尔终于以优异成绩通过了各种复杂的考核。为尽快派出并使他长期在以色列潜伏下去,埃及情报局让他冒名顶替坦塔市去世的犹太人穆萨·扎奇·拉菲尔。

穆萨出生于开罗犹太人聚居的犹太区一个贫寒的家庭,两岁时母亲去世,与经营废品买卖的父亲一起在贫困中挣扎。随着年龄的增长,他成长为一个非常漂亮的青年,身材修长,相貌被认为是一个人类美的奇迹。他非常讨厌父亲那间散发着破烂气味的屋子,决定独自开辟生活道路。于是,他便在一天早晨离开了犹太区,而他的父亲在他离家三个月后去世了。

出走的穆萨当过仆役，干过地里活儿，最后漂泊到坦塔市定居。开始，他在一家油脂厂干体力活儿，后来在一家运输公司做文书工作。但因生活负担过重，又长期缺乏营养而患了肺病，几个月后也离开了人间。

根据上述情况，经过一番加工，阿慕尔的新身份便被虚构出来了。根据新身份，他确确实实返回小时候居住的故地，寻找认识"父亲"的故人，打听着他的消息。当他得知"父亲"去世后，还悲伤地痛哭了一顿，以致使在场的人也感动得流泪。他在追寻"父亲"的遗物之后，便离开了那儿。

5月，阿慕尔接受了对自己新身份的各种细节的考试。当认为毫无破绽时，他终于踏上了征途。

春心不眠的女议员

5月底，得到旅行证的穆萨·扎奇·拉菲尔离开埃及前往雅典，接着又到了马来西亚首都吉隆坡。两个月后，他在那儿结识了一个以色列人，"西卡麦"号轮船上的水手泰萨杜格。他极力怂恿穆萨移居以色列。

6个月后，他终于成功地在以色列办妥了移民手续，踏上了目的地。不过，他的名字穆萨，按希伯来语发音被改为摩西。摩西一踏上以色列国土，就交上了桃花运。

当他站在长长的移民队伍中，等待领取发放给新移民的贷款时，一位站在他前面的胖太太总是侧身盯着他的脸，同时还一点点地将身子贴近摩西的前胸。他那漂亮的长相，已使周围的妇女着了迷，成了她们注意的目标，因此而增添了喜悦。当他走近那位女职员的办公桌时，她竟慌乱得连续两次写错了他的名字。虽然使用电子计算器，但她在为他填写报告单时还是出了差错。

摩西补习了一个月希伯来语后，在耶路撒冷的艾持尼姆医院里找到了做文书的工作。在那儿，一位女护士迷上了他，他也爱慕这位17岁的少女。她有着令人艳羡的西班牙安达鲁西亚式的美丽容貌，不久，他们之间便产生了爱情。月光下，他陪着心上人漫步郊外，用万般柔情来表达对她的爱恋。姑娘则把他买给自己的水果一直留到下次见面时，才共同分享。正当他们如胶似漆地爱恋着的时候，残酷无情的命运又把他们分开了。

1970年年末，摩西迁居特拉维夫。在那里，他那极其漂亮的相貌又打动了一位半老徐娘的心，她名叫舒珊娜·伊苏莱特兹。她在自己的奥玛努尔出版社为他安排了会计工作，并给他一份满意的薪水。但是，这个人老心不老的舒珊娜需要爱情胜过需要会计，为尽快达到自己的目的，她干脆邀请摩西住进自己的套间。这个老小姐春心动荡，疯狂地迷上了摩西，一心想与他共赴爱河。摩西一面隐藏对她的反感，同她接触，一面背地里却形容她是"一座喷着臭气的活火山"。

不久，又出现了一位长得漂亮的春心不眠的老太太苏娜塔·费尔德。她是林塔尔博士的妻子，也是一位议员。一天，她来出版社拜访女友舒珊娜。当她看见漂亮的摩西正在打字时，便向他点头致意，摩西报以淡淡的微笑。在苏娜塔结束对女友的拜访后，她走到摩西身旁，装作看他打字的熟练程度，朝他俯下身子，头发却碰到了摩西的鼻子。摩西明白这个女人已成了他的俘虏。此后，苏娜塔就经常来出版社，推说是来讨论教育委员会的事务。她的频繁出现很快引起了舒珊娜的怀疑，女人的敏感使她意识到摩西才是苏娜塔来访的目的。于是她动了肝火。后来，她又发现摩西经常有规律地去苏娜塔的住处，便同他大吵大闹，并把他赶出了出版社。

两个女人争风吃醋的丑闻不胫而走，很快就传到体弱多病的林塔尔博士耳里。他要求妻子离开特拉维夫，回到他们曾住过的吉布特兹去。但苏娜塔生性不服软，不仅态度强硬地拒不离开，还趾高气扬地要求取消她的议员职务。然后，她采取了一个更为大胆的行动，公开陪着她的小情人在各种公开场所抛头露面，带他出入上层人物举行的晚会，而丝毫不觉羞耻。

宏图初展时

这对情人好景不长，摩西必须服兵役。打入以色列国防军才是他来到异国他乡的真正目的。但他的情妇为了把他留在身边，找了一个有权势的朋友阿尔替他讲情，把摩西留在特拉维夫的军邮局搞邮件检查。他便在这个梦想不到的岗位上大显身手。服役期满后，他继续留在部队里。

这时，埃及情报局才开始与这个打入敌人军队里的间谍进行联系，并于1972年的一天，送来了收发报机与密码，同时规定他的代号叫"1001"。发报时，电文开始使用三个连续的字母发信号，结束时再用三个次序相反的字母来表示。

摩西通过无线电接到的第一道指令，是让他千方百计激怒他的情妇。他照办了。一天晚上，他告诉自己的情人，他要在军营里过夜。可是，当苏娜塔半夜里回到自己的住所时，却看到他正与一个轻浮的女售货员在放纵调情。她不禁勃然大怒，抢手打了他一个耳光。摩西这时一反常态，极粗暴地对待她，猛然用力搡了她一把，使她从楼梯台阶上摔倒滚了下去。这位平时威严而又受人尊敬的议员被迫屈服了。这时，摩西穿好衣服，收拾自己的东西，然后拉上自己的新欢夺门而出。苏娜塔心碎得泪如泉涌，发出痛苦的号叫。

这一来，激起的不仅是愤怒，而且还有仇恨。苏娜塔为解心头之恨，立即借好友阿尔之手，对他进行报复。摩西被发配上了前线，在乌姆玛尔杰姆的行动中心当了邮政检查员。在前线，摩西仍然利用他那漂亮的长相收集情报，发回埃及。

十月战争前，他发回开罗总部的情报有：关于部署在苏伊士运河东岸的以色列部队及其指挥中心，军官的名字，武器存放地点，装甲部队和炮兵阵地等一系列详细情报。埃及情报局对这位模范间谍十分重视，并对他寄予厚望。

在1973年10月6日，战争打响的前5分钟，摩西突然接到命令，让他到乌姆玛尔杰姆医疗站的那所木房子里去，就近观察战争打响后，埃及空袭以色列作战室的袭击结果。战争爆发半小时后，摩西发出了一份急电，报告了摧毁作战室的结果。15分钟后，他再次发报，报告其邮政机关正在整装待发，准备转移。埃及情报局回电要他及时提供行军路线，以及即将驻扎的地点。

4 时 30 分，摩西报告说，他们一行人遭到飞机的猛烈轰炸，并被迫丢弃了 4 辆燃烧的汽车。埃及情报局再次让他报告即将驻扎的地点。他报告说，他们正朝东坎塔拉移动，并报告他看见了北面有支装甲部队正在朝前线开去。在距东坎塔拉城南 15 公里处，他发出了最后一份电报。由于空袭丢掉了汽车，他一直躺在沙地上发报，准确而详细地描绘了一幅以色列前线崩溃毁灭的凄惨场面。一阵阵的爆炸声不时地打断他的发报。一会儿，联系突然中断了。

4 时 37 分，埃及情报局紧急命令在西坎塔拉地区活动的情报军官，冒着枪林弹雨去寻找摩西所在的部队。同时，还要找到第二军团的指挥官，让他尽快发布停止射击的命令。

在埃及情报局的报房里，报务员紧张而焦急地不断呼叫"1001"号间谍。甚至连局长都沉不住气了，他开始亲自呼叫他最得力而功劳最大的间谍。"1001……1001"他一遍又一遍地呼叫着，神情越来越焦急，越来越愤怒，但是机器里仍然没有回音。他猛地一把将机器推开，然后站起身来，走到自己的办公室门口，命令他的助手为他准备一架飞机。

夜幕降临时分，情报局长等人在前线的沙地里找到了摩西。只见他身体朝右侧蜷缩着，双手捂着脸，早已与世长辞了。在场所有的人向他致敬，并将他的尸体移入棺木运回。这位间谍忠于职守，为国捐躯，他的英雄事迹，除了少数领导人外，没有人知道真情。

感情俘虏埃米莉

英国情报机关曾精辟地指出："一次成功的间谍活动有如一桩满意的婚姻，其中没有什么不平凡的地方。它是平静的，不会成为一个轰动的事例。"尤其是其中的间谍，他们大多过着极其正常的生活，只是把从事间谍工作所获得的费用存入外国银行，等着退休后过舒服的生活。苏联克格勃使用美男计在美国发展的女间谍埃米莉就属于这种间谍。埃米莉从事间谍活动 14 年，没有引起美国反间谍机关的任何怀疑。而克格勃却为她在贝鲁特银行存入了 10 万美元的存款。在她 50 多岁时，本来再过几年就可以舒舒服服地告老退休，一个苏联叛逃者却供出了她，使这个长期深藏在美国国务院内部的女间谍得以暴露。

掉进美男计

埃米莉虽已年近 40 岁，但仍然漂亮诱人。她长期与爱发牢骚的母亲相依为命，过着单调的生活。埃米莉有一份让人羡慕的工作，她在美国国务院任职，担任助理国务卿的助手。而这位助理国务卿领导一个司，负责第三世界一个重要地区的工作。仅这点也会让人眼红得要死。

一个聪明媚人、独立富裕的女人，虽已过了谈情说爱的最佳年龄，但总还是有风流际遇的。埃米莉同样不例外，爱神也绝不会忘记她。

1950 年春季的某天，对于埃米莉来讲终生难忘。这天，她那快 80 岁的老母亲经检查身患癌症。医生断言她的病情已到了手术无法挽救的地步，并告诉她只能再活几年，然后痛苦地慢慢死去。这位老寡妇本来就喜欢无病呻吟，这下就更不得了了。埃米莉在得知这个坏消息后，简直伤透了心。

但在这天夜晚，埃米莉又遇到了另外一件奇事，丘比特竟把爱箭射向了这个老处女，从而改变了她的人生态度。那晚，埃米莉穿上新衣服到华盛顿西北区第 16 街一所唯一的教堂里，去参加著名人类学家玛格丽特·米德举行的茶会。在茶会举行过程中，一位叫福斯特的年约 40 岁和蔼英俊的男子，不小心将红葡萄酒溅洒在埃米莉的新衣服上。本来就为获悉母亲病情而心烦意乱的埃米莉，这时竟像小孩似的哭了起来。为此，福斯特深深地向她道歉。茶会散后，他还坚持一定要送她回到乔治城她的家里去。

埃米莉回到家里，她热情地款待了福斯特。在她换上家庭便服后，福斯特又坚持要为她洗干净被酒溅脏了的新衣服。他说：

"一家我所认识的法国洗衣房，他们可以去掉任何污迹。"

正当他们喝着酒，进行愉快的交谈时，埃米莉的母亲在卧室里大声叫喊着："埃米莉！埃米莉！”于是，福斯特很快地喝下一杯酒，随后告辞回家。他们俩在门口亲切地握手道别。

从此之后，他们的友谊之花开放了。福斯特据说是做“保险生意”的，自从他第一次邂逅埃米莉后，便经常邀请她共进午餐或晚餐。他十分熟悉乔治城内和马萨诸塞大街上各种舒适的小餐馆。每次吃饭，都使埃米莉乘兴而去，尽兴而归。有时，他们俩从华盛顿东南穿过马里兰州界，到那些地方去聊天，互诉衷肠。自然，戏院、音乐厅和电影院也是他们经常光顾的地方。他们俩经常一起看戏，听音乐，看电影。福斯特虽然并不富有，但他负担得起所有这些简单娱乐的费用。

除此之外，福斯特还经常打电话给埃米莉，每次通话只不过是“为了聊聊”而已。而埃米莉第一次打电话给福斯特时，他的反应竟是如此热烈。他告诉她：“我正在想着你呢，亲爱的。”埃米莉听后，脸红心跳了好一阵子。但说来也怪，这之后，埃米莉不再害羞了，而且每当她感到寂寞时，她便打电话给他，不管有多晚。

埃米莉在不知不觉中成了福斯特的感情俘虏。而他这时并没有向她要求任何东西，甚至连性方面的要求也没有，对她的工作也不感兴趣，从不过问。给人的印象是只要他和埃米莉在一起，他就真正感到愉快。

福斯特不仅用感情俘虏了埃米莉，使她完全没有感到自己被“培养”，而且在不到几个月的时间里，他又诱使了埃米莉在经济上依靠他。

开始，福斯特到埃米莉家时，只是借口“为了你母亲”而送些数目很小的礼物。当他完全取得了这位老太太的欢心时，他就将数目增大，并且经常不断。埃米莉又在不知不觉中开始把这种“礼物”作为她正常收入的一部分。

在整个这段时间里，福斯特没有提出任何要求作为报答，只是偶尔和她在楼梯上匆匆一吻，表示一下亲昵，借此表明他对埃米莉的感情并不是完全纯精神的需要。这样做，无疑会使这对男女的爱恋之情显得更自然。

到这时，埃米莉的生活已越来越离不开福斯特，她对他越来越依恋。如果有一天她没有见到他，或听到他的声音，她会觉得生活中好像少了点什么而单调乏味，坐立不安。事后，埃米莉毫不隐讳地说：“这虽够不上本世纪最伟大的罗曼史，但却非常愉快和轻松。”

无愧当间谍

福斯特何许人也？他是苏联秘密情报机关克格勃的官员。他受过良好的特工训练，自然也包括性训练。克格勃派他到美国来，就是因他们早就掌握了埃米莉的各种背景材料，认为她是一个十分有潜力的情报人员。她处在助理国务卿的私人助理位置上，能接触到有关第三世界一个重要地区的所有机密材料，美国对这一地区的政策，以及与英国、法国所交换的看法；美国政府执行这些政策的意图；与第三世界这一地区的领导人所达成的秘密协定；一旦在这一地区发生意外事件时，美国舰队所采取的应变计划……

被克格勃看中的埃米莉自然而然地成为他们的招募对象。他们在研究了她所有的背景材料后，认为最合适的办法是美男计，也就是性引诱。于是就发生了上述一系列的事情。福斯特与埃米莉的巧遇，及至后来的每一步发展，都是按照克格勃事先的计划进行的。他们要按照管理情报员的例行原则，对她加以考察、征募和训练，福斯特把这一计划执行得淋漓尽致。

几个月来，福斯特让埃米莉在不知不觉中接受"招募前的培养"。按教科书上所讲的第一条规定：

> "不要强求你的未来情报员去做任何超出他的良心允许他做的事。培养情报员过程中的第一个任务是逐步扩大其良心范围，使他最后能问心无愧地做你要他做的事。"

福斯特在第一步目标达到后，便开始进行第二步，"逐步扩大其良心范围，使他最后能问心无愧地做你要他做的事"。

一天，福斯特请埃米莉帮他一个小忙。他告诉她，他是在一个政府工作人员占极大比例的华盛顿做保险生意，自然很想打进国务院里。那里都是些追名逐利之徒，他们不仅领取极高的工资，还拥有大量的私人财产。"仅仅靠向你的朋友推销人寿保险，就能维持我们的生活了。"于是，他要她提供一份她在国务院的熟人的名单，以及这些人的职务简况。

埃米莉开始并不肯做。她对福斯特说，国务院每年出版一本《工作人员名录》，一本《外交人员名录》，以及一些其他类似资料，在宾夕法尼亚大街的政府书店中很容易买到。但在福斯特的一再解释下，她最后让步了。福斯特解释说，他要的不是《工作人员名单》中可以找到的资料，而是那些能够说明哪些职员是保险生意最好的对象，以及什么是用在每个人身上最好的生意诱饵的个人情况。

埃米莉说："我可以安排一次鸡尾酒会，让你和他们中的一些人见见面。"

福斯特回答："不，还不到时候，而且目前我们还得保密，不要告诉任何人。"

对此，埃米莉开始十分不理解，为什么她向福斯特提供的有关她朋友的材料，会对他有真正的帮助？为什么还要保密？尽管如此，但她还是照他的要求去做了。

不久，在福斯特的进一步诱使下，埃米莉竟又毫无约束地闲扯起她的同事们的情况，甚至谈到他们所从事的一些保密工作。偶然，她也记起司里的保密教育，在告诉福斯特某件特别机密的情况后，她会笑道：

"真的，我不应该告诉你这种事！你绝不能把我告诉你的再告诉任何人！"

福斯特信誓旦旦地向她保证，他绝不会这样做。

就这样，埃米莉的良心范围被福斯特逐步扩大了，现在她已问心无愧地去做他要她做的事。最后，当福斯特要求她在晚上把秘密文件带回家，供他拍照，并在第二天早上上班时放回原处，埃米莉也十分乐意地干了。从此，她已经成为一名真正的苏联间谍。

反客为主的逆用

尽管福斯特在她从事间谍工作后不久便失踪了，但埃米莉却为克格勃工作了14

年。14 年来，她从未出过任何事故，也没引起国务院安全官员的任何怀疑，使她在一次次安全检查中顺利过关。这个长期隐藏在国务院核心机密内部的苏联间谍，在长达 14 年的时间里，天晓得她为苏联人提供了多少情报，以及提供了些什么情报，带来的危害有多大，事后，人们只知道 14 年来克格勃为她在黎巴嫩贝鲁特银行里，存入了一笔 10 万美元的巨款。年过 50 岁的埃米莉本来可以再过几年后，舒舒服服地退休，拿着这笔巨款去享她的清福，这时一件意想不到的事发生了。一个苏联叛逃者供出了有关情况，不仅使她拿不到这笔辛辛苦苦积累的巨款，而且前途尽毁。

在埃米莉初次结识福斯特 14 年后的一个春天的早上，一位苏联克格勃的叛逃者，在阿勒格尼山中央情报局的"人类图书馆"受审时，无意中供认：

"你们在××问题上为我们编造的材料，我们是一清二楚的。"

审讯者在听到这一情况后，立即作了进一步的追问。这位叛逃者于是对材料作了一些具体描述。尽管他不能说出确切的来源，但他从材料反映的内容推断，可能是来自助理国务卿的办公室，也许来自他的私人助手。他并且说，几年以后，苏联情报分析专家得出结论：许多情报是假的。

美国情报机关获悉这一情况后，立即引起一片混乱。反间谍机构即刻立案，组织人员在国务院内部进行秘密调查，以免打草惊蛇。事情很快就直接查到了埃米莉身上。一天，埃米莉被带到了国务院首席安全官的房间。在这位官员的审问下，她承认了从事间谍的一切活动。

14 年来，埃米莉为苏联提供了大量的情报，而且苏方早已知道美国及其盟友在这一地区的真实意图。因此，应采取有效措施，消除影响，把损失降到最低。

美国反间谍机构根据叛逃者所讲的苏联人早已认为埃米莉的情报是假的这点，他们权衡利弊，决定不公布案情，而是逆用埃米莉。因为公布这一事件所带来的害处，将大大超过审判埃米莉所能得到的好处，也无法向公众解释为什么即便是最完善的保安系统，也防止不了像埃米莉这样的间谍渗透。中央情报局的一个"假情报"专家建议：国务院应利用苏联人认为埃米莉是个假特务的错误，进一步扩大他们这种错觉，使他们感到埃米莉一直就是假的。

为此，国务院安全官员对埃米莉并没有采取什么专制措施，而是让她仍留在原来的工作岗位。在以后的几周里，他们又命令她向苏联人提供一些能明显看出来是伪造的假情报，以便增加他们对过去埃米莉提供的一些真材料的怀疑。

鉴于埃米莉的认罪态度和密切配合等情况，最后美国政府免除了对她的惩罚，而只是将她在贝鲁特银行积存的 10 万美元的大部分存款罚没。接着她被调换了工作，到一个行政岗位上去干事。没过多久，根据反间谍机构的安排，她宣称自己得了一种神经方面的疾病，不能履行公务职责，需要离开政府部门，寻找一个比较轻松的工作。后来，埃米莉在新英格兰某个小城市的图书馆里当了一名管理员。

红色间谍皇后

1945 年秋，苏联女间谍伊丽莎白·特里尔·本特莉向美国联邦调查局纽约分局自首，承认自己几年来一直担任克格勃的信使，负责把绝密资料传递给苏联。她带来未发出的情报资料，使联邦调查局的特工看后目瞪口呆。这些资料全是从美国军、政下属中的战略情报局、空军部、陆军部、军工生产委员会、外经署以及财政部、农业部和商业部的工作人员中收买来的。因保密原因，本特莉在自首后好几年，联邦调查局都禁止她公开透露任何秘密。1948 年夏，她才被允许在众议院非法活动调查委员会，向公众首次露面。然而，她一露面，就成了轰动一时的新闻人物，被冠以"红色间谍皇后"的称号。那么这位女性是如何成为间谍皇后的呢？这事还得追溯到 20 世纪 30 年代初的那段浪漫岁月。

淑女爱上老间谍

本特莉是一个受过良好教育的女性，毕业于新英格兰的瓦萨大学。20 世纪 30 年代初，她开始在哥伦比亚大学为一位意大利语专家做助手，并在这时加入了美国共产党。

本特莉开始并没想到做一名红色间谍，更没想到后来她竟会成为"红色间谍皇后"。起初，克格勃间谍朱丽叶·波因茨·格拉泽为拉她给克格勃干事，确确实实对她进行过威逼和利诱，但都被她拒绝了。然而，一件意外的事，却不仅使她走上了红色间谍的道路，还使她爱上了一个老间谍。

当时，她在为一家意大利情报图书馆工作。她震惊地发现，这是一个以图书馆为掩护，而为法西斯主义做宣传的组织机构。她立即向美国共产党写了一份书面材料，揭露这个组织的情况。开始，美国共产党对她的揭发材料似乎无动于衷。材料交上去后，就没有回音。后来，本特莉遇上了一个男子，他告诉她，侦查意大利图书馆是一项很重要的任务，并非常希望她能继续提供有关该图书馆的情况。受到鼓舞的本特莉就这样秘密地监视着这个图书馆，提供了许多情况。事后，本特莉才知这个男子叫作雅各布·戈洛斯。

戈洛斯当时领导着美国境内的几个专门向苏联人提供情报的间谍。本特莉第一次与戈洛斯见面，并没有留下很深的印象。据后来本特莉自己说，最初，她只注意到他"出身低微，个子矮小，骨架粗壮，45 岁左右……一点也不出众，而且还相当寒酸"。但是，当她开始为他做秘密工作后，就爱上了他，并发现他"行动果断，思想敏锐，锋芒毕露……深得人心"，简直就是"一位完美的共产主义战士"。她很快成为他的情人，并和他同居。后来，他们结婚了。

戈洛斯何许人也？他出生在俄国一个地地道道的革命党人家庭，本人是美国共产党中央委员会委员，同时又是一位克格勃间谍。他的公开身份是国际旅行社经理。该公司是用厄尔·布良德捐献给党的专款建立起来的。

当戈洛斯发展本特莉成为一名苏联间谍后，开始他让她负责接收来自加拿大共产党党员萨姆·卡、费雷德·罗斯和蒂姆·巴克的秘密资料，负责与艾雷内尔家族进行联络，还让她担任传递密件的信使。

1940 年，联邦调查局对戈洛斯负责的国际旅行社进行了突击搜查，发现他参与了伪造假护照的活动，因此而罚了重款。戈洛斯遭此打击后，身体状况每况愈下，难以担负党中央委员与从事间谍的双重任务。于是，他就把一部分工作交给本特莉，让她负责领导几名克格勃间谍。从此，本特莉便开始成为克格勃的小头目了。

曾是惊鸿照影来

本特莉当上克格勃的间谍头目后，开始她手下只有两个人：一个是化工工程师亚伯拉罕·布罗塔曼，另一个是玛丽·普赖斯。前者经常给她一些他自己的图纸和一些保密的工艺技术资料的复制品，让她转交给戈洛斯。后者是新闻记者沃尔特·李普曼的秘书，因而送来的资料大多是这位记者私人文件的副本，涉及美国许多上层人物的个人隐私。

1941 年，戈洛斯的上司盖克·奥瓦基米被联邦调查局逮捕，戈洛斯和本特莉也受到了联邦调查局特工的跟踪。在这种情况下，他们深感情况不妙，不但停止了间谍活动，还隐匿了起来。但当克格勃把奥瓦基米安排回苏联，他俩又开始活动起来。

这年 6 月 22 日，希特勒突然对苏联发动了全面进攻。因而，许多美国共产党员问他们应怎样用实际行动支援苏联？他们中的一部分人得到的答复是：对苏维埃最好的支援是做情报员，广泛搜集和提供各种秘密情报，为苏联反法西斯服务。这时，本特莉的联络对象急剧增加，广泛而大量的情报资料从政府各个部门源源不断地流来。

本特莉的最大情报来源是由内森·格雷戈里·西尔维梅斯特和他妻子海伦领导的情报网提供的。西尔维梅斯特出生于苏联，当时他是美国农场证券署官员。他们夫妻俩与在美国政府工作的许多朋友一起，组成了一个庞大的情报网，而其中两个最显赫的人物是白宫顾问劳林·柯里和财政部助理部长哈里·德克斯特·怀特。开始一段时间，本特莉每个月两次去华盛顿郊外西尔维梅斯特的家里，带回一些绝密文件的副本。后来随着情报数量的增多，带文件副本显然已不适合，于是他们改为拍照。本特莉每次均带回一些冲洗好的绝密文件的缩微胶卷。随着时间的推移，西尔维梅斯特提供的情报资料越来越多。于是，本特莉把联络点由华盛顿改为纽约。每次回来时，她的针织包里总要装上多达 40 卷尚未冲洗的缩微胶卷，以及有关内容的说明书。

此外，他们还从不少情报来源中广泛搜集有关秘密文件与资料：战略情报局局长威廉·多诺万的助手梅乔·邓肯的秘书玛丽·普赖斯处，搜集到大量战略情报局的情报;《新民众》月刊的共产党编辑约瑟夫·诺恩提供了军工生产以及拉丁美洲的经济、政治情报;《工人日报》主编路易斯·巴登泽提供了战略情报局顾问的情报。1943 年以后,她还从以军工生产委员会官员维克多·珀洛为首的一大批情报员手里获得过很多情报。除这些直接接受她领导的情报网以及情报员外,还有一个只向戈洛斯递交情报的工程师集团,其中一名成员化名朱丽叶。戈洛斯还从英国情报机关派驻纽约的联络官塞得里克·贝费雷奇处,获得一本供英国军事情报局特工用的训导手册。

随着战争的持续,本特莉得到的情报急剧暴增。她负责传递过的情报涉及范围极广,有空军新式飞机的资料,有军队驻防的情报,有新型炸药的研制情况,有美国政府在亚洲和拉丁美洲的经济、政治情报,还有美国驻苏联大使的绝密信件⋯⋯

急流勇退与余波

在 1943 年感恩节这天,戈洛斯因病去世。他的死不仅在生活上对本特莉是一个巨大的打击,而且随之工作也发生了急剧变化。苏联情报机构立即发来一道命令,让珀洛和西尔维梅斯特两个情报网以及一大批类似人员所获的情报,今后不需要再交给美国共产党而直接向苏联提供。这样一来,本特莉就不再充当他们的领导人和信使了。

与此同时,她的领导也更换了,一个叫"比尔"的人成了她的新上司。1944 年 10 月,"杰克"又接替了"比尔"的工作。"杰克"不像苏联人,他的英语带有浓重的布鲁克林区口音。他与本特莉相处得很好。

一次,本特莉对"杰克"说,她想见见高级领导同志。于是,他就带她去见了"奥尔",此人就是当时苏联驻美国大使馆的一等秘书安纳托利·格罗莫夫。"奥尔"邀请本特莉与他共进晚餐。用完餐后,他装模作样地宣布,苏联政府决定授予她红星勋章。接着便要求本特莉陪他上床睡觉。本特莉非常气愤地拒绝了他的要求,而且拒绝接受红星勋章的荣誉。

1945 年 1 月,本特莉彻底摆脱了充当信使的任务,再也不当克格勃的联络人了。这年秋天,她走进联邦调查局纽约分局的大门自首。

联邦调查局想利用她打入克格勃内部,于是,要本特莉设法约"奥尔"吃一顿饭,期望苏联人重新起用她。如果成功,则等于他们在克格勃内部安插了一个耳目。但是,"奥尔"在与本特莉用餐时,根本不说正经事,没有重新起用她的意思,因而使得联邦调查局的计谋破产了。

本特莉向联邦调查局投案自首后,向他们交代了她原来联络过的 80 多个人的名字,并交代了曾出卖过情报的 12 个政府机构或官方团体。几年来,她在担任克格勃信使的过程中,专门负责向苏联人传递绝密资料。这些

联邦调查局前局长胡佛

资料都是从美国联邦政府下属的战略情报局、空军部、陆军部、军工生产委员会、农业部和商业部中的工作人员手中买去的。

鉴于她所提供情况的重要性，联邦调查局局长胡佛感到必须提醒白宫、内阁成员和其他高级官员，充分重视她交代的主要内容。事后证明，这样做不但没有取得预期结果，反而使那些有牵连的官员停止了活动，并掩盖了他们的罪行，给以后的追查带来很大困难。

根据本特莉提供的情况，美国国务院、战略情报局、陆军情报局和外经部都解雇了一大批工作人员。同时，还采取了强迫一些人辞职的措施。但当时公众并不知道本特莉在这当中所起的作用。因为，联邦调查局连续好几年不让她公开泄露任何秘密。他们想在关键时刻让她向大陪审团作证。

1947 年，纽约组成了一个特别陪审团，对本特莉的自首交代进行调查。1948 年夏，这个大陪审团完成了使命。这时，本特莉才首次在众议院非法活动调查委员会向公众露面。这一下，使她轰动一时，有人甚至称她为"红色间谍皇后"。

被引诱的男性间谍

一个男人有可能因搞异性恋而成为间谍，也有可能因搞同性恋而成为间谍。据说，俄国人利用同性恋招募间谍已有一百多年的历史。在第一次世界大战前，他们利用同性恋招募的典型间谍是奥匈帝国第 8 军团参谋长阿尔弗莱德·雷德尔上校。自此之后，各行各业里的同性恋者便有一些被苏联人挑出来作为利用目标。但到现代，克格勃把这一招募间谍的手段发展到了登峰造极的地步。克格勃的韦尔霍内伊性间谍学校中，就有一批同性恋者受到系统的教育，随时准备设下陷阱，捕获猎物。他们的诨称亦叫"乌鸦"，这也从侧面反映出他们究竟有多"黑"。英国海军谍报人员约翰·瓦塞尔就是被这类乌鸦拉下水的典型例子。

莫斯科之夜

瓦塞尔出生于伦敦。父亲是英国圣工会牧师，在家庭生活中讲究自制和高尚的道德标准。母亲是护士。父母亲的婚姻从一开始就不美满，因而对他产生了下意识的影响。他 10 岁时，在寄宿学校第一次经历了同性恋爱，而且后来一直没有发生变化。16 岁时，他便辍学，进入当地一家银行做事。他很快就觉得当银行职员实在无趣。几个月后，他申请并取得了海军部文职牧师资格。

后来，他申请在海军部的海外机构中补一空缺，担任驻莫斯科武官处职员。身为"非外交官"的瓦塞尔，本来是个性格内向、爱虚荣的人，大使馆等级制度森严，他先是感到非常孤独而不合群。而后，又发现大使馆内的气氛沉闷、压抑。慢慢地，他在大使馆范围之外寻找同伙了。莫斯科对于瓦塞尔来说是"令人神魂颠倒的"，而克里姆林宫的塔楼就像是"神话里的东西"。通过接触苏联人，他发现他们更友好，而且更富有同情心。他的这些举动一直受到克格勃的监视，并很快将其列入潜在的情报员之列。

在瓦塞尔到达莫斯科一个月后，他就被邀请到一家饭店，并介绍给一位很吸引人的"燕子"。当他们发现他对这一诱饵不感兴趣时，便决定将她换成"乌鸦"。这次他们成功了。对以后发生的情况，瓦塞尔曾

约翰·瓦塞尔

作了精彩描述：

"一个受当地雇用的波兰人，叫米哈依尔斯基，时常请我到饭店吃饭。正常交往持续了约三个月。一天晚上，这位波兰人将我介绍给他的三个朋友。其中一个朋友提出请我在剧院附近的另一家饭店吃饭。我被引到一楼。我原以为是一间餐厅，事实是一间寝室。我们饮了酒，大嚼了一顿，我被不断灌以烈性的白兰地。半个小时后，我记得每个人都脱掉了他们的外衣。有人帮我脱掉了衣服。灯光非常强烈，我的衣服一件件被脱掉。屋角里有一张沙发床。我记得两三个人同我一起光着身子躺在床上。接着，发生了几次性行为。我记得这伙人中有人拍了照。"

回到大使馆的时候，瓦塞尔觉得实在太难堪了，无法向上司报告这事。从此，克格勃手中有了证据，可以对他进行敲诈了。但是为了确保对他的策反成功，他们决定再设第二个圈套。

1955 年 3 月 19 日，瓦塞尔应邀上一个军官家里做客。这位军官正在莫斯科休假。他把他们这次相会时所发生的事，描绘得简直像一个电视剧本中的迷人镜头：

"他注视着我的眼睛，紧紧地握着我的手……这怎么会发生呢？是他的眼睛给了我一个信号，还是我们被想要互相亲吻的愿望所征服？"

克格勃人员的到来将他们的性行为打断。那个军官匆忙地穿上衣服，什么话也没说就不见了。瓦塞尔发现他面前站着两个彬彬有礼的苏联人。他们对他的心理状态了解得很准确，并没有要威胁或逼迫他的意思。但瓦塞尔却很害怕，如果进一步恐吓他，会使他向英国反谍报人员自首或自杀。

他们给他看了拍的照片，知道他来到莫斯科以后的每一个行动，并警告说：他已经干了一件严重违反苏联法律的事，为此要受处罚，甚至可能被拘留。假若向大使馆的任何人提起此事，他就不会被允许离开苏联，而且他们还会把这事搞成一个国际事件。上钩的瓦塞尔立刻陷入困境，当他们再稍稍施加一点压力后，他就投入了克格勃的怀抱，成为一名间谍。

成功的间谍

瓦塞尔走上间谍的道路后，在莫斯科，他向克格勃提供了经手的秘密文件的副本。1956 年 6 月，在他即将返回伦敦前夕，被告之一个叫格雷高里的人将在那儿同他联系。

返回伦敦后，在当局并未认真进行安全审查的情况下，他被安置在英国政府的要害部门里。在海军部情报局局长办公室里，他当上了一名小职员，工作中接触的几乎全是高度机密的材料，这对苏联人太有价值了。屋里的每一个抽屉、柜子都塞满了各种文件，但根本不允许带出。当他在劳克利路同格雷高里第一次碰头时，立即被问到在海军部做什么工作，经手的秘密文件有哪些。

从此以后，瓦塞尔时常与格雷高里约会，并递交机密文件以供拍照。他当时提供的情报有：雷达、交通、鱼雷以及反潜艇技术，炮火试验，盟国战术，北大西洋公约组织学习的文件，舰队行动计划，战术指令等。另外还有诸如同英联邦的海军联络细节之类的材料。这些材料交给苏联人自然很重要。

1957 年，苏联要求瓦塞尔拍摄文件。在他干这事有困难时，他们又让他在夜间把文件拿回寓所拍，第二天再将文件放回原处。所拍摄的照片不需要自己冲洗，而是将它们交给格雷高里或另一指定人员。后来，他们让他去国外买一架照相机。他在德国买了照相机后，利用机会在法国和比利时进行了旅游。因买回的照相机拍的照片太糟，于是他们给了他一架"精密"牌照相机。

1958 年，瓦塞尔被调任为新任英国海军大臣托马斯·加尔布雷斯的助理私人秘书。这就使他有机会接近潜水艇作战的秘密情报，以及海军部深水武器研究机构在声呐探测方面的最新情报。

为保证瓦塞尔外出约会接头不被跟踪，克格勃采取了许多防范措施：每隔三个星期，他在晚上 7 时 30 分到戈尔德斯草地汇报一次。联络时，一定要使用暗号。如果因故不能按时如约，则第二天晚上再去。有时苏联人没有来，但他们会在暗中观察他是否去了，是否受到跟踪。遇有紧急情况，或发生意外事件时，可去肯辛顿·贝德福小道公爵夫人家，在"荷兰别墅"附近的"梧桐别墅"的梧桐树上，用粉红色粉笔打个"＊"作为记号，并给了他一个肯辛顿的电话号

被同性恋间谍拉下水的瓦塞尔

码，以便拨号找"玛丽小姐"。除此之外，其他会面地点还有伍斯特公园、南牧场、温布利埃吉韦尔以及欢愉山等地。

1959 年秋季，瓦塞尔得到克格勃的奖励，又去游览了意大利的长普里岛和那不勒斯，年底时还到了埃及。返回伦敦后，他又被调到海军部的军事部门。尽管他个人不喜欢这个职务，但苏联人很高兴。因为新的职务可以使他获取许多军事情报。

1961 年 1 月，英国反间谍机构破获了潜伏在波特兰的间谍案，逮捕了哈里·霍顿及其女友。尽管此案并不涉及瓦塞尔，但为安全起见，克格勃还是通知他必须立即停止一切间谍活动，等候通知。1962 年年初，当波特兰间谍案风波结束，克格勃认为安全后，才让他解除警报，继续从事间谍活动。此后，一直到被捕时为止，瓦塞尔都在为克格勃积极工作。

模范犯人

瓦塞尔搞同性恋的情况，早就被英国安全部门所掌握。但为什么还让他在重要位置上工作，掌管国家大量机密呢？原来，有一位影响极大的人曾为此专门在他的特别检查证上批示道："此人搞同性恋，但完全可以信任，我个人为他担保。"从而打消反谍报人员的疑虑，使他的谍报活动长达 7 年多而未被发现。若不是依据一个克格勃叛

逃分子提供的情报，挖出这个隐蔽在要害部门很深的间谍，他还可能给克格勃做更长时间的间谍。

1963 年 7 月，克格勃军官阿纳托里·多尔尼津少校叛逃到美国。根据他交代的情况，美国人确信在英国海军部，有一个将北大西洋公约组织的秘密出卖给苏联人的间谍。当他开列出一份苏联在西方的间谍名单后，美国中央情报局的特工人员允许他在英国避难。在他开列的名单中，有"一个在英国海军部工作的人"。他只知道这个间谍的代号，而不知他的真实身份。美国人立即通报了英国的安全部门。

英国安全部门对海军部 1500 名工作人员的私生活进行了过细的调查，还特别挑选了两个特工，花了三个星期，在夜间对海军部各个办公室作了彻底的秘密搜查。结果发现了三条线索。当有人提出约翰·瓦塞尔过着与其经济收入不符的奢华生活时，就立即把他列为重点对象进行审查。

安全部门对他的活动和背景作了系统的核查，并设法填补了以前对他审查的空白。到 8 月份，他们已肯定地认为：瓦塞尔是混进海军部里的克格勃间谍。1962 年 9 月 12 日，当他为去意大利度假，步出海军部大楼去换外币时，被逮捕了。

大伦敦警察厅侦缉部略加审问后，探警们又对他的寓所进行了搜查，发现了两架照相机和 140 卷胶卷底片。后来，海军安全司司长约翰·麦卡菲上校在作证时说：

"这 140 卷胶卷的底片同文件的原件作了对照。这些文件之中，有 17 份是 1962 年 7 月 24 日至 9 月 3 日之间拍摄的，全部是机密文件。"

审理完毕，伦敦中央刑事法庭判处瓦塞尔 18 年徒刑。他完全服罪，还一再表示将充分与警方合作，努力回答许多仍需提出的问题。1972 年，瓦塞尔在服刑 10 年之后，凭誓获假释。他因为是模范犯人，所以干的是轻松活。先在监狱图书馆工作，后到小卖部。还与另外两个苏联间谍一起，被指派检查文件的缩微胶卷，并从中摘出情报，以补充当地记载。后来，他改信天主教。获释后，他在一个天主教修道院里待了一段时间，写出了他的自传。他在描述克格勃设下性圈套时说：

"它就像一个蜘蛛网，做得非常非常巧妙，我简直不能逃脱。我就是这样越来越被它缠住了。"

后来，他平静地生活着，并被一个市政公司雇用从事研究工作。

醉乌鸦误情记

迁回使用美男计，亦是克格勃惯用的重要手法之一。当他们了解到目标对象好色，而又无法或较难让燕子接近时，他们就会设法调开对象的妻子，使他们从整天形影不离中，习惯于单独活动。然后派出乌鸦和燕子分别对他们进行引诱，将目标拖入色情陷阱，为其所用。苏联在发展法国驻苏大使德让时，就采用了这种方法。但他们在引诱德让的夫人时，因中途出现一系列差错，18个月过去后，仍没有把这位大使夫人弄到床上。

引诱计谋

1955年12月，法国新任驻苏联大使莫里斯·德让和他的妻子玛丽·克莱尔一行到达莫斯科之后，就受到了克格勃的监视。对于德让的情况，克格勃已经知道不少。从第二次世界大战的最初几年，德让还是流亡伦敦的戴高乐将军的自由法国政府的一个高级官员时起，克格勃就开始搜集他的档案材料。他们想把一个有影响的苏联代理人，安插到法国政府最高决策机关，安插在戴高乐将军身边，让他去左右法国政策，使之不利于整个西方世界。随着苏联间谍从德让曾担任外交官的纽约、伦敦和东京等地寄来的报告增多，他的档案材料也就越来越厚。现在德让来到莫斯科，因而使得克格勃的官员们空前活跃起来。他们决定要抓住这次机会，使他落入圈套。

为了寻找可对德让大使下手的突破口，克格勃从一开始就安插了许多特务在他们夫妻身边。苏联外交部介绍给大使的苏联司机是一个训练有素的克格勃情报官员，德让夫人的贴身侍女也是这种人。在外交招待会上，介绍给他们的仍然是克格勃官员，他们一直监视并观察着这对法国夫妇。

经半年时间，根据所有详细调查的结果表明，克格勃在德让身上没有发现丝毫不忠于法国的任何倾向。但他们都发现了德让在私生活上有趣的事。尽管这位大使已56岁，却对女性还有浓厚的兴趣。这对于克格勃来说，无疑是大可利用的。于是，他们制订了一个双管齐下的计划，准备把德让夫妇分别引入性圈套。

1956年6月异常暖和的一天，一个叫尤里·瓦西列维奇·克罗特科夫的戏剧和电影剧本作家，被召到一间舒适的房间里，来见他的上司列奥尼德·彼得罗维奇·库纳文上校。库纳文得意地告诉克罗特科夫：

"我们决定把法国大使莫里斯·德让拖下水，这是来自最高当局的命令，来自尼基塔·谢尔盖耶维奇（注：这是赫鲁晓夫的本名和父名）本人，一定要把他弄到手。关于他的一切情况，我们都知道。"

随后，库纳文给克罗特科夫一份详细的实施计划。计划的开头部分是德让夫妇的传记，包括他们的家庭背景、婚姻状况、教育状况和履历。接着是关于他们的品行和个性特征、经济状况、饮食习惯、性欲情况、政治思想情况，以及如何将他们拉下水为苏联所利用。计划的最后部分则是一份要在未来的 12 个月中，进行这次行动的详细时间表，还开列了各种使用的技术手段和执行计划，以及在执行过程中发现问题时如何进行修改等。

两天后，库纳文又找到克罗特科夫，向他交代了详细的任务，他说：

"大使是我们最终的目标，但我们对大使馆的空军副武官路易·吉博上校也有兴趣。你的工作是对付德让夫人。你必须控制住她，使她成为我们的人。你还必须把她弄上床。至于大使，你暂时别管。在你对他夫人进行工作时，别人会去对付他的。到时候，一切都会配合得很好。你等着瞧吧，我们已想出了一些特殊办法。有一点是对我们的行动大大有利的。德让确实是想做好他的工作，因而他想广交朋友。而他的妻子又正在设法帮助他，这很好。我们将让他们看看，我们的姑娘和小伙子会对他们多么友好。"

库纳文开始大笑起来。

接着，库纳文详细叙述了德让和其夫人的经历，并多次引用了使用窃听器偷听下来的他们的谈话。接着，他们又谈到德让夫人。

库纳文警告说："她可不傻，她始终监护着大使，并设法保护他。这是我们必须控制住她的另一个原因。"

知识分子出身的克罗特科夫身材瘦高，长着一头漂亮而浓厚的深褐色头发，再加上一副热情又富有表情的脸，能够极有风趣地用俄语或英语谈论艺术、历史和苏联的著名人物，因而深得驻莫斯科外国人的青睐。尽管他并非克格勃的正式官员，但从 28 岁开始，便自愿加入了"特聘"情报员队伍，是克格勃中一个出色的高手。他一直奉命从写作电影剧本时遇到的女演员中，去物色可供克格勃用来勾引外国人落入性圈套的漂亮姑娘。第二次世界大战以来，他曾经设法引诱过几十个官员和新闻记者落入这种圈套。这次却要亲自去完成引诱任务。

有趣的郊游

几天后，库纳文又把克罗特科夫介绍给派去勾引空军副武官妻子吉内特·吉博的特聘情报员米沙·奥尔洛夫。他是一个被莫斯科青少年作为偶像崇拜的演员和歌唱家，也是一个有着吉卜赛人气味的壮汉，常被用来勾引外国妇女。在座的还有一个年轻的克格勃中尉鲍里斯·切尔卡申，当时他化名为卡列林，冒充外交官。

在大约两个月前，切尔卡申和奥尔洛夫装作度假的单身汉，奉命到黑海著名的休养地去追逐一群法国妇女。在那里，切尔卡申"偶然地遇见了德让夫人"。回到莫斯科后，他又常在官场活动中和她见面。现在，克格勃觉得他已和她混得很熟，可以邀请她和"朋友们"一起出去玩玩,以便使克罗特科夫能够和她相见。德让夫人和丈夫商量后,接受了这一邀请,并说她还要带着吉博夫人和另一随员的女儿同行。

为了这次出游,库纳文和克罗特科夫作了十分周密的计划,借用了希姆基水库民警总局的一艘高功率的汽艇,由一个胖民警驾驶,并对该艇进行了重新油漆、改装,一点也看不出是一艘警艇。酒、干酪、水果等都是由克格勃的商店照单送来的,上等羊肉已全部收拾好,只等烧烤。

当德让夫人偕同吉博夫人来到河边码头时,克罗特科夫还是第一次看见她。她的头发在阳光下闪闪发光,一张秀美的脸庞使他联想到精致的瓷器,嘴唇和眼睛似乎都在微笑。她虽已四十开外了,但身材仍很苗条,无论从哪个方面看,都完全符合漂亮贵夫人的形象。

"多漂亮的一艘小汽艇!是您的吗?"她惊叹道。

克罗特科夫微笑着,神秘地回答:"我的一个朋友是体育运动管理局的官员。我把汽车借给他去度假,所以他得还我的情——借给我这艘汽艇。我可以领您几位上去看看吗?"

当小汽艇循着克格勃拟定的航线加快速度开进水库时,奥尔洛夫向吉博夫人大献殷勤,克罗特科夫却与德让夫人有趣地聊着天。

克罗特科夫问道:"您从巴黎来,一定会觉得莫斯科很单调吧?"

她答道:"当然,我爱巴黎。但莫斯科也是一个伟大的城市,非常宏伟。"

"我看得出来,您和我会成为真正的知心朋友的。"克罗特科夫说。

小汽艇驶向一个小码头,这里是靠近佩斯托夫斯科维水库的一个荒凉而又有田园风味的小岛。这些间谍和他们的法国女客人在岛上转了一阵,开始游泳,然后享用克格勃为他们准备的佳肴。德让夫人一定要让那个民警驾驶员和他们一起吃,并且亲自为他烤了一盘羊肉串。

葡萄酒和白兰地已使他们非常兴奋,这一伙人在归途上又笑又唱。奥尔洛夫已相当醉了,他在船头上跳舞几乎掉到水里去,引得大家大笑不止。回到码头时,德让夫人说:

"你们是了不起的苏联三侠客,感谢你们让我们参加了这次非常有趣的郊游。我得报答你们的盛情。你们愿意光临我们的国庆节招待会吗?"

切尔卡申在巴黎的时候已被法国保安机关察觉是克格勃人员,所以他辞谢了,但克罗特科夫和奥尔洛夫都答应去。克格勃认为这一邀请是个很大的胜利。

因酒误情

在法国驻苏大使馆举行的国庆节招待会上,德让夫人立刻把克罗特科夫和奥尔洛夫介绍给丈夫。德让还用了几句流畅的俄语对他们表示欢迎。当客人们围着一张雅致的长餐桌就餐时,吉内特·吉博把他们领去见她的丈夫。但路易·吉博上校态度冷淡,甚至有些傲慢地看着他们,用一口生硬的标准英语对他们讲话,使克罗特科夫感到极不舒服。尽管如此，但他们还是认为这一晚的活动没有白费，最后结果仍是成功的。因为德让夫人和吉博夫人都同意下星期举行一次野餐。

随着克罗特科夫和德让夫人之间的友谊日益进展，克格勃又开始精心布置，准备在秋天开辟对付德让大使的第二条战线，由克格勃第二总局头目奥列格·米海洛维奇·格里巴诺夫中将出面，冒充"部长会议的一个重要官员"奥列格·米海洛维奇·戈尔布诺夫。他们经人介绍，由装扮成文化部翻译和他妻子的维拉·伊凡诺维娜·安德烈耶娃少校首先和德让夫妇见面。接着，以他们夫妇的名义邀请德让夫妇聚会，在一所有华丽门廊和窗框的宽敞别墅里，"戈尔布诺夫夫妇"让德让夫妇置身于一个由作家、艺术家、男女演员和"官员们"组成的气味相投的圈子里。实际上这些人全部是克格勃的间谍："乌鸦"和"燕子"。有时，格里巴诺夫也把估计对大使有用的确实消息透露给他。维拉则借机会拉着德让夫人到郊外去"看乡间景色"，使她慢慢习惯和她丈夫分头活动。

与此同时，克罗特科夫仍继续利用他那一帮乔装的间谍和德让夫人勾搭。她渐渐把他称作"我最好的苏联朋友"。但克格勃期望在他们之间发生肉体关系的计划却一直未能实现。一次在吉博夫妇寓所举行午餐会，奥尔洛夫本来有机会把吉内特·吉博夫人弄到床上，却喝得酩酊大醉，一上床便倒头鼾睡了。克格勃的窃听器获悉了此情。随后，格里巴诺夫愤怒地把这个因酒误情而未完成任务的"乌鸦"，永远排除在这一行动之外。

尽管克罗特科夫经18个月之久仍没有把德让夫人勾引到床上，但他们之间的友谊事后证明也是一项重要的收获。后来，格里巴诺夫利用这种友谊，让他安排了诱骗德让的工作，并获得成功。克罗特科夫因此而得到克格勃的重奖。

梅开二度的乌鸦

　　无独有偶，东德国家安全部的色情乌鸦，不仅十分出色地引诱了法国阿利昂斯法语学校毕业的女秘书赫尔加·贝格尔当上间谍，同时，还成功地引诱了曾是赫尔加同学的格达·奥斯丹丽德小姐走上间谍之路。她们不同的是，一个被骗到最后一刻才知是为东德效力，一个是从一开始就知道为谁而工作，并为了爱情心甘情愿地大量窃取情报。

　　引诱格达走上间谍生涯的乌鸦叫赫伯特·施勒特尔。当格达因厌倦间谍生涯而自首后，他的身份暴露，逃回东德。但在沉寂三年之后，他又成功地诱使波恩总理府最漂亮的机要秘书达格玛夫人成为间谍。这个梅开二度的乌鸦，不愧为东德国家安全部色情学校培养的高才生。

开在巴黎的爱情之花

　　与赫尔加·贝格尔同在阿利昂斯法语学校学习的格达·奥斯丹丽德小姐，当时是一个 20 岁的少女。她是一位典型的德国漂亮女郎。在巴黎学习期间，有些浪荡的青年人疯狂地追她，但她从不把他们放在眼里。当时，她正热恋着一位在阿利昂斯法语学校结识的同胞，她的一切也就从这儿开始了。

　　这个男人叫赫伯特·施勒特尔，自称是某汽车配件销售处的总代表。当时他已 37岁，比格达的年龄大得多，但她鬼使神差般地爱上了他。原因是多方面的。施勒特尔不但精明能干，身材魁梧，仪表堂堂，而且特别善于关怀体贴异性。每当格达需要的时候，他总是恰到好处地出现在她的跟前，使她饱尝了爱情的甜果。施勒特尔摸透了格达渴望浪漫的爱情，还知道这个出生于啤酒批发商家庭的女性，向往一种不落俗套的生活，主张社会主义的心理。于是，他在爱情、社会主义、间谍的冒险家生活三个方面，同时满足了她的要求。原来施勒特尔并非办事处的总代表，而是东德国家安全部一个有着中尉军衔的间谍。他经色情学校训练后，成为一只专门派来引诱女秘书上钩的"乌鸦"。

　　随着热恋的神速进展，他们结婚了。尽管格达已知道施勒特尔是东德的间谍，但她不仅从不把他当间谍看，还沿用了一个美丽动听的名词，把他看成"和平的尖兵"，并准备同他一道工作。

　　格达从阿利昂斯法语学校毕业返回波恩后，自 1965 年至 1973 年，她先后担任过德国驻华盛顿大使馆和波恩政府外交部的秘书。利用职务之便，她窃取了 3500 多份机密文件，全部由她的丈夫施勒特尔拍摄成缩微胶卷，并通过科隆至柏林特快列车上的死信箱寄往柏林。

由于他们夫妻紧密配合，做得天衣无缝，因而每次"安全审查"，西德当局都没有对她产生过任何怀疑。然而，1966年发生的一件事，使格达深深地受到震动。

1966年，警察逮捕了格达的同事罗蕾·谢特林女秘书。原因是她那从事摄影工作的丈夫是东德安全部的间谍。他根据东柏林的指示同罗蕾结婚，并操纵她从事间谍活动多年。当罗蕾从报纸上看到丈夫被捕的消息后，她绝望地吊死在牢房里。

格达一想到此事，便担心自己也会遭此厄运，成为东德国家安全部的牺牲品。但是，摸透格达心理的施勒特尔，略施所学过的爱情手段，并向她一再表示自己的钟情，使格达迅速稳定了情绪，拿定主意，心甘情愿地继续充当间谍。

深陷爱情陷阱的格达从事间谍工作更加自觉了。她把从外交部窃取的成百上千份秘密文件，继续送往东柏林。其中，有136份材料是国家绝密文件。因此，这个出色的女间谍获得了东德"工人阶级英雄"的金质勋章。

1973年，施勒特尔夫妇之间因经不起坎坷生活的磨难而开始出现裂痕。格达又开始猜疑起来。她对当间谍已感到十分厌倦了，再也不能忍受目前的生活，她动摇了。一天，她来到警察局投案自首，承认了自己所从事间谍活动的全部罪行。但是，她在自首前把情况全部告诉了施勒特尔，因而使他及时逃之夭夭。由于格达有悔悟表现，她只被判了3年徒刑。刑满后，她移居西班牙，在那儿重新做人。

爱情之花再度开放

在西德已暴露身份的施勒特尔沉寂三年之后，1976年又在保加利亚重新露面。这时他已被晋升为少校。他到保加利亚来出美差，任务同样是物色德国女间谍，伺机寻找一位年轻的德国女性，必要时同她结婚。他很快就寻找到了猎物，并制定了行之有效的计划，一步步向她逼近。

一天，施勒特尔来到保加利亚的疗养胜地黑海海滨，并在金沙滩一带，同一个小女孩玩起球来了。这个小女孩叫佩特拉。当然，醉翁之意不在酒。施勒特尔同小佩特拉玩球，只是为了引诱她的母亲而迈出的第一步。事后证明，这是行之有效的一步。

佩特拉的母亲称得上是波恩联邦总理府最漂亮的女职员，人们叫她"美丽的达格玛"。达格玛30岁，长着一头棕发，体态优美，宛如一尊精雕细刻的女神像。她已结过婚，丈夫是巴伐利亚大学的教授，后来离婚了。根据报上刊登的一则招聘启事，几个月前，她来到二一一局任秘书。这个机关经管德国联邦政府外交事务和外部安全的所有文件。

在达格玛进入总理府前，联邦政府的反间谍机构对她的全部经历，以及父母情况和社会关系，进行了长达70天的严格审查。审查结果，没有发现她有任何可疑之处。她到总理府工作不到10天，就被升任为能接触秘密文件的"安全二级"职员。

黑海之滨的金沙滩到处都是德国游客，他们来这沐阳光浴，过一个花钱不多而又舒心的假期。带着女儿佩特拉的达格玛正处于女性高峰时期，由于离婚没有男人陪同深感寂寞。但这种情况没过几天，同佩特拉玩游戏的施勒特尔少校很快使她快活起来了。干这种事，对一个受过专门色情训练的乌鸦来说是不费吹灰之力的。

施勒特尔在最适合谈情说爱的黑海之滨施展手段，不但使深感寂寞的达格玛快活起来了，过得有滋有味，充实得很；而且，这位大美人还被少校弄得有点神颠魂倒。她不仅爱上了他，离不开他，而且爱得很疯狂，如痴如醉，难分难解。爱情之花在黑海之滨的沙滩上神速开放。达格玛在假期即将结束之前，闪电般地宣布了她要同这位少校结婚。不久，他们就在东柏林一套陈设简单的寓所里举行了婚礼，并在国家安全部一所别墅里摆了新婚酒席。

沉浸在新婚之喜中的达格玛，很快就知道了自己丈夫的真实面貌。但她不在乎他是间谍，她担心的是丈夫离她而去，她再也经不起第二次离婚的打击。为此，她心甘情愿地准备同他一起冒险。

饱尝爱情甜果的达格玛，带着心满意足的愉快心情回到波恩，她要为丈夫和他所从事的事业而奋斗。她在莱茵河畔的一座备有游泳池和蒸汽浴室的公寓中租了一个套间。由于她丈夫的身份在联邦德国已经暴露，不能同她公开住在一起。但这不影响他们之间的爱情，他们经常在瑞士和奥地利相聚。

达格玛进入角色后，工作十分努力。她的上司是一对居住在杜塞尔多夫名叫罗热的夫妇。在1976年到1977年5月一年多时间里，达格玛给他们送去了大量有价值的情报，由他们再将这些情报转送到东德的情报部门。其中重要的有：法国吉斯卡尔·德斯坦总统就法德联合制造阿尔法新型喷气式飞机一事，写给施密特总理的信；关于施密特总理和卡特总统之间发生芥蒂的报告；贝尔格莱德会议筹备工作的进展情况；德国对非洲的政策以及有关德意志联邦共和国安全问题的文件等。东德的情报人员为获得这些高等级的情报而欢呼雀跃。但他们都不知道，为达格玛传送情报的罗热夫妇已被西德联邦政府的反间谍机构监视很久了。

查出罗热夫妇身份的是一台"纳迪斯"巨型计算机。当这台计算机极为精细地核查了各户口管理局送来的所有卡片后，显示罗热夫妇很可疑。于是，他们俩受到了监视。在他们准备乘飞机前往柏林时，警察迅速采取行动，逮捕了他们，并从他们的寓所里搜查出了施密特总理关于筹备召开下届世界最高经济会议的秘密报告副本。很快就查清了，这份材料是由达格玛送来的。

1977年5月4日，达格玛被逮捕了。经审理后，这个为爱情而甘当间谍的美丽少妇，被判处4年零3个月的徒刑。

乌鸦、燕子比翼飞

苏联情报机构在使用美人计时，一般情况下是单用美男计或单用美女计。但在特殊情况下，也让他们的乌鸦和燕子一同出动，分别对付一对他们所感兴趣的招募对象。这种情况比较复杂。若在进行过程中抓不住时机，弄不好会洋相百出。然而弄好了，也是一本万利。他们在国外干这种事有过成功，也有过失败。

安德罗波夫下达的重任

1973 年夏季的一天早上，与苏联总书记列昂尼德·勃列日涅夫同住在库图佐夫斯基大街一栋大楼的克格勃主席尤里·弗拉季米罗维奇·安德罗波夫打了一会儿网球后，走进了自己宽敞而豪华的寓所。寓所门厅的左边是一条通向浴室的短短过道，中门有一条宽阔的走廊。走廊右边是一间大餐厅，左边是一间厨房。顺着门厅再往里，则是一左一右两间卧室。尽头是一间宽敞舒适的起居室，摆有一架钢琴、一套立体声唱机、一台大电视机，中间一张大桌子。一个碗橱当作酒柜使用，还有一个摆满图书的书架，有些书是英文的。安德罗波夫英语水平很好。此外，他家里还摆满了外国陈设，可以和苏联特权阶级的任何权贵相媲美。据说许多东西是匈牙利政府于 1957 年送给他的，意在感谢大使的帮忙，把匈牙利从纳吉的手中抢救出来。

安德罗波夫用完早餐后，在一名警卫员的保卫下，乘坐一辆十分豪华的小轿车，来到捷尔任斯基广场的 2 号楼。他的办公室在第三层，跨越大楼的新旧两部分之间。这是一个宽大而华丽的房间，里边有色彩鲜艳的东方地毯、绣花沙发、红木护墙板、高高的天花板，以及俯瞰马克思大街广场的落地玻璃窗。紧挨着的是一个带淋浴设备的幽静卧室。

今天安德罗波夫要将一个重要的任务交付下去。于是他急忙走向主席办公桌。巨大的办公桌上整齐地放着一组电话机，他拿起一部电话向对外情报总局局长莫尔京问道："尤里来了没有？"当莫尔京告诉他尤里早已在恭候他的召见时，他的脸上露出了欣慰的笑容。

被召见的尤里是克格勃的特工，当时在苏联驻联合国代表处担任一份相当体面的职务。这次他和妻子双双飞回莫斯科来休假。一天，他突然接到顶头上司对外情报总局局长莫

克格勃主席安德罗波夫

尔京的通知——克格勃主席安德罗波夫要单独召见他。尤里怀着诚惶诚恐的心情，按时赴约。一阵寒暄后，正当尤里不知这次召见是福是祸时，安德罗波夫突然问他：

"您喜欢美国和美国生活方式吗？"

尤里被安德罗波夫的发问弄蒙了。他张了张嘴，不知如何回答是好。安德罗波夫很能体贴下属的心情，他故作随便地说：

"不必害怕，如实说就行。"

"喜欢。"尤里说。接着，他小心地补充道："不过，我们永远都无法爱上美国和美国的生活方式。"

他们聊开了美国的风俗习惯。安德罗波夫问道：

"据说在美国有换妻的习俗，这是个什么样的概念，如何换法？"

"换妻？在美国生活过的人几乎都知道，就是双方相好的朋友交换妻子做爱。据说在美国有3％的家庭这么干。"

"噢！"安德罗波夫把头向尤里靠近些，切入了主题：

"我对您有一项建议，希望您能接受。事情是这样，美国有一位接近总统圈子的人，姑且叫他X先生吧。他掌握着独一无二的珍贵情报。我们的同志经过多次试探，都打不进，攻不开。收买吧，他是亿万富翁，不行；用信念与共产主义理想去感召他吧，更不行，他是一个十足的资本主义卫士，没有一点思想基础。他在工作和家庭生活中也无懈可击，我们没有抓到任何把柄可对他进行讹诈。感谢上帝，一次偶然的机会，总算被我们窃听到他同妻子在外国一家旅行社房间里的私房话。他想调换口味，曾颇有风趣地试探过妻子，是否想换个伴侣，临时调剂一下。他这种想法对我们来说无疑是件大好事，我们准备投其所好，让他调剂一下尝个新鲜，然后控制他，为我们所用。我和你们局长莫尔京研究过，一致认为在他们熟悉而又条件合适的夫妇中，只有你们夫妻这一对最合适。您看……"

尤里一听到这儿，就傻了。作为一个高级特工，哪怕叫他去暗杀美国的高级官员，去撬中央情报局的保险柜，以及单独去执行乌鸦的任务，他都有思想准备，而且都接受过专门的训练。但这事实在是……

"我服从命令，我是特殊军人，宣过誓。可是我妻子对这件事会怎么看？我得同她商量。"

尤里迟疑了一会儿，接着他又不无担心地问道：

"再说，我们干这种事的档案材料是保不了密的。我的这桩'美差'会使得尽人皆知，以后有什么政治运动，给我安个腐化堕落的罪名……"

"不会见诸文字的，"安德罗波夫不等他说完，便打断他的话说，"到现在为止，只有您、我和莫尔京三人知道。就连我国驻美情报首脑也只知道您有特殊使命，他的义务是为您提供方便。您就放心大胆地完成任务吧，不会留下半点痕迹，出任何事情的。"

接受重任的尤里回到家后，见妻子情绪不错，于是带她来到一家专为克格勃特工而开设的高级餐厅里。餐厅里布置得很幽静，也很温馨。餐桌上点着几支蜡烛，多情地映照着这对夫妻。尤里握着妻子的手，轻轻地吻了一下。这时，他的妻子沉浸在幸福与甜蜜中。她望着烛光，思绪早已展开遐想的翅膀，在自由空间纵横驰骋。

当尤里的妻子亲昵地吻了一下尤里后，尤里向她说起了安德罗波夫主席召见，以及换妻这一特殊任务。还沉浸在幸福中的妻子听后，当时就扑在尤里的怀里哭了，接着她又低声地咒骂起来。但她也知道，她没有任何选择的余地，只有协助丈夫去完成这个任务，她才能保住这个幸福的家庭和丈夫的性命。最后，她只好擦了擦眼泪服从了。

在尤里夫妇离开莫斯科之前，克格勃教员又分别对他们进行了短期的突击性训练。课程的重点是训练如何使对方快速进入性高潮，获得身心的快感，以及每次性爱后都能使对方有不同的新感受、新刺激。

当尤里夫妇来到纽约后，在一次由克格勃驻美情报站有意安排的招待会上，他们见到了 X 夫妇。拉关系是尤里的特长，他和妻子分别向 X 夫妇开展了攻势。招待会还没结束，他们已成为了好朋友，招待会结束时，他们双方约好了下次见面的时间。

就这样，尤里夫妇很快进入角色。他们时常邀请 X 先生同夫人一起到自己的公寓里做客。同时，尤里也常常带着妻子去 X 先生家里拜访。这样，两对夫妻很快亲切地你我相称了。每当这时，尤里总是有意地让妻子同 X 先生多接近，并向他频频暗送秋波。与此同时，尤里自己则想方设法去勾引 X 的夫人，经常向她赠送厚礼，以博取她的欢心。过不多久，这两对夫妇竟然成了莫逆之交。

机会终于来了。在一个景色怡人的晚上，尤里和妻子如约驱车来到了 X 先生的郊外别墅。他们在月光下共度了一会儿良辰美景之后，很快就按事先设想的方案，进入实质性阶段，双方交换了妻子。尤里和 X 先生分别拥抱对方的妻子进入了各自的卧室。尤里和妻子在性训练中所学的看家本领，使 X 先生和其妻子获得了一种过去从未有过的不可言喻的快感。

第二天早上，还沉浸在甜蜜回忆中的 X 先生一见到尤里，就把他拉到一旁低声说：

"尤里，你妻子的床上功夫使我领略了人间仙境般的快乐，我一辈子都忘不了。你有什么需要我效劳的吗？"

"谢谢！"尤里满意地说，"也许以后我会需要你帮忙的！"

尽管 X 先生最终并没有成为克格勃的一名正式间谍，但每当苏联要了解复杂问题的确切答案时，尤里就会约见 X 先生，并每次都能获得满意的消息。

尤里结束在纽约的任期后，他们的友谊继续保持着。尤里仍不时地同 X 先生在第三国见面，获取他所需要的重要情况。

他们最后一次见面是在雅典。X 先生告诉他美国对苏联今后几年的预测情况。尤里听后毛骨悚然，他感到事关重大，立即提前回到莫斯科，如实作了汇报。

几年后，苏联发生的巨大变化，完全证实了 X 先生的预测。

换妻闹剧

尤里是幸运的。他与 X 先生交换妻子的事，尽管没有什么荣耀可谈，甚至在心灵上还会留下不光彩的阴影；然而，他与妻子共同圆满完成了克格勃主席安德罗波夫亲自交下的重任，而且比想象的还要出色，他因此获得了荣誉与奖赏。不光彩的换妻之事无人知晓，而得到的荣誉与奖赏却是众所周知的。尤里顶着这些七色的光环直到退休。但是，这种待遇并不是所有接受换妻任务的克格勃特工人员都能获到的，弄不好还会前途尽毁，性命难保。

1979 年 2 月中旬，苏联驻泰国副武官伊纳托夫来到曼谷赴任，时年 33 岁。当他同妻子手挽着手走下飞机时，几乎引起了所有人的注意。原因是他的妻子美丽超群，一头披下的金发衬托着穿着华丽的苗条身材，宛若天仙一般。伊纳托夫看到此情此景，得意之情荡漾在满脸的笑容之中。

曼谷是东南亚美丽而繁华的城市，也是东西方间谍进行明争暗斗的重要场所。伊纳托夫一到曼谷，他的顶头上司——苏联驻泰国助理武官、空军上校雅·吉拉就命令他设法去引诱联合国亚太经社委员会的一名官员。亚太经社委员会掌握着亚太地区国家的经济技术资料和情报，因而早已被苏联情报机关列为重要渗透目标。

伊纳托夫接受上司的命令后，便秘密地向那位官员展开了全面的攻势。他使出浑身解数，带着美若天仙的妻子，经常出现在驻曼谷的西方人社交圈内，引得许多西方人士羡慕不已。几个月之后，他已同那位官员打得火热，成了莫逆之交。此后，伊纳托夫便带着妻子，时常专程到那个官员家里进行私人拜访。与此同时，也经常邀请那位官员偕同妻子一起到自己的家里做客。

后来，这两对夫妇又常常一起出入夜总会和酒吧。每当这时，伊纳托夫便有意让妻子多同那位官员接近，同他一起谈天说地、跳舞、喝咖啡，频频向他暗送秋波。而伊纳托夫自己则设法勾引那位官员的妻子。为了博取她的好感与欢心，他大献殷勤，还经常向她赠送厚礼。这样一来，那位官员经不住引诱，便同伊纳托夫的妻子眉来眼去，情意绵绵。而伊纳托夫也同那位官员的夫人勾勾搭搭，搂肩搭背。

他们的一切鬼混，都被躲在暗处的雅·吉拉偷偷地拍了照。过了一段时间后，吉拉自认为时机已经成熟，便指示伊纳托夫设法同那位官员"交换妻子"，以便把他们发展成为苏联间谍。

这天，风和日丽，阳光明媚，伊纳托夫满怀喜悦，邀请那位官员到曼谷一家豪华酒家会面，说是有重要事情同他商量。两人找了个幽静处坐下，喝了几杯威士忌后，都有了几分醉意。于是，伊纳托夫乘着酒兴，半真半假而又带着几分神秘与兴奋的口吻，向那位官员提出交换妻子。岂知这位官员并不具有新潮人物的罗曼蒂克式情调。他听后吓了一跳，不仅严词拒绝，还把伊纳托夫训斥了一顿。伊纳托夫见他不答应，也毫不示弱，当即拿出吉拉偷拍的照片进行威胁。不料那位官员毫不在乎，反而冷嘲热讽地把伊纳托夫挖苦了一顿，说他连妻子都管不住，戴上绿帽子还扬扬自得，算什么男子汉。伊纳托夫忍不住恼羞成怒，同那位官员争吵起来。两人互不买账，翻脸不认人，结果越吵越凶，最后竟发展到拳脚相加，大打出手，闹得整个酒家椅倒盘碎，乱作一团。第二天，苏联武官打架的事便成了曼谷街头巷尾和新闻报纸谈论的一大丑闻。

　　吉拉知道此事后，感到伊纳托夫成事不足，败事有余，十分恼怒，把他狠狠训斥了一顿。本来就感到窝火的伊纳托夫，在受到上司的斥责后，十分害怕回国受到惩罚，便产生了叛逃西方的想法。他悄悄地同驻曼谷的西方大使馆接触，要求他们帮助他得到政治避难。

　　伊纳托夫向西方大使馆的官员透露了身份和换妻的内幕。他说自己原是一名格拉乌的特工，因长得风流潇洒，这次被委派到曼谷来完成一项特殊的任务，配合此次任务的还有他漂亮的妻子。其实，这个女人根本不是他的结发妻子，而是格拉乌的女间谍。由于泰国政府对苏联间谍十分警惕，一直严格限制苏联驻曼谷大使馆人数，格拉乌就让这个女间谍扮演他的妻子，来泰国和他共同完成任务。同时，他们还负有相互监视的任务。

　　伊纳托夫的可疑行为很快引起了吉拉的注意。不久，他就发觉伊纳托夫企图叛逃西方。他当即禁止伊纳托夫外出活动，并将他软禁在武馆，对他进行严密看管。这样过了几天后，伊纳托夫便被悄悄地押解到苏联的联航飞机上回国了。自然，他漂亮的"娇妻"这时也无法再在曼谷继续活动了，只好"夫唱妇随"，同伊纳托夫一起离开泰国回苏联。至于伊纳托夫回国后受到何种惩罚，苏联官方是绝不会透露的，外人不得而知。但伊纳托夫奉旨企图演出的换妻闹剧，却成了许多人都知道的丑闻，这却是苏联掩盖不了的。

受骗到最后一刻

东德国家安全部在东柏林亦有一所专门训练勾引女秘书的色情学校，其学员多数是人民军军官，教官则是苏联克格勃的专业人员。两年毕业后，这些被西方称为"乌鸦"的男性色情间谍，就被派往波恩或世界其他地方，去猎狩他们的猎物。

"二战"后的波恩，尽管是一座人口不多的小城，却成了德国首都，随着政府机构的搬迁，一夜之间热闹非凡。仅在政府各部门工作的女秘书就接近三万人。她们经常过着独身生活，精神空虚，常常为情感得不到满足而精神郁闷。于是，她们便成了东德安全部"乌鸦"猎取的理想对象。尤其对于懂外文的姑娘，他们更是加倍关心，因为她们以后可能担负重任，对于获取情报无疑是太有利了。对这些"有价值的发展对象"，他们分门别类造册存档，并对她们整个工作与日常生活进行严密监视，一旦时机成熟，就派出一名肩负策反任务的"乌鸦"进行引诱。尽管引诱也有扑空的时候，但他们在引诱德国外交部秘书赫尔加·贝格尔上钩时，却干得十分出色。

间谍情人

1961 年 9 月的一天，20 岁的德国姑娘赫尔加·贝格尔来到巴黎，跨进了设在拉斯帕伊大街的阿利昂斯法语学校的大门。这时的她，从未想到自己将会成为一个战后著名而又危险的女间谍。她为人谨慎，勤奋好学，不到一年就通过了学校的各门考试，取得了文凭。当她回到生养她的故乡皮尔马森斯市后，便在一家化工厂任商业秘书。

皮尔马森斯市是一座古老的城市，死气沉沉的生活使赫尔加感到十分厌倦。三年后，她设法摆脱羁绊，离开家乡远走高飞。1965 年深秋，她来到波恩，根据报纸上刊登的招聘广告，终于在外交部找到了秘书的位置。就在赫尔加为自己走运感到庆幸时，东德国家安全部的特工们也准备对她下手，一个经过专门训练的"乌鸦"已开始注意她的行踪了。

在外交部担任秘书的赫尔加，被安排住在波恩白杨树大街称为"秘书之家"的一幢大楼的单身寓所里，就条件讲是没话说的，不仅舒适，而且隔窗远眺，都市风光尽收眼底。从乡镇小市能来到新型的现代化都市，这对一个少女来讲是多么大的变化！为此，她激动不已，希望自己能在首都轻轻松松地享受大都市的现代化生活。为了忘掉少女痛心的苦恋和感情的纠葛，每到夜晚，她经常独自走向咖啡馆，在那里消磨夜晚漫长的时光。

1966 年 3 月的一个傍晚，当赫尔加在朗哈尔特咖啡馆吃完冰淇淋，准备返回住所时，突然，一位陌生的男人彬彬有礼地走上前来，向她问路：

"请告诉我，剧场在什么地方？"

看上去，这人的年纪要比她大一些，但长得很漂亮，一头美丽的头发，巧妙地衬托着端正的五官，身材匀称魁梧，浑身散发着男子汉的阳刚之气，是个美男子。他为人热情豪爽。刚从失恋痛苦中恢复过来的赫尔加，一看到他就产生了好感。一种少女本能的冲动向她袭来，她被他的男子汉气质所深深吸引。当他们攀谈起来时，她感到自己的心在剧烈地跳动着，脸上一阵阵发热。原已被压抑的感情，一下子又被点燃了。这些细微的变化，自然没有逃过对方那犀利的目光。

"我叫彼得·克劳斯。"对方自我介绍说，接着他又试探性地问道，"我们以后还可以见面吗？"

赫尔加鬼使神差地点点头，接受了他的请求。他们就这样开始了恋爱浪漫史。第二天他们再次相会了，第三天，他们又见面了。每次见面，赫尔加都要换上新衣服，并刻意打扮一番，她要给对方留下好印象。同时，每次见面她都感到是一种享受。没过多久，赫尔加就经常去彼得的住处幽会，而很少在自己的寓所过夜。她的情人彼得在莱茵河畔科尼施温特租了一套很阔气的房间。他们的恋爱虽然够不上19世纪欧洲田园风光那样罗曼蒂克，但也不乏诗情画意。他们的关系很快就达到了难分难解、如胶似漆的程度。彼得对她温柔、殷勤，并又不失时机地向她提出了结婚的要求。

由于彼得处事谨慎，从不暴露自己的经济来源，因而使得赫尔加的父亲对这位自称没有地位，但又挥金如土的求婚者产生了疑问。于是，他请了一个私人侦探，对彼得进行了暗中调查。结果，使他们大吃一惊，彼得竟用的是假名。对此，赫尔加要求他作出解释。

当他们一起到里来尼度假时，他才向赫尔加吐露了"真情"：他是一个英国情报处的间谍，到波恩的任务是来了解西方人是否能信赖德国人，波恩政府同苏联人的关系是否明一套，暗一套。之后，彼得还逼迫她立即作出选择：

"要么我们就此分手，要么你就做一个英国间谍的夫人，并协助我工作，二者必居其一。"

这时，对于赫尔加来说选择的余地已经很小了。她已坠入爱的陷阱，不能自拔，她舍不得离开心上人，就毫不犹豫地在一份由东柏林伪造印有英国徽章标志的表格上签了字。从此，她认为自己已加入了英国情报处。但东德国家安全部却用"诺娃"的假名，将她注册存档了。

枕头边的情报

参加间谍之初，赫尔加似乎还有疑虑，她仅向彼得提供诸如秘密电话号码，以及有关某些高级官员的暧昧关系等一些微不足道的情报。为解除她的疑虑，彼得于是串通同伙，又设计了一个新骗局。一天，彼得对赫尔加说：

"我们的上司已从伦敦抵达这里，他想同你见见面，并向你表示祝贺。"

不久，赫尔加在法兰克福国家旅馆的一套房间的客厅里见到了这位"上司"。他50岁开外，看上去是一个气度不凡的绅士。他以带有明显英国腔的德语与她交谈。他说"伦敦对你十分满意"。接着，他又赠给赫尔加一支英国出品的金笔。至此，赫尔加深信自己是英国情报处的一员，并为能加入这么一个传奇式的情报机构而感到骄傲。他们在一起共进晚餐。上司盛情的款待以及彬彬有礼的风度，使这位少女又打开了感情的闸门，她的欲火熊熊地燃烧起来。当她的眼睛传递心灵的信息，投向对方时，对方的欲望更加炽烈。她真为有这么一位上司加情人而感到自豪。当晚，他们就在"美洲豹"大饭店共度了一个不眠之夜。从此后，赫尔加精神焕发地努力工作，对上司提出的各种要求尽力满足，频繁地与上司来往，并向他提供价值越来越高的实质性情报。上司当然不会亏待经常以工作为名，而与他幽会的情人。他带她出入高级宾馆与酒吧、舞厅，和她忘情地吃喝玩乐，共度良辰美景。

1966年春，赫尔加通过"安全审查"后来到华沙，任西德驻波兰商务代表处主任海因希里·博克斯博士的秘书。当时，西德外交部长维利·勃兰特正着手有计划地推行与东方和解的政策，而西德在华沙却没有大使馆。因此，这个商务处在推行同东方和解的政策中，还担负着与波兰官员进行秘密接触的任务。这样一来，她不但能看到商务处的各种文件，而且对德波两国暗中的接触也了解得一清二楚。更有趣的是，这时的赫尔加已非同昔比了。她把自己打扮得花枝招展，在博克斯面前百般卖弄风情，使这位享有很高地位，已是60岁高龄的基督教信徒也败下阵来，拜倒在她的石榴裙下。因此，她又多了一条获取情报的渠道，从枕边套取文件中看不到的秘密情报。

为能及时将赫尔加获取的情报取走，彼得在华沙租了一个小套间，每月到这儿来两次。为了拍摄赫尔加窃取来的大量情报资料，有时他得在小套间里待几个小时。赫尔加以极高的效率工作着。同时，由于她是博克斯的情妇，因而使她省去了许多麻烦，她在打印文件中只需要多加一张复写纸就行了。当彼得到华沙时，她便带上装有毛衣的塑料提包，把秘密情报藏在毛衣内，前往彼得的住地。

两年来，赫尔加使用这种手段，为彼得送出了无数资料。赫尔加的工作，得到她上司的高度赞扬，使东德国家安全部和苏联克格勃，对西德的东方政策乃至整个战略了如指掌，为其制定相应的政策和各种有效措施提供了依据。这一时期，东德与苏联在缓和与西德的关系中所取得的进展，都有赫尔加的功劳。

1970年年初，博克斯博士因年龄而离职退休。独身留在华沙的赫尔加再也不像少女时代了。她已尝到和男人在一起的快乐和甜蜜。因而，她也渴望早日返回祖国，好与退休在波恩定居的博克斯团聚，同时又可以更加频繁地同彼得相会。苦熬到同年10月，还是神通广大的彼得为她打通了关系，使她回到波恩。此后，外交部为她安排了一个不甚重要的职务。这时，彼得以画家身份，用克罗斯·韦勒的假名在多特蒙德安顿下来。由于他在别处又建立了新的情报网，他决定暂停同赫尔加的联系，以待她担任重要工作的时机。

骗到最后一刻

1972 年秋末冬初，机会果然来了，赫尔加被派往巴黎，当上了西德驻法国大使的秘书。于是，彼得又启用了她，她也开始紧张活动起来。以克罗斯·韦勒为化名的彼得经常到巴黎，约她去巴黎圣母院前的广场见面，在拉布什里餐厅共进晚餐，在拉丁区的旅馆过夜。在这些接触中，她定期将经手的电报、秘密资料副本送给他。

几个月后，赫尔加又被调回波恩。在经过一系列"安全审查"后，她竟被提升为外交部主任秘书。在这个重要岗位上，赫尔加无疑是掉进了情报的海洋。她不但提供了大量的东德和苏联感兴趣的情报资料，而且价值也是以往无法比拟的。在她窃取的重要情报中，有法德定期磋商、德国－阿拉伯对话、欧洲政治合作与经济合作，以及发展组织与国际货币基金组织历次会议、欧洲理事会会议等重要文件。四年来，她用那个塑料提包，每周送去大量涉及各方面的情报资料，频繁地前往彼得的住处，源源不断地把窃取来的情报资料传往东方。彼得竭尽全力地支持她的活动，并不时地提出情报要求和给她有效的指导，使她搜集的情报价值越来越高，目的性越来越强。

1976 年 3 月 6 日，彼得与赫尔加在多特蒙德进行了最后一次会晤，并一起度过了美好的夜晚。但在这天，彼得精神紧张，忧心忡忡，他怀疑她已被跟踪，因为他已知道一个叛逃到西德的变节分子告发了她。三个月来，她一直被波恩的反间谍机构监视着。但她至今还以为在替英国人卖命。

3 月 7 日，担心自己会落入法网的彼得乘火车离开西德去东柏林。这时，他已顾不得自己的情人，一走了之。但一到达目的地，他就给赫尔加打了一个电话，告诉她："我出了点事，请你不要担忧。"

赫尔加明白，她的情夫上司已经暴露，并逃遁了。自这以后，她一直失眠，神经紧张得要命，担心有朝一日西德反间谍机构的人员闯进她的住所。这一天果然来了。1977 年 5 月 5 日清晨，躺在床上的赫尔加被警察的敲门声惊醒，她被逮捕带往联邦刑事局。在对她的审理过程中，她遵循原先得到的指令，矢口否认自己从事过间谍活动。当她面对各种犯罪罪证时，她的精神防线才开始彻底瓦解。但是，直到最后一刻，赫尔加仍蒙在鼓里，她还以为她是在为英国情报处效劳。当她明白了事情的原委后，才知是掉进了彼得和东德国家安全部的圈套。

1977 年 11 月 2 日，迪塞多夫法庭经过审理后，赫尔加因间谍罪被判处五年徒刑。

舒伦堡迷倒挪威少女

纳粹间谍头目舒伦堡施展"美男计",不仅使法国著名的时装皇后神魂颠倒,为他所用;而且,在1941年9月,他又在情场上使美丽、能干的挪威小姐迷倒在他的脚下,由一个抵抗运动的战士变为纳粹的间谍,走完短暂而可悲的人生。

奥斯陆艳遇

1941年9月,海德里希被任命为波希米亚 – 莫拉维亚的德国代理总督,这是他一次很重要的升迁。但在他去布拉格上任之前,决定去一次挪威首都奥斯陆,到那儿去调查和解决一些问题。他让舒伦堡陪他一同前往。当他们乘坐海德里希的专机到达奥斯陆时,受到德国驻挪威专员特伯文的热情接待。

舒伦堡去挪威的目的有三:

一是对一批经过选择的特工人员进行训话,加强思想控制。

二是想调查一下英国在挪威的间谍工作和反间谍人员的处境。因为在挪威,一些当时参加反抗组织的人员,事实上已在替德国人干事,他们对英国的谍报人员掌握得十分清楚。

三是想进一步发展一些谍报人员,尤其想利用那些依旧与海外保持联络的挪威轮船公司来从事间谍活动。

在奥斯陆,舒伦堡了解到英国间谍获得了挪威爱国人士的支持,他们已在积极利用挪威的反抗运动来从事政治和军事情报工作,并组织挪威人进行罢工和破坏等活动。尽管纳粹德国的若干间谍已渗透到他们的组织中,但始终没有获得真正有价值的情报。而且在几个案子中,还大量地消耗了德国力量,以及小渔船、短波电台和其他东西。

正当舒伦堡为此烦恼,而想物色一个女间谍,打入其内部从事间谍活动时,一个挪威小姐出现在他的视野里。

一天夜里,舒伦堡在一个晚会上,遇到了一位漂亮的挪威小姐。这位挪威小姐能讲瑞典、英国和法国等多种国语言,但就是不会讲德语,而且连一句德语也不会讲。于是他们就用其他语言交谈起来。他们谈得很投机,都有相见恨晚之感。舒伦堡凭着自己的三寸不烂之舌,很快博得了这位小姐的芳心。经过差不多一个半小时的交谈,他竟把这位小姐发展成了纳粹德国的女间谍。

舒伦堡何以如此大胆、如此神速地把一个初次见面不甚了解的挪威小姐发展成纳粹间谍呢?因为凭他浪迹情场的经验,以及多年从事间谍工作的直觉,这位小姐从内心对他很有兴趣，迷情于他，谈话时的眼神很注意他，而后总是带着少女的羞涩含情脉脉，所以他就无所顾忌。

果然不出舒伦堡所料。当第二天他们再次见面，他们不但谈得很痛快、很舒畅，而且在他们即将离开时，这位小姐大有依依不舍之情。最后，她不仅给了舒伦堡一个电话号码，还要求舒伦堡必须和她再见一次面。

舒伦堡按照她的意思做了。他给她打电话，约了见面的时间和地点。在他们见面时，舒伦堡看得出，这位小姐的神情有些紧张，看来有什么事情正在困扰着她。当他们交谈了一会儿后，她坦诚地对舒伦堡说：

"你知道吗？我是被他们派来执行一个特别任务的，就是对付你。前几天在晚会上的相遇，是他们有意安排的。虽然我认识你的时间很短，接触也不多，但是我了解你，觉得你并不是他们向我描述的那样一个恶魔。因此，我不想伤害你，但也不愿意出卖任何一方。请你帮助我，有什么办法摆脱目前这种困境？"

舒伦堡听到她将如此重要情况直言相告，他感到非常奇怪。因为，他原来并没考虑到她是抵抗组织派来对付他的，因此对她的讲话产生了很大的怀疑。从事间谍工作特有的敏感性使他立刻想到："哼，这一定是一套接近我的诡计。"

在这种情况下，舒伦堡是无法断定她的身份与企图的，也不知她所讲的话中有多少是真的，多少是假的。目前，他唯一能做的就是观察她的表情，借此分析她的心理状态，判别真伪。于是舒伦堡就仔细地观察她的面部表情。他发现这位美丽的小姐情绪很激动，已不能理智控制她自己。同时，她的眼睛也是红红的，证明此事已困扰她很久，使她夜不能眠，或为此事伤心过。她的动作也是慌乱的。尽管如此，但她此时此刻绝对没有表现出一种歇斯底里的样子，或者是假装和他谈情说爱的样子，而是真诚的。经过仔细观察，舒伦堡得出的结论是：她所讲的情况完全是有可能的，因为她正处在内心矛盾冲突激烈而又无法自己排解的情况下。于是，他便十分警惕地问她：

"他们是否知道，这个时候你在什么地方？"

"这个我就不知道了。不过，我是转了几个圈迂回到这里来的。我对招待所的管理员说了一个假名字，而且这里并没有人认识我。"

但舒伦堡当时还是告诫她：应格外小心，注意安全。同时，还要告诉他们，她曾经来过这里，但因各种原因的影响，不便于下手，故未能执行交给她的任务。接着，舒伦堡问她：在丹麦和瑞典，她有没有熟人。她说在瑞典有几位亲戚。于是，舒伦堡说：

"你能否在不引起德国人注意，也不引起你自己组织的人怀疑的情况下，短时期到瑞典去呢？"

她迟疑了很久，然后回答她能办到。得到她的肯定答复后，舒伦堡和她约定：以后用电话与她联系，接头时，电话直接打到上沙拉她的家中。同时，他还告诉她如何在瑞典的斯德哥尔摩的一个秘密地点和他接头。但她也很谨慎，问道：

"如果万一出了什么事情呢，怎么办？"

"我将指定我的一个女间谍每两个星期给你打一次电话。她的名字叫作茜尔玛。假如你有什么事情希望告诉我，你就告诉她好了，她会转告我的。"

后来，她和舒伦堡在斯德哥尔摩又见面了。她依然对舒伦堡一往情深。会面结束后，舒伦堡安排她与一个自愿为他们从事间谍活动的人住在一起。

早来烈火晚来焰

对于这场艳遇，舒伦堡感到实在是他一生当中许多不平凡事件里的一个奇遇。事后，他也认识到开始对她所产生的怀疑是完全错误的。所有的情况表明，这位挪威小姐的的确确迷情舒伦堡，是那样地喜欢他，倾倒于他。若不是爱情，也许舒伦堡会死于她的手下。她自己曾对舒伦堡说过，她参加抵抗运动，从事反德国占领军的工作已经有很长一段时期，她十分憎恨德国驻挪威专员特伯文这类人。她的领导也多次向她讲述了舒伦堡也是那类恶魔，并有过之而无不及。因此，他们派她来执行干掉舒伦堡的任务。但她的领导怎会想到，一个长期从事反战活动的少女，在钟情于一个男人时，又是如何心甘情愿为这个男人服务。当她第一次见到舒伦堡时，就被他的外表、风度和气质所征服。在他们交谈时，她又为他的学识才华和演讲才能所倾倒。她不仅谈不上恨他，而且从心底深处爱上了这个纳粹间谍头子。因此，当她的领导命令她对舒伦堡下手时，她不仅没有执行，而且怨恨这种做法。在他们强迫她或通过各种压力手段要她一定这样做的时候，她便发怒了，以致后来竟然变为反对原来的领导。他们越是这样做，就越使她内心发生变化，她对舒伦堡的爱就更加真挚而热烈。正是这种爱情，使她从一个抵抗运动的战士走上了可耻叛徒的道路，最后竟心甘情愿地蜕变为法西斯的鹰犬。

舒伦堡却利用她的这种感情为他服务。后来，她为他干了许多漂亮的工作，表现出非凡的才干。

一次，她受舒伦堡的派遣，以挪威反抗运动人员的身份作掩护，前往英国搜集情报。她在英国住了两个月。由于这是战时，英国人对德占区来的人监视严密，看管很紧，因而她的行动受到了严格限制。这次潜入英国尽管时间不短，但没有为舒伦堡搞到任何重要情报。

但在另一次，她却干得非常成功。那次，她接受舒伦堡的派遣，单独前往葡萄牙首都里斯本。返回时，她又搭乘葡萄牙的轮船。她为舒伦堡搜集到一些关于英国皇家空军很有价值的情报。

后来，她到过许多国家。她十分喜欢旅行，周游各国。在这种旅游中，她利用社交手腕，广泛获取情报，为舒伦堡从事间谍活动。自然，她的每次旅游均是舒伦堡的安排。舒伦堡也承认：任凭他的意思，安排着她担任各种不同的特殊任务，她都乐意接受，尽力完成，每次都干得十分圆满和成功。在间谍活动中，由于她经常和舒伦堡接触，因而获得了某种满足。

随着时光的流失，她的工作热情便逐渐地消退。对此，她也不隐瞒，她坦白地承认这种现象。她认为她永远不能实现自己的愿望，即对舒伦堡的真挚而热烈的爱情不能变为现实，不能在舒伦堡身边为他服务，永远不能和他交流这种诚挚的情感。在很长一段时期内，促使她孜孜不倦地从事纳粹间谍活动的动力正是这种爱情的力量。当她看不到这种真诚的爱有什么结果时，她失去了对人生的整个信念。

为鼓起她的勇气，舒伦堡曾和她作过一次长时间的谈话，以便使她恢复正常的生活。但她明白无误地告诉舒伦堡，如果她不能获得他的爱情，她就不可能像过去那样对人生充满美好的向往，更不可能去从事间谍活动。

由于她在相当长的一个时期里替纳粹情报机关卖命，因而舒伦堡给了她一笔十分可观的费用。为了自己情人的安全和不暴露纳粹德国间谍机关的内幕，舒伦堡对她进行了监视与保护，使她隐居下来。

后来，这位挪威小姐前往巴黎。在那里，她十分消沉地生活着，并且完全陷入一种显然是幻想的爱情境界中而难以自拔，以致后来要靠药物来维持生命。

再以后的情况如何，舒伦堡就不得而知了。但是他后来听到谣传说：他的这位挪威情人忧郁地生活到1945年5月，最后彻底丧失了生活的勇气而自杀了。又有传说：她后来改变了人生，换了另外一个名字，带着一份芬兰护照，重新走上了间谍工作的道路，为苏联从事情报活动。

使馆内的风流间谍

第二次世界大战期间，丑陋的希赛洛当上英国驻土耳其大使的贴身男仆，并取得信任和器重后，在情妇的多次配合下，窃取了英国大量核心情报，高价卖给德国，从而使他成为历史上最富有的间谍。当希赛洛腰缠万贯，离开战火纷飞的欧洲战场，来到南美洲寻找乐土，重新开创自己的事业时，才发现纳粹间谍机构愚弄了他，付给的 30 万英镑竟全是假钞。顷刻间，他又跌到身无分文的悲惨境地。

受骗的间谍

1944 年夏季，充足的阳光照耀着靠近南回归线的南美洲一个比较繁华的海滨小镇。清晨，天气不太热，不大的小镇街道上人来人往十分繁忙。此时此地与战火纷飞的欧洲相比真是天壤之别，一片和平景象。

位于小镇街中心的维利康萨银行的矮胖银行董事长正在接待一位男主顾。他接过主顾递来的一扎英镑，透过金丝夹鼻眼镜的镜片，用精明能干的目光仔细审视这扎钱币。站在柜台外的主顾中等身材，头发稀疏地伏在头皮上，几乎没有眉毛，一双深凹的眼睛，镶嵌在灰白色狭窄的脸上。脸上布满了皱纹，但下腭却显得丰满。他正用尖刻而深沉的目光紧盯着董事长。在他的左脚边放着一只皮箱，他从里面掏出一大堆大面额英镑堆放在柜台上，准备存入银行。

仔细看了许久的银行董事长突然抬起头来，用蛇一样冷冷的眼睛盯着这个男人说："先生，您是……我不知道如何称呼您？"

"迪罗，我叫迪罗，从战火纷飞的欧洲来……"

"那么，迪罗先生，麻烦你，请跟我到后面的屋里来一下。"

当他们走进门口站着两位卫兵的后房时，董事长又用冷冷的目光长时间地盯着迪罗，然后问道：

"请如实告诉我，您这么多英镑从哪儿来的？"

"噢，先生，这是我父亲的遗产。你知道，那边正在打仗，乱极了，无法生活。所以，我就把钱从银行里取出来了，想到贵国安度余生。我十分喜欢这儿的环境，气候怡人……"迪罗迟疑一会，又镇静地用欧洲特有的礼貌回答了银行董事长的问题。

"问题是……我说出来你不必惊慌。你的这些英镑全部是假钞，一文不值，你懂吗？"

"啊?!"听到这话，迪罗脑袋里"嗡"的一声，好像被重重地打了一闷棍，天旋地转，一下瘫坐在地上。他的心脏病又发作了。当晚，他的情妇艾佳就离开了他。从此，他又跌进贫困的深渊。

德国情报机构付给希赛洛的假钞

怎么会这样？对于这种结果，迪罗万万没有想到。他实在不甘心。想起自己出生入死地为希特勒卖命，搞到那么多、那么好、那么重要的情报，他们说是出高价收买，但支付的竟是假钞。半年的心血，出卖400多张照片，得到30万英镑的钱，折合100多万美元，可全部是假的，他如何能咽下这口气?! 但这能怪谁，又能找谁去评理呢？只怪自己倒霉。

眼看战争就要结束了，希特勒被彻底打败。迪罗暗暗高兴，他认为仅凭希特勒欺骗他，使他蒙受如此巨大的损失，希特勒就该死有余辜。战争结束后，西德阿登纳政权建立，迪罗又忍不住一阵窃喜。他怀着希望恬不知耻地给阿登纳写了一封长信，叙述了事情的原委。最后，他措辞强烈地要求现政府赔偿希特勒政权用伪钞收买情报给他造成的巨大损失，并声称如不这样，他将诉诸法律。

阿登纳看完信后觉得十分荒诞和可笑，但还是给他回了一封十分简短而又刻薄的信：

"希特勒政府早已不复存在，对于纳粹政府，现政府不再负有责任。你去找希特勒算账去，让他付给你钱吧！最后警告你，国际法庭没追究你当纳粹间谍的弥天大罪，已算便宜你了！"

从此，迪罗又穷困潦倒，与乞丐无异。20世纪60年代初期，他开始写回忆录，叙述了他的间谍生涯，道出自己的真实姓名叫艾立亚思·帕兹纳，代号希赛洛。他在书中还十分忏悔，向真主和全世界爱好和平的人们赎罪，乞求苍天和真主保佑他死后升入天堂而不是下地狱。

原来这个有些丑陋的迪罗就是希赛洛，人们不禁有些震惊。在第二次世界大战期间，这一名字在情报界和外交人员中可谓赫赫有名。希特勒的大本营，美国的战略情报处，以及英国的情报机构，当时无不谈论这一名字，但人们却一直不知道他的真名。

1971年，这位受骗的纳粹间谍，在穷困中暴病而死。

迪罗本名艾立亚思·帕兹纳。他是如何走上间谍道路，而又是如何被纳粹间谍机构所愚弄，使自己的一切美梦破灭的呢？

仇恨英国人

1904 年 6 月 28 日，艾立亚思·帕兹纳出生于南斯拉夫贝尔格莱德附近的布里斯提拉一个穆斯林家庭。由于家里穷，加之母亲体弱多病，他几乎没有得到多少母爱，营养不良，使得他难以发育完全。尽管后来他有机会和三个堂兄弟一起进入法蒂赫军事学院学习，但没有多久，他本人就被校方开除了。从此，他流落街头。

1919 年，英军占领土耳其当时的首都伊斯坦布尔时，帕兹纳便开始从事一些非法活动。后因偷窃英国军队的东西，曾被送入设在马赛的一个"劳动营"。而他的父亲在阿尔巴尼亚的一次打猎中，被一位叫莫名的英国人打死，母亲不久也离他而去。两件事使他小小的心灵中燃起了憎恨英国人的烈火，他下决心要找机会报复他们。

尽管帕兹纳很贫穷，但他很聪明，也很有志气，他相信自己总有一天会成为让人羡慕的人。从马赛劳动营释放后，他去贝济埃的汽车工厂做工，学会了锁匠的技术。21 岁时，他又来到了伊斯坦布尔，并在"伊斯坦布尔公司"的运输部门找到工作，学会了驾驶汽车。后来，他跑到约兹加特当上了消防队队长，看来他要走运了。

第二次世界大战前夕，帕兹纳再次回到伊斯坦布尔当出租车司机。当这个工作干不下去时，他便来到土耳其的新首都安卡拉。凭他多年闯荡江湖的本领，当上了"卡瓦斯"，即外交官的私人侍从。他先后为南斯拉夫大使、英国领事和美国武官克拉斯上校服务过。在这一过程中，他学会了英语和德语。他有一副好嗓子，业余还喜欢唱歌，尤其喜欢唱意大利歌剧。要不是他一心想出人头地，梦想着挤入上流社会，也许他可以在歌剧院当上一名演员。同时，他还喜欢照相。这在以后都帮了他的大忙。

1943 年年初，帕兹纳走进了纳粹德国驻土耳其的大使馆，当上了冯·巴本大使的男管家。这时，他换了一个新名字：迪罗。本来这一工作不错，但人的野心是无止境的，帕兹纳在当上大使男管家后，目睹大使与夫人过着豪华生活，看着安卡拉街头大酒店中的大亨和太太们大吃大喝的情景，他要想方设法搞到大笔的钱，过上与这些人一样的荣华富贵生活。于是，这双贪婪的手到处乱伸。一天，当巴本大使要出席一个不怎么重要的会议，妻子珍克夫人要为其准备一些东西，轻轻推开房门时，发现他正在翻着大使的文件包，一见夫人来到便急忙将手缩了回去。为此，珍克夫人严肃地告诉他，他们不欢迎不忠实的男管家，他被辞退了。

1943 年 4 月，一个偶然的机会，又使帕兹纳当上了英国使馆一秘道格拉斯·巴斯克的佣人。这时他认为报复英国人的时机到了，他要抓住机会给他们搞点名堂出来，解解心头之恨，让英国人也知道知道他的厉害。于是一个大窃密的纳粹间谍在这儿诞生了。

巧遇玛娜

帕兹纳到英国使馆上班后，很快发现巴斯克的夫人还雇请了一名当保姆的土耳其女佣人玛娜。玛娜身材修长，对男人很有吸引力。不久，他又知道她是一个刚刚和丈夫离婚的女人。于是，他决定主动向她发起进攻。

帕兹纳本来已经结婚，并有四个孩子，他们都住在伊斯坦布尔。但他一直有喜新厌旧的毛病，尽管贫穷，风流韵事却丝毫不减。他也时常以情妇来炫耀自己。当他和玛娜调情时，谁知他们竟像干柴遇到烈火一样，一点就着，俩人很快成了情人。一对孤男寡女时常在一起鬼混，胡花钱。自然，他的收入不够他开销，他要出人头地，搞到大把大把钱的欲望越来越强烈。

恰巧就在这时，英国驻土耳其大使休格森需要聘请一个贴身男仆。帕兹纳想到如果他到大使身边，也许比在一秘身边更能干出一番事业来。于是，他在和玛娜做爱后，让她在巴斯克夫人面前说情，请其丈夫出面推荐帕兹纳去当大使的贴身男仆。这一招果然奏效，当玛娜按照他的意思办后，1943 年 9 月，帕兹纳便当上了休格森大使的贴身男仆。

帕兹纳当上大使的贴身男仆后，不久就取得了这位大使的信任和器重。这一方面是他以勤勤恳恳的工作博得了大使和夫人的欢心，另一方面是由于他与大使都喜爱意大利歌剧。大使尤其爱听他唱的咏叹调。正是这一共同爱好，使他们俩的主仆关系更加密切。帕兹纳不仅在使馆内有一定职权，工资也比一般男仆要多，对于他和保姆玛娜的亲密关系，大使也睁一只眼，闭一只眼，不管不问。更有意思的是这位大使任他出入办公室和寝室，毫不介意。正是这种主仆关系，引发出第二次世界大战以来最离奇而又影响最大的一桩间谍案。

帕兹纳在给休格森大使服务中，看到大使经常把电报和文件带回家处理，他就采用各种办法试探出这位有绅士风度的大使，不是一位细心精明的人。因此，他认为从这儿窃取情报出卖是大大有利可图的。

一天，休格森在洗澡，帕兹纳趁机偷偷地掏出大使的钥匙，印到事先早已准备好的蜡模上，并迅速地放回原处。就这样，他神不知鬼不觉地搞到了休格森大使保密柜的钥匙。接着，他又买了一架莱格卡牌照相机和一个百瓦的大灯泡。准备窃取情报。

1943 年 10 月 20 日左右的一天，他从保密柜中取出文件拍了照，然后把文件按原样放好。前后仅用了三分钟，就完成了他有生以来第一桩惊天动地的间谍事业，他得意地笑了。

高价情报

1943 年 10 月 26 日深夜，正搂着美丽而年轻的女秘书睡大觉的德国驻土耳其商务参赞莫基斯，被一阵急骤的电话铃声吵醒。这是大使夫人珍克太太打来的，她说有急事，让他迅速到他们的住处去。他放下电话去拿衣服，看见躺在床上的女秘书正以不满的眼神看着他。她袒露的酥胸白皙而细腻，两只丰乳随着她的呼吸微微颤动着。莫基斯忍不住扑了过去，紧紧地抱住她，俩人缠成一团。这时，可恨的电话铃又急骤地响起来。他只好松开手，也不接电话，穿好衣服，匆匆地离去。

莫基斯对外是商务参赞，实际是纳粹情报机构派到土耳其从事间谍活动的头目。在大使的住处，珍克夫人说他们原来的男仆迪罗想见见他。莫基斯见到此人时，给他的第一印象，此人是一个不讲情面而精干的人，待人傲慢而又有一种农民的狡诈，让人捉摸不透。这个自称迪罗的人直截了当地对莫基斯说：

"我干的事对贵国政府非常重要，因为我能向你们提供最绝密的情报。这些情报都是从英国大使馆搞来的，不过，"迪罗停下来，狡诈地笑一笑，接着说，"不过，你们得付给我很大一笔钱，2 万英镑。以后我还能源源不断提供，但每卷照片必须付 15 万英镑。你也知道，干这事是很危险的，一旦被抓……"他的手在喉头上一比画，做了一个杀头动作。

"你们有专项资金干这种事，对么？"他又似笑非笑地问道。

莫基斯听完，真想给这个讨厌的人两个耳光，再把他撵出去。但是，职业本能又使他冷静下来。

"你如何让我相信你的东西值这么多钱，而又相信你不是英国或者美国间谍呢？"

"随你的便，如果你不想要的话，我给苏联或其他大使馆，同样可以给我好价钱。请你千万别错过好机会。你记住，我可不是来这儿求你给几个赏钱的，懂吗？"

说着，他站起来，用丝毫没有通融的口气对莫基斯说：

"如果做不了主，你与大使商量商量。我给你三天时间。如果 10 月 28 日下午定下来，给我打电话。晚上 11 时再约定到公园某地一手交钱，一手交货。"

说着，他便往外走，到门口时，他转过身对着莫基斯做了一个鬼脸：

"先生，过时别怪我不恭候。再见，祝你睡个好觉。"

这个迪罗实际就是帕兹纳，他要把他窃取的情报卖个好价钱。对此，莫基斯与大使巴本商量后，认为需要立即向国内发报请示。于是，他们向外交部长冯·里宾特洛甫发了以下电文：

"绝密

致帝国外交部长：

英国大使馆一名雇员自称为大使的贴身男仆，主动向我联系，愿提供绝密文件正本照片。他将于 10 月 28 日首次向我提交照片，但同时要求支付 2 万英镑现钞。以后，每交来一卷胶卷，都要求我付 15 万英镑。此事可行否，望指示。若可行，请速派员携款于 10 月 28 日前抵达本使馆。"

里宾特洛甫收到电报后，立即与纳粹德国安全局国外间谍处处长舒伦堡进行了仔细认真的研究，并非常迅速地给巴本大使回了电报：

"绝密

冯·巴本大使亲启：

英使馆男仆事可行，但务必谨慎行事。携款专使将于 28 日午前抵达。交来的文件详情望能速报。"

10 月 28 日午前，一架专机运着特使携款抵达安卡拉。这天深夜，莫基斯以每张底片 5000 英镑，当时折合为 2 万美元的高价，从帕兹纳手中买回 4 张底片。回到使馆后，他怀着忐忑不安的心情，让自己手下专门从事秘密摄影工作的特工人员迅速冲印出来。看后使他感到极大震惊：

第一张是英国在土耳其的全部间谍名单；第二张是 1942 年至 1943 年间，美国运交苏联的各种武器装备的精确型号和到那时为止的总数量的全部清单；第三张是英国驻土耳其大使刚送交伦敦的一份备忘录副本，上面记载着这位大使同土耳其外长举行会谈的经过细节，在这次会谈中，英国大使敦促土耳其向德国宣战；第四张是 1943 年 10 月 3 日美、英、苏三国外长在莫斯科举行会议所作决议的初步报告。

莫基斯简直不相信自己的眼睛，这些不可思议的照片内容使他感到惊惧、亢奋。这些重大而最机密的军事、政治文件，其价值无比，无法用金钱来计算，其真实可靠也没有任何值得怀疑的。这类情报也是每个间谍所毕生渴望得到而难以弄到手的。他为自己搞到这么重要的情报，能为第三帝国做出具有极其重要意义的事感到得意。他立即将全部文件上报总部。

舒伦堡在收阅这些文件后，立即下达了 4 点指示：

一、迅速将这些报告呈报希姆莱，并转呈元首核阅。

二、陆军最高统帅部电讯安全和密码破译部门负责人泰尔将军应即前来洽取资料，以便开始研究破译英国外交密码。

三、整编鉴定资料的有关专家，应向元首提供这些资料可靠性的证明，所有疑问都应由国外情报处处长负责解答。

四、因从迪罗处获取情报费用高，经费负担太重，要求外交部共同分担。

纳粹元首希特勒看完文件后，立即指示：不管价格多高，长期雇用提供情报的英国大使管家迪罗。他弄到的全部文件，都必须火速送到总理府，让元首本人亲自阅读。冯·巴本大使收到希特勒的指示后，立即作了周密的布置。同时，为了保护这一情报来源，他决定给迪罗取个代号，叫希赛洛。他解释说：

"迪罗本人不仅能说善辩，而且他的名字'迪罗'与拉丁文的'会话'、'善读者'读音相似。再说，在古罗马就有一位雄辩家叫希赛洛。所以，我们以后就叫他希赛洛吧。"

从此，希赛洛的名字在外交界和情报界广为流传，但人们一直都不知道其真实姓名。

与此同时，德国陆军最高统帅部电讯安全和密码破译部门的四位破译专家、两位数学教授开展了对英国外交密码的破译。经数星期奋战，他们终于破译了部分英国外交密码，这是一个极大的收获。特别是送来的文件边缘上面，有许多手写的注释和伦敦发至安卡拉的密码电报的技术资料，对德国破译专家具有极大的参考价值。

为进一步搞好这事，舒伦堡还特别指示莫基斯：今后凡希赛洛送来的底片作特急件立刻送到柏林，以便让技术人员及时根据需要加以翻印，分发各有关单位参阅。如在传递上需要技术支援，可利用每周两班的飞机。

这之后，英国大使馆的高度机密文件源源不断地被送到纳粹德国的间谍机构，再送到总理府和各有关单位。事后证明，其影响所及远不止于英国政府，它包括纳粹当局和与此有关的诸国。

新来的情妇

再说帕纳兹拿到巨款后，高兴得简直要发疯了。他出人头地的日子终于来到。他除立即给自己的情人玛娜买来各种奢侈品外，还于第二天在安卡拉郊区的卡瓦克里德尔的小山岗购买了一座花园式别墅。安卡拉所有的侍从，没有一个有私人住宅，他是唯一的一个。他扬扬得意，竟在门上钉了一块横匾，上写"希赛洛别墅"。从此，他下班后的生活可谓舒坦惬意，每天与玛娜住在这里寻欢作乐。由于他不断出卖情报，收入颇丰，因而大把大把地花钱。特别是对玛娜，为了讨她欢心，他更是一掷千金。

这期间，帕兹纳不仅在休格森大使处窃取文件，还把手伸向了巴斯克一秘的文件柜。他认为光从大使处弄文件，因受各种因素制约不会收获太多。如果和玛娜配合行动，也许又可以开辟一条生财之道。于是，他让玛娜当内应，在巴斯克外出时，向他通风报信，以便他马上到巴斯克家偷拍一秘从大使馆带回的文件。他先后两次得手，一共拍了52张底片，共获4万多英镑。

帕兹纳与玛娜在英国大使馆大肆窃取情报，屡屡得手，时常有惊无险，始终没有露出半点破绽。但德国人在使用他们获得的情报中，却几乎要了他们的命。

1943年12月21日，帕兹纳偷拍了英国外交部发给安卡拉大使馆的第1751号绝密电，上面标有只有少数人才能过目的"执拗者"字样。电报主要内容称：

> "在执行'霸王行动'之前，无论如何要在地中海的东头继续保持对德国的威胁。要尽早促使土耳其参战。"

同时还谈到英国要在土耳其建立军事基地一事。

当这一绝密电报送到柏林，希特勒阅后，据此不失时机地命令巴本大使，利用一切手段迫使土耳其无论如何要保持中立。但巴本在与土耳其外长努曼·米内门吉奥卢会谈时，过多地引用了英国第1751号绝密电的内容。这一情况使土耳其外长感到特别惊讶：他怎么知道如此绝密的情况。于是，该外长把情况通报了英国大使休格森。他们一致认为英国大使馆内可能隐藏着德国间谍。随即，休格森大使把这一可疑情况报告了英国当局。英国人决心采取措施，并派反间谍专家来土耳其。对此，帕兹纳开始一无所知。但玛娜却先获知了有关消息。一次，在他们做爱完后，玛娜表现得忧心忡忡。帕兹纳问她怎么了，她说她听到巴斯克夫妇讲，英国大使馆可能隐藏了德国间谍，因此伦敦要派反间谍专家来土耳其大使馆进行调查，并立即加强使馆的安全防范工作。帕兹纳一听魂飞天外，"腾"的一下推开玛娜，立即把照相机砸了扔进河里，并连夜转移了巨款，毁掉一切罪证。

英国反间谍机构很快从伦敦派了专家来到驻土耳其大使馆。首先，他们使用先进的电子设备，对使馆进行了搜查，看看有无窃听器，尤其对大使经常活动的地方进行了重点搜查。同时他们还对有关人员进行了逐一审查，并且搜查了佣人的房间。尤其对大使的贴身男仆帕兹纳的房屋，他们翻了个底朝天，但一无所获。保安人员还是不死心，又对他进行了考验。当大使让他送来咖啡时，保安人员突然用德语说：

"请在咖啡里加两块方糖！"

帕兹纳刚要说"是"，但他突然意识到这是在考验自己，于是他沉着机智地用英语说：

"先生，你讲什么？我听不懂。"

帕兹纳闯过了一关又一关，重新获得了大使的信任。当保安人员要安装先进的报警装置时，他还热心帮忙。从而趁机掌握了该系统的线路关系，以及使它失效的方法。

当一切风平浪静后，帕兹纳决心重操旧业，为德国人窃取英国大使馆的情报。德国特工人员又给他重新配了一把英国大使保密柜的钥匙，并送给他一架新莱卡牌照相机。

1944年年初，德国人发现一张照片上出现了他的两个手指印。但帕兹纳过去一直对德国人讲，干这事是他一个人单独进行的，并说他通常是在休格森大使吃安眠药熟睡以后，留下整理大使的衣服时，打开保险柜窃取文件，一手拿着材料，一手偷拍，半小时内就可干完。但他的手指印在照片上，德国摄影专家和技术人员模仿他所说的去做，证明他说的方法是不可能办到的事，因而判断有两个人进行这项工作。

事实确是如此。原来帕兹纳除和玛娜打得火热外，后来这个浑蛋又把他的侄女搞到手。那是1943年年底，帕兹纳老家堂兄17岁的女儿艾丝拉投奔他，临时到英国大使馆居住。艾丝拉既年轻又漂亮，出落得水灵，活像一朵含苞欲放的花朵。帕兹纳色眯眯地盯上了她，打起了坏主意。

帕兹纳自从出卖情报获得巨额金钱后，他不敢存入银行，害怕引起人们的注意。他想了一个绝妙的方法，把大量的钞票设法不露痕迹地铺在他房间的地毯下面，一般人绝对不会想到一个仆人会把这么多钞票藏在地毯下面。再说，钞票放在地毯下，他每天从上面来回走过，踩着它们，一方面心里很踏实，另一方面自然而然地从心里升起一种自得的快乐感。

当艾丝拉来到后，他经过几天的观察和试探，结论是要诱奸她最好的办法是金钱。于是，他让艾丝拉看了他地毯下的巨额金钱。当夜，他以巨资送她上

希赛洛指挥情妇以色相套取英国情报

大学相许，要她和他做爱。艾丝拉经不起他的诱惑，便当了他的情妇，后来还帮助他

偷窃情报。

自从巴斯克夫人带着女儿和保姆玛娜回伦敦后，帕兹纳整天和艾丝拉鬼混着。同时，他出卖情报的活动也大大加快。因为，在情妇的密切配合下偷拍文件，他感到特别来劲。一方面两人干，能相互照应，驱散恐惧感，提高工作效率；另一方面他进行如此带有冒险性的工作，对艾丝拉很有刺激作用，无疑在情妇的眼里他是一位英雄。有一次，艾丝拉对他的印象特别深。

那天，休格森大使夫妇一大早就去别的大使馆赴宴去了。这可是一个千载难逢的好机会，帕兹纳决定大干一次。于是，他吩咐艾丝拉拉掉电源刀闸，使警报器失效，并让她守候在电闸房，15 分钟后再合上。他打开大使的保险柜，拿出文件进行翻拍。谁知，正在他往保险柜里放回文件时，大使和夫人回来了。艾丝拉吓得手忙脚乱，惊慌地合上电闸。然而，苍天保佑，报警器竟没有响。事后检查发现，原来电闸的保险丝断了，这才使得他化险为夷。

就这样，从 1943 年 10 月至 1944 年 4 月，帕兹纳从英国大使馆为纳粹德国拍摄了 400 来张照片。开始在德国使馆，后来改在汽车里交给德国特工。他从他们的手中接过了 30 万英镑的报酬，按当时比价折合为 120 多万美元。他成了世界历史上收入最高的间谍。

后来，帕兹纳又找了一个新的情妇，名叫艾佳。他腰缠万贯，用从纳粹德国那儿拿来的钱，当了一阵子阔佬，过着醉生梦死、挥金如土的生活。他寄了一大笔钱给玛娜，艾丝拉上大学的全部费用也由他负责，并不断地给艾佳购买时髦服装和高级而昂贵的化妆品。同时，他也定期给在伊斯坦布尔的妻子和孩子寄钱。但是，好景不长，他很快又滚回到贫穷的泥坑里，过着穷困潦倒的苦日子。

神秘的女秘书

纳粹德国为帕兹纳付出了间谍史上最大的一笔经费，但他们后来所支付的 30 万英镑全是伪钞。这些伪钞是德国情报机构的"伯纳德行动"，即通过渗入大量的假货币以扰乱英国经济的计划的一部分。他们利用集中营内的犹太人伪造师来伪造货币，这些货币的伪造技术十分高明，竟达到了可以乱真的地步（这也是帕兹纳曾经使用部分伪钞超级享受却未露馅的原因），以至于直到战后才被发觉。他们当时就以这种伪钞，从帕兹纳手中得到了极其宝贵的情报，除上面提到的外，还有以下重要情报：

①法国要发动一项定名为"大君主计划"的突击，并运用文件中的密码代字，开展了密码破译。这就使纳粹德国能够侦听"大君主"的密码何时、何地在盟军电台中出现。

②1943 年 11 月 28 日至 12 月 2 日德黑兰会议情况，以及关于在那里举行的盟军军事首脑协商的报告，了解到盟军将在欧洲开辟第二战场。

③1943 年 11 月，罗斯福、丘吉尔和蒋介石在开罗举行秘密会议的报告。在这个会议上，盟国答应在打败日本后，将东北归还中国。

④同盟国空军实行大轰炸的计划。盟军空军决定对重要的公路和铁路交叉中心、物资供应站、军事基地，以及油田和炼油厂等进行战略轰炸。1944年1月15日，首先轰炸的将是索菲亚，并很快就得到证实。

⑤英国大使所拟英土关系的密码草稿，从中可了解到土耳其的特殊地位和英土关系的发展及演变，以及土耳其的中立态度时间不会太长。该国将一步一步地走向盟军阵营，威胁着德国的东南侧翼。

所有这些绝密文件的内容，无一例外地很快就被希特勒了解得一清二楚。为此，盟国决定要查个水落石出。鉴于上次失败的教训，于是他们决定改变方法，打入德国大使馆，摸清泄密的原因。因为他们已经获悉了有关情况。

原来，1943年年底，德国外交部的一位坚决反纳粹主义而又有远见卓识的办事员弗里茨·科尔比认为：只有在军事上打败希特勒，才能迫使他下台，从而结束战争。于是，他以惊人的勇气，揣着16份对盟国极其有用的外交文电，潜逃到瑞士的伯尔尼。尽管他遭到英国武官卡特赖特准将的不公正待遇被轰出来，但他最后还是在一位朋友的帮助下，会见了美国驻伯尔尼的情报头子艾伦·杜勒斯。杜勒斯慧眼识才，将他带来的德国外交电报与英国无线侦察单位所获密电情报核实，从而发现了德国在英国驻安卡拉的使馆里，有一个代号叫"希赛洛"的间谍为他们提供了许多重要情报。

1944年1月，莫基斯的女秘书在关保险柜时，不慎把手碰伤了，被送回德国去疗养。不久，他新录用了一位叫科妮莉娅的女秘书。这位小姐24岁，个头高挑，长发细腿，皮肤白皙，脸蛋漂亮，浑身散发出青春美。尤其是她微微一笑，常常使莫基斯魂不守舍，悔恨自己为何不早些录用她。

这位小姐不仅长相迷人，而且按当时德国的用人标准，政治上也十分可靠。她父亲卡布是德国驻索菲亚的总领事，对希特勒忠心耿耿。两位哥哥是德国军官，在苏联战场上作战。但实际上科妮莉娅是一位反纳粹分子。

科妮莉娅小姐曾随父亲长驻国外，懂得英、法和意大利等国语言。在战前她父亲担任德国驻美国俄亥俄州克里夫兰总领事时，科妮莉娅爱上了一位叫内尔的美国青年。后来，当她在德国驻索菲亚大使馆当秘书，这位年轻的美国人正好担任罗斯福总统与保加利亚国王联络官的助手。内尔同时是美国战略情报局的工作人员，他说服了科妮莉娅小姐为美国人做事。1943年，内尔被调到安卡拉任武官，同时作为战略情报局的特派人员安插在土耳其。科妮莉娅到安卡拉后，便找到了自己的情人。这时，她也在为英国军情六处工作。她来到德国大使馆的任务就是要查清"希赛洛"的真实身份。

科妮莉娅担任莫基斯的秘书只用了4天时间，就掌握了他保密柜的钥匙。这样，每天晚上她不仅能阅读到柏林外交信使送来的密件，不断看到希赛洛的名字，而且还可以任意复印这些机要文件，交给美国人。联系到她在办公室工作时，时常接到一个叫迪罗的人打给莫基斯的电话，她分析迪罗有可能是希赛洛。

一天，当帕兹纳和莫基斯在车上接头时，却遭到一辆小轿车的跟踪。几乎跑遍了整个安卡拉市，好不容易在一个拐弯处，莫基斯放慢速度，让帕兹纳迅速跳下车，才化险为夷。

1944 年 3 月底，帕兹纳在安卡拉皇宫饭店的休息室里等候新结识的情妇艾佳，突然发现跟踪他的年轻人也在那儿，他吓得心惊胆战。这个年轻人就是内尔。原来，那天内尔是在接到科妮莉娅的电话后，进行跟踪的。

帕兹纳这时十分恐惧，他决定洗手不干了。晚上，他回到英国大使馆便砸碎了照相机，并把所有的东西一块儿扔到河里。同时，他把自己打扮得十分风雅，乘夜深人静之时来到德国大使馆拜访莫基斯，告诉他今后不再偷拍文件了。这次又被正在客厅的科妮莉娅小姐碰到。尽管她不知道他们在谈论什么事，但她判定这个英国大使男仆这么晚来拜访莫基斯，非希赛洛莫属。

希赛洛间谍案被披露之后，
他演示了如何偷拍文件

1944 年 4 月 6 日，莫基斯的漂亮女秘书科妮莉娅在美国战略情报局的精心安排下突然失踪。几乎就在同一天，德国大使馆的内幕被土耳其当局揭穿。土德断交，大使冯·巴本和莫基斯只好灰溜溜地返回柏林。帕兹纳也被英国大使馆驱逐。不久，他便带着德国人给他的巨额英镑，办好护照，野心勃勃地离开战火纷飞的欧洲，想到南美洲找一片乐土，重新开创自己的事业。于是就发生了本文开头的那一幕，从而使这个腰缠万贯的间谍，顷刻间一贫如洗。这也许是苍天对他的惩罚吧。

轰动美国的"桃色"间谍案

美国司法部刑事司的美丽姑娘科普朗一夜间突然成为新闻人物。政府方面起诉她与苏联间谍瓦·亚·格比彻夫接头，出卖机密情报，犯有间谍罪。这是战后轰动美国的第二个苏联间谍案。由于这个案件被有意无意地蒙上一层"桃色"事件的迷雾，因而更加显得扑朔迷离，真假难辨。尽管它的开端耸人听闻，但其结局却大出人们意料之外。

法庭陈述罗曼史

1949 年 4 月 25 日，华盛顿将审判一名被指控为苏联间谍的朱迪思·科普朗。这是一位美丽的姑娘，原是司法部刑事司外国代理人登记科助理政治调研员。消息一经传出，在政府各部门工作的许多金发女郎像赶庙会似的纷纷前来，争着要亲眼目睹一下那个几天前还和她们一样工作，突然一夜之间而成为间谍的新闻人物的真面目。塔斯社的大批记者也蜂拥而至。科普朗的辩护律师是阿基博尔德·帕尔默。他长得矮小、圆胖，能言善辩且诡计多端。政府方面的诉讼主要由助理司法部长约翰·凯利负责。首席审判法官是密苏里州堪萨斯城的阿尔伯特·L. 里夫，这位 76 岁的法官是杜鲁门总统的朋友，当时以客座法官的身份在华盛顿活动。科普朗因父亲在审判前几天才去世，故身穿黑色丧服站在被告席上。坐在法庭上的还有她的母亲。

政府方面的起诉令公众为之一震，它陈述了科普朗与苏联派到美国的格比彻夫之间几次秘密接头的情况，并从她手提包里搜出大量被窃取的机密材料。同时，还以联邦调查局侦查到的他们两三次秘密约会为证据，来证明他们犯有间谍罪。

但科普朗的辩护律师并不这样看。他认为这三次秘密约会是情人间的私下幽会，而不是什么间谍接头，并引证了她是如何结识瓦·亚·格比彻夫的。至于她手提包里的那些材料，则是她为写小说而搜集的素材。科普朗被辩护律师的陈词所逗乐，竟在法庭上咯咯地笑起来了。

科普朗很快就使法官领教到了她的厉害。刚开始法庭调查时，她的一举一动都极其风骚放荡。听完辩护律师的陈述后，她用低沉、悲凉的声调，滔滔不绝而又极富感情地讲述了她与格比彻夫的恋爱浪漫史。她说，她和格比彻夫最初是在现代艺术展览馆看画展时偶尔碰到的，他们在一起观赏并探讨展出的一些作品。尽管格比彻夫身材矮小，穿着古板，但一头黑发收拾得干净利索，一对炯炯有神的眼睛极具对异性的吸引力。她对格比彻夫一见钟情。不但很快爱上了他，而且"近乎狂热地爱着"。联邦调查局的跟踪人员第一次看到他俩的吵架，是因为格比彻夫告诉她说，他已经结婚了。他们幽会时东躲西藏是为了不被私人侦探发现，因为他们怀疑格比彻夫的夫人，雇用了私人侦探跟踪他们。接着，她承认"爱着一个已有妻室的男人，从道德上来说总是有那么一点于心不安"，但是，"正像弗洛伊德所说的那样：感情自有一些理智从不理解的地方，难道不是这样吗？"她炯炯有神的目光咄咄逼人地盯着法官。在讲到动情之处，热泪潸然而下。

至于对她"犯有出卖国家机密罪"的指控，她一笑置之：

"我什么时候，在什么地方，向谁出卖了国家机密？"她反问道。"不错，我是和格比彻夫在一起，但我已说过，那是我们两人的私事。正如联邦调查局的先生们所看到的那样，我没有向他交过任何东西。"

"你为什么把机密资料的剪报放在手提包里，带到公共场所？"法官问道。

"这是我的疏忽，这不是犯罪。"

科普朗在法庭上充分表演，试图引起人们的同情。她耍尽了色情间谍的伎俩。她所讲述的动人爱情故事，自然为新闻界提供了奇妙而精彩的素材。还未等她把故事讲完，法庭观众席上顿时迸发出一阵骚动。记者们争先恐后地跃出法庭大门去打电话，想让自己的报纸抢先报道这一间谍案的最新"桃色"消息。

第二天，科普朗与俄国"乌鸦"的浪漫恋爱史充斥了各家报纸的头版。一些小报更是连篇累牍地炮制出一篇又一篇的轰动之作，什么《四十年代的玛塔·哈丽》呀，什么《俄国人打入司法部的一颗肉弹》呀，等等，不一而足。《纽约周末新闻报》甚至写道：

　　"事实证明，这个有着一对大乳房的司法部官员是征服赤色俄国的绝妙武器。既然经过严格考验的外交官都不能抵住她的魅力，那么在那个国家里大概就没有人能抵挡得住她了。让我们设想一下，假如我们有一千个一万个长得像科普朗小姐一样令人心醉的大乳房女人，向俄国人发动进攻，那将会出现一个怎么样的局面？"

然而，事实恰恰相反，科普朗小姐非但不是"征服赤色俄国的绝妙武器"，反而是赤色俄国打入美国司法部的一个出色间谍。如果俄国人有"一千个一万个"像科普朗这样为他们卖命的人，向美国发动进攻，美国社会将永远得不到安宁，而且有被颠覆之虞。科普朗案件再次证明色情与间谍从来都是密不可分的。

两个情人

科普朗出生于1912年，她的祖先是在南北战争之前移居美国的。她父亲是一个玩具商，与母亲一起住在布鲁克林区，家里还有一个弟弟。她有一张天真烂漫的笑脸，长着一头卷曲的黑发，还有一张引人遐想的嘴唇。一位记者曾这样形容她：

"在一张婴儿般无邪的脸庞和充满激情的眼睛后面，其实是一副精明的、极富逻辑性的头脑。"

1943年她以优异的成绩毕业于伯纳德学院，并荣获了优等生的称号，具有成就一切事业的良好素质。在大学期间，她对周围世界的一切都有浓厚兴趣，热爱音乐和艺术，是校园内丰富多彩的课外活动骨干分子，是一位"富有个性的人物"。她在伯纳德学院主修社会法和社会心理学，但她的兴趣不全在专业上。她对历史和政治十分用心，特别迷恋自由理想主义，为此曾下功夫学习俄文。她注视着世界，对正在进行的第二次世界大战尤为关注，高度赞赏苏联人在抵抗德国侵略者中的勇气和决心，并常以"小刺猬"的笔名，在学院出版的周刊《号角》上发表一些观点鲜明，很能蛊惑人心的文章，真是一只名副其实的小刺猬。她愤愤不平地大骂丘吉尔是"小人"，是"伪君子"，"不遵守开辟第二战场的诺言"。她直言不讳地质问罗斯福："租借法案名不副实，是何居心？"并指责这是一个"吝啬的租借法案"，指出"即使从最狭隘的民族利益出发，我们也应该给苏联人更多的援助"。由于她的观点在当时美国公众中有相当市场，因而不少人把她看成是一个富有理想和进取精神的不凡女子。

然而，在毕业前的几个月里，当朱迪思·科普朗第一次接触俄国人，参加了由一个全国性的民间机构组织的苏美青年互访活动的接待工作后，她的生活道路从此发生了彻底的变化。她负责接待的是乌克兰青年战斗英雄代表团。几个月来，英雄们的英雄事迹，使她全身心一直处于激动状态，对这些在战场上与纳粹分子进行过生死搏斗的英雄崇拜不已。尤其是对代表团里的一位蓝眼栗发的英雄女狙击手，更是顶礼膜拜。这位模样文静秀丽的乌克兰少女，曾使300多名德国侵略者死于她的枪口下。

但奇怪的是代表团走后，科普朗也变了。由一个激进好斗而多少显得有点幼稚的青年学生，突然变得安静起来了，并让自己的毕业论文经常出现在图书馆、阅览室等以前不常涉足的地方。至于为什么会发生这种变化，这是她身上的一个谜。

她撰写的毕业论文《东欧战场上的局势展望以及美国所应采取的对策》颇有见地。该文以翔实的资料和精辟的分析，论证了希特勒不可逆转的崩溃，并指出随着苏联在军事上取得优势后，美国就应减少并最终停止对苏联的援助。这样一来，她在人们心目中的形象几乎接近于十全十美了。人们认为她是"一个奋发向上，无私无畏的女子"，"罕见的关心国家命运的青年"，"出类拔萃，才华过人，为人宽厚"……

这些评论无疑为她找个好工作披上了光环。但她"渴望能在第一线的岗位上为国家的安全而出力"。当她报的第一志愿中央情报局未被录取后，很快被司法部录用，于1944年6月正式进入美国司法部纽约办事处的军务局。

由于她思维敏锐，办事认真，工作勤奋，一天到晚除了工作，还是工作，因而很快就给同事们留下了好印象。在上司眼里，她更是一个不可多得的人才，认为她应该到一个更重要的岗位上去。这位上司后来在推荐书中这样写道：

"她是一个才能出众、踏实肯干、科研成果超群的研究工作者。她具有特殊的语言天才，精通法语、德语和俄语。"

1945年1月，她被调到华盛顿，在司法部担任刑事司外国代理人登记科助理政治调研员，负责西欧几个国家的工作。在表面上，她接受外国公司和企业代理人的报到、登记审查，而实际上兼有协助中央情报局刺探外国公司、企业情况，协助联邦调查局查清外国公司、企业及代理人的背景，进行谍报工作的特殊任务。在这儿的官员能够接触大量的机密和绝密资料，有中央情报局的《国外活动动态》，联邦调查局的《每日简报》、《本周摘要》，以及其他一些情报研究机构的调研资料。

科普朗本来就生性活泼，作风泼辣。这时她情绪更加高昂，废寝忘食地工作着，如饥似渴地阅读她能看到的一切资料。由于她处事精明，果断，讲究效率，日常事务处理得井井有条，写出的调研报告清晰明了，具有很强的说服力，很快她又开始负责起苏联和其他东欧国家的工作。这样一来，她的工作热情更高了。除工作时间之外，还经常加班加点。为更好地了解情况，她经常去阅览室看各种机要文件，尤其对记载着对苏联和东欧国家驻美外交官进行监视和策反活动的资料，以及联邦调查局的《国家安全备忘录》，特别感兴趣，每期必读。

科普朗在新的岗位上又赢得了一片赞扬声。有的男同事和上司除了欣赏她的才华，他们的眼睛更多的是盯着她令人目眩神迷的酥胸和婀娜的腰肢。她刚来时，关于"司法部来了位胸脯饱满的小姐"的消息便像一阵风似的传开了。

"嘿，瞧这花蕊一样的小姐，真够意思。"

她时常听到有人在背后议论着，甚至还有厚脸皮的在左右无人时，便伸手在她屁股上捏一下。每当这时，她总是警告地说：

"正经点，别忘了你是联邦政府的官员，不是酒吧里的无赖！"

"小姐，联邦政府的官员也是人，在美人面前，男人都是一样的。"

是的，男人们在科普朗面前有点按捺不住也不值得奇怪，因为她长得太有吸引力了。尽管她的脸庞不算很美，但是油黑头发下的那双明亮眼睛炯炯有神，配上两道浓密的眉毛，使她显得英姿勃勃。这一切尤其是与棱角分明的嘴唇有机地结合在一起，自然而然地形成了一种特殊的魅力。她身体结构匀称，身材颀长，腰肢苗条，大腿发达，天工巧夺，一切搭配得很自然，毫不矫揉造作，浑身散发出阵阵令人难以抵挡的女性魅力。

"放着这么好的时光不去享受，你不觉得这是一种浪费吗？"一个女同事曾经这样问她。

她不置可否地笑了笑。多么肤浅！她有自己的目的，并为之奋斗着。对于男人，得看是否有利于实现自己的目的，并不是一律拒之门外。比如，几个月以来，她与科长之间除了上下级关系外，还有一些浪漫关系。这位科长正当壮年，年富力强，对于手下这么一位诱人的小姐自然不会放过。他们在大门关闭的办公室里，或是乘休假在幽暗的旅馆房间里，干出了不少风流韵事。尽管她也知道科长是有妻子的人，但她不在乎，只要他不干涉她的私事。"我还没有丈夫，但我有男朋友，他在纽约，我们每个月总要见那么一两次。"

科普朗因在纽约有男朋友，自她到华盛顿不久，就养成了去纽约度周末的习惯。她并不是每周都去，而是每隔二三个星期去一次。这是正常的，每个人都有自己的私事，更何况一个正当芳龄的美貌女郎呢？对此，她的科长深表理解。由于他们这层关系，因而在工作中，科长十分尊重她的意愿。每当她写调研报告，向科长借阅规定只给科级以上官员看的内部文件资料时，这位科长从没拒绝过。而她也通过这不同的方式报答他。

三年的时间过去了，科普朗与科长的关系也越来越亲密无间。每隔几天，她便去科长的办公室借阅一些文件，而科长从她那儿得到不同的乐趣。同时，她还每隔二三周去一次纽约。日子过得既清闲，又有规律。不难看出，科普朗这位出色的女性，不管她扮演什么角色都是成功的。本来很可能她会成功地把戏一直演下去。然而，两件意想不到的事发生了，科普朗受到联邦调查局的注意。很快她所扮演的戏也就收场了。

阿里巴巴计划

20 世纪 40 年代，外交邮件传递制度还没有达到十分保险的程度，因而各国情报机关偷拆外交邮袋是公开的秘密。为此，美国联邦调查局集中了各行各业的专家能人，经常窃取来自"铁幕"国家外交邮袋里的秘密，并正式起名称之为"阿里巴巴计划"。

1947 年秋，他们在苏联人的外交邮袋里，发现了一件使他们大惑不解的东西：美国人对苏联外交官的监视记录。产生这一奇怪的情况，只有两种可能：一是他们也在跟踪自己的外交官，二是他们弄到了联邦调查局的跟踪记录。据情况分析，前者的可能性很小，而后者的可能性最大。而要查清这件事是十分困难的。因为，联邦调查局对外交官的跟踪监视记录，在《每日摘要》里刊登出来，散发范围十分广泛，上至总统办公室、内阁部长、参谋长联席会议的长官，下至中央情报局、司法部等一些单位的中级官员。有权看到它的不下千人，而且还不包括这些人周围的秘书、副官和调研人员。从这么多人中找出泄密者，几乎是不可能的，只有以后再找机会了。

1948 年年末，联邦调查局利用叛逃到美国的克格勃机要人员高曾科带来的密码和密本，破译了几份 1944 年至 1945 年间截获到的苏联驻纽约领事馆发往莫斯科克格勃总部的密码电报。内容是讲司法部驻纽约办事处的一位女工作人员，在 1944 年被发展成为克格勃间谍，并进一步谈到，至他们拍发这份电报时为止，这个女人正奉命调往华盛顿司法部工作。据此，他们一是想查清这个女人是否还在司法部工作；二是尽量不去惊动她，以放长线钓大鱼，挖出她周围的其他间谍、信使和联系人。经对那一时期情况的查证，疑点很快就落在了科普朗身上。接着，又一件事使联邦调查局的特工完全肯定，这个女间谍就是仍在司法部工作的科普朗。

那是 1948 年 12 月 24 日，联邦调查局的特工在偷窃到的苏联外交邮袋中，又有了新的重大发现：一张联邦调查局开列的"不受信任"的公司和个人的黑名单。这份属于 AAA 级的绝密材料，只供有关单位参考，怎么会到苏联人手里呢？这次要追查就容易多了。因为，它不是传阅文件，能接触这份文件名单的只有联邦调查局、中央情报局和司法部三个机构中负责这方面事务的官员。而司法部只有司法部长、刑事局局长和外国代理人登记科科长。经从上到下追查，司法部外国代理人登记科科长承认：政治调研员科普朗出于工作需要，偶尔也向他借阅一下文件。从此，他们对她进行了最严密的监视，昼夜 24 小时跟踪，信件被拆阅，电话被窃听，与她有来往的人都受到侦察。与此同时，还有一辆测向车停在她寓所不远处，以防她用无线电与苏联人联系。很快，她的真面目一览无遗地暴露在他们面前。

对于这一切，科普朗一无所知，仍然一丝不苟地工作着，并三天两头去科长办公室查阅资料，寻找乐趣；每隔二三周去一次纽约。

1949 年 1 月 14 日，科普朗去纽约与男友相会，联邦调查局的特工也跟踪她到了纽约。她在彭恩车站下车，坐地铁来到曼哈顿所在的第 190 大街。她一边朝前走，一边借助店铺的橱窗玻璃反向观察后面有无人跟踪。在百老汇大街与第 193 号大街的交界处，他们发现她与一个矮个儿男人接头。这人长着一头黑发，收拾得干净利落，衣着显得有点古板。他们进入一家豪华的意大利餐馆吃饭。一小时后，两人离开餐馆，一边走一边激烈地争论。两人吵吵闹闹地坐地铁进入市中心，到了第 125 大街，那个神秘的男人等在地铁门口，就在关门的那一刹那，他突然冲进站内，成功地甩掉了跟踪的特工。但特工们确信他是苏联驻纽约总领事馆的。第二天，果然在那儿发现了他，并查清了他住在第 108 大街 64 号公寓。

经查证档案得知：与科普朗接头的男人是苏联的瓦伦丁·亚历克西维奇·格比彻夫。他 1916 年出生于乌拉尔山脉的奥罗夫斯，长大后成了一名建筑师。1946 年 7 月，他以苏联常驻联合国代表团三等秘书的身份进入美国。开始，他有外交护照，但不久，他几次调换工作，后来成了联合国秘书处的雇员，派到曼哈顿为联合国建造新的综合大楼。所以，已不算外交官，也不享有外交豁免权，联邦特工可以逮捕他。

1949 年 3 月 4 日，科普朗坐下午一时的火车抵达纽约。这一次联邦调查局决定抓住这一对间谍。这天，参与执行的特工有 20 多人，并配有七辆装备电台的警车。这些人与车分布在各要道与交叉口，还有 5 名机动特工，以便应付复杂局面。

科普朗在第 190 大街发现了格比彻夫。但格比彻夫感到了什么，没有同她会面。后来，他们又在时代广场的第 9 大街相会，并突然乘上公共汽车，甩下跟踪特工。接着，又在地铁上甩掉跟踪的特工人员长达 12 分钟。当他们来到联邦广场第 3 大街时，特工格兰维尔奉命去逮捕他们。他上前拍着略感惊慌的两名间谍的肩说：

"我是联邦调查局特工，你们被捕了。"

这两个间谍被押到联邦调查局总部，脱光衣服彻底搜查。格比彻夫当时拿着一个很普通的白包，内装准备付给科普朗的 125 美元钱。科普朗的手提包里除装有联邦调查局为引诱她而虚构的情报资料外，同时还装有她给格比彻夫的重要信件，30 份含有机密情报的联邦调查局的资料，以及三个人的简历。

格比彻夫在苏联大使馆向美国政府交纳 10 万美金后，被保释回国。

1949 年 4 月 25 日，科普朗受到法庭的审讯。法庭最初认定她犯有间谍罪，判处有期徒刑 20 年。但出人意料，最终科普朗还是未进监狱。最高法院接到她的上诉后，钻了法律的空子，推翻了关于她企图向格比彻夫递交文件的主要间谍罪行。同时还认为：逮捕她事前未获批准，窃听不仅有违法律，而且也未取得间谍犯罪证据。鉴于此，她在交纳 4 万美元的保释金后，走出了拘留所。

后来，科普朗与一个年轻律师结了婚，并生了四个孩子，生活过得很自在。他们在纽约西郊布鲁克林区购置了一幢房子，买了一辆汽车，还养了一条丹麦狗。傍晚时分，人们看到这个贵夫人牵着狗在林荫道上姗姗而行，体态丰满，妩媚动人。

"听说她和苏联人睡过觉。"

"是吗？不过要是真的，那俄国人太有艳福了。你瞧，她那胸脯，多够意思……"

人们依然在背后这样议论着她。

间谍"巨商"与情妇玛吉

美丽的以色列姑娘玛吉，经不住引诱，竟成了埃及间谍巨商的俘虏，全心全意地爱上了他，最后自己也变成一个名副其实的间谍，为埃及提供了以色列飞机工业和其他政治、军事情报。然而，一场意想不到的女人情妒，却毁了整个间谍网。

餐厅巧遇

1967 年 5 月，一个衣着讲究、珠光宝气的法国商人来到以色列首都特拉维夫。他的护照上写着：艾米勒·达罗比赫，巴黎贸易代表商。刚进城，他便询问进出口公司办事处、加工和出口钻石的公司、从死海提炼钾的公司、盐商中心等机构的地址，看来这是一个颇懂生意经的巨商。尽管这个漂亮的年轻人未满 30 岁，却像百万富翁那样老成持重，尊贵威严。为做生意，他在最出名的"罗劳酒家"附近租了一套豪华住宅，一辆新式轿车，并集中精力了解贸易行情，忙于会见同他做买卖的实业家。时过不久，他就成了特拉维夫的著名人物，经常出席各种宴会，成为座上嘉宾。在他周围总是聚集着一批商人、经理、经纪人和中间商。同时，他出手大方，花钱如水，夜生活十分丰富多彩，身边总有一些美丽的姑娘陪伴，好像整个世界就是为他而创造的。

其实，这种令人眼花缭乱的现象只是一种烟幕。艾米勒·达罗比赫的真实身份是埃及的情报人员。他父亲是埃及人，而母亲是法国人。但在他们俩结婚前，他父亲已与一个埃及女人生过 3 个孩子。当他父亲死后，他母亲为争夺丈夫的遗产继承权，同其前妻打过 6 年官司，最后打赢了，带着达罗比赫来到巴黎。但在此期间，他却加入了埃及情报机构，代号"贝亚尔"。他来特拉维夫的真正意图是建立一个精明强悍的间谍网，以获取最大数量的情报。

一个星期天的下午，当他正在海边一家豪华餐厅用餐时，猎物果然来到了。

这是一个十分美丽而富有魅力的姑娘。她有一张天使般的脸庞，衬着一头栗色的柔软长发，体态优美，就像神话中的仙女一般。她的名字叫玛吉·芭珊斯。当她在一个秃顶老头的陪同下走进餐厅时，便注意到了这个额头发亮、脸色绯红、尖尖下巴、颀长个子的漂亮年轻人。她感到他天生有一种让人不可抗拒的魅力。当时，他受到特殊照顾和尊重，所用的桌子是特意用两张拼到一起的，以便盘子放得不那么拥挤。他坐在柔软的椅子上，面前摆着一瓶冰镇啤酒和几盘美味佳肴，十分悠闲自得。

玛吉是一个能征服有钱男人的姑娘。于是，她便在他的对面坐下来，一边看菜单，一边用眼偷偷地看达罗比赫。当她发现对方也正惊奇地瞪着两眼凝视自己时，她会心地大笑起来。

在她吃完饭时，听到他吩咐领班说晚上八时再来吃晚餐，让准备一盘他所喜欢的海蛎子。结账时，他掏出一沓钞票扔在桌子上，并慷慨地给每一个招待分发小费。

当他走出餐厅时，玛吉望着他的背影，表现出了惊奇而羡慕的神情，随后笑着摇了摇头。

晚上八时，玛吉也鬼使神差地来到了这家餐厅。尽管她穿着一件劣等黑色衣料的服装，但仍显示出她的妩媚。她极力装作不注意达罗比赫。然而他却微笑着站起来，邀请她坐到自己的餐桌旁。当他们一同坐下时，都不禁大笑起来。

他们一块用餐，亲密交谈。玛吉兴致很高，说话也十分坦率。达罗比赫很快了解到她出生在阿尔及利亚，能讲一口流利的法语。目前，她家住在纳塔尼亚，本人从早晨7时到下午1时，下午4时到7时，在"贝迪克"飞机厂做工，每月工资70以色列镑。她将其中40镑交给家里，20镑作为交通费，只有少得可怜的10镑作为零花钱。她贪婪地喝着酒，并承认说下午陪她吃饭的老头，不时请她吃饭或送给她一件不太值钱的礼物，以便从她身上得到某种无聊的满足。

晚餐后，玛吉同意乘坐达罗比赫的汽车，陪他到海边散步。接着，他们又一起来到了达罗比赫所租的别墅。玛吉对房子的富丽堂皇的装饰，以及房内极其现代化的摆设赞叹不已。她在房子里转来转去，一会儿看看这个，一会儿看看那个，并兴奋地唱了起来。她尤其对洗澡间的装饰赞不绝口。随后，她以试探的口吻问道：

"我每天下午2点钟到你这里来，同你在一起，你同意吗？"

当达罗比赫表示同意后，她十分高兴地唱起了歌。听着著名歌星的歌曲，又吃下一些金枪鱼的罐头，达罗比赫问她：

"你想不想睡觉？"

"能与你在一起同床共眠，鬼才不想呢！"

她说着，飞速脱去外衣，躺到达罗比赫的怀里……

这天晚上，玛吉度过了一个最幸福美好的夜晚。

第二天，达罗比赫又开车到工厂去接玛吉。然后，他们一起到服装店和妇女用品商店去买东西。达罗比赫花钱出奇地大方，而大开眼界的玛吉恨不得什么都买，两人买的东西堆了一汽车。一星期内，玛吉便成了达罗比赫的俘虏。他坚信，她是全心全意地爱他。说心里话，他也把她当成了心上人，被她的美貌和柔情所征服。他在以色列度过的漫长岁月里，竟从未想过要同别的任何女人建立爱情关系。

美女上钩

达罗比赫不费吹灰之力获得第一步成功之后，他决定实施第二步计划，把玛吉发展成为间谍。

一个假日，达罗比赫与玛吉在海滩、游戏场和夜总会尽情地玩了一整天。深夜，当他们回到那间宁静而又充满香气的小屋时，玛吉发现达罗比赫好像有些心事。于是，她赶忙追问：

"亲爱的！你在想什么？能告诉我吗？"

达罗比赫苦笑着告诉她，他的一些买卖赔了钱。玛吉靠近情人身旁，迫不及待地问：

"有什么办法可挽回吗？"

达罗比赫说："有。在这个世界上，再没有比军火贸易更能赚钱的了。如果我能同以色列政府达成一项购买武器的协议：那么我们手中的钱，就会多得像一条奔腾的小河一样。而实现这个目标的首要任务是先必须了解他们缺什么东西，然后再提出实施方案。玛吉，你肯定能帮助我，对不对，亲爱的？"

玛吉感到十分惊讶，她万万没想到她的情人在事业上还需要她的帮助。于是，她肯定地说，她对自己所钟爱的人，绝不吝惜任何帮助。

达罗比赫接着说：

"法国目前正在执行一种对以色列进行飞机禁运的政策，因此没有任何人帮助我做事。然而，如果我们知道了以色列飞机工业所面临的困难，我认为，我就能够提出适当的贸易方案。"

说完，达罗比赫用审视的目光看着这位姑娘。因为，他不能光停留在对方表面同意与否的回答上，而必须尽最大努力了解她的真实思想。

正沉浸在爱情与欢乐中的玛吉，这时她所享受的优裕生活条件和她所处的社会现实形成了鲜明的对比。贫婪的社会使她潦倒不堪，几乎不能满足她日常生活所需，而达罗比赫能给她美好生活的享受，她绝不能放弃。她还希望将来陪同自己的情人去法国，使他们的关系进一步发展。这个被爱情俘虏的姑娘，用充满疑虑而又诚恳的声音问达罗比赫：

"那么，我怎样帮助你呢，亲爱的？"

达罗比赫迟疑了一会，把玛吉揽到怀里，随即用手指拨弄着玛吉那湿润的嘴唇，笑着说：

"噢，我是在开玩笑。刚才我是在设想遥远的未来。"

"你以为我是傻瓜吗？艾米勒，你可不能轻视我。我是真心爱你的！我们应该一起考虑未来的问题，飞机的问题。我听说工厂缺少某种钢锭，它可能导致工厂停工。我们既然已经结合在一起，就不要再各想各的了。我们要更好地合作，可你要指导我。"

最后，这对情人达成合作协议：玛吉从工厂拿出文件来，让达罗比赫了解它最急需的是什么原料。

玛吉勇敢地承担了这一任务，她每天秘密地带回一些自认为重要的材料。但达罗比赫看了这些图纸、照片和表格后，认为都没用。于是，他提出为了获得更多的材料，应使用微型照相机拍照。他把照相机细心地安装在她的手提包提手上。当玛吉感到干这种事情越来越危险，表示担心时，达罗比赫向她提出了结婚的建议，但遭到了玛吉的反对。原因是在以色列结婚，父亲不是犹太人，孩子将来就得不到公民的权利。达罗比赫只好答应将来陪她去法国结婚。这时，玛吉高兴地答应了，从此，她也就把自己的命运紧紧地同达罗比赫拴在一起了。

玛吉变成了一个名副其实的间谍。在整整三年的时间里，她通过达罗比赫向开罗的埃及情报局提供了以色列飞机工业最关键的表格、清单、图纸和生产等情况。在这个女间谍的帮助下，埃及了解到以色列在飞机制造方面，并没有取得任何有价值的进展。它以进口的飞机零部件组装飞机的尝试已无法进行下去，现在处于停顿状态。而且在可以预见的未来，也无力奠定一个完善的工业技术基础。此前，埃及对以色列的飞机制造能力是估计太高了。

发展与终结

1968 年 8 月中旬，达罗比赫以紧急工作为名，返回法国。在马赛，他同埃及情报机构派来的上司接了头。在他汇报完在以色列的工作后，上司对他取得的成绩表示祝贺，并一再希望他要高度警惕，防止暴露自己。同时，还告诫他，今后在发展新的间谍人员之前，一定要向开罗总部提供一份详尽的资料，经审查批准后方能发展，绝对不能擅自发展间谍组织成员。最后，他们还就联络方法、密码使用作了严格规定。

当达罗比赫返回以色列，突然出现在玛吉的眼前时，她一下子呆住了，惊讶得说不出一句话来，竟不顾周围下班的女伴，纵身投入情人的怀抱，把她那微热湿润的小嘴贴向达罗比赫的双唇。

1968 年初冬，达罗比赫向埃及情报局送出一份报告，请求准许他发展一名叫达纳·艾弗拉姆的新成员。他是以色列国防军的预备役上尉。妻子米拉希明是波兰人，但婚后两人缺乏感情，夫妻生活并不美满。他的情人是玛吉的女友迪布拉·玛兹尔。同时，他还是一个赌徒，因输钱欠了一屁股债。他对以色列的一切都不满。尽管他在 1956 年苏伊士运河的战斗中表现出色，并受过伤，但未得到奖励。1957 年 2 月复员后，他担任拉纳比军营射击教练的职务，还是经过抗争才获得的。接着，达罗比赫又打了第二个报告，请示同时发展达纳的情人迪布拉。12 月中旬，埃及情报局批准了他的报告。

达罗比赫把情报网建立起来以后，对内部进行了明确的分工，规定了严格的纪律。他们除搜集重大政治动向和军事情报外，还获取了以色列反政府犹太人组织的活动、经济困难和人民对物价上涨的不满，以及妇女组织等情报，由达罗比赫分门别类进行整理，及时送到埃及。

1969 年 2 月，达纳又物色了两名军士：一个叫奥迪·贝达拉松，在海军服役；一个叫伊斯蒂拉·塔莉米，是女兵，在妇女监狱工作。埃及情报局只同意发展奥迪。至此，间谍网已有五名成员。同时，经达纳的努力，他们又获得了一份以色列青年组织进行军训的详细计划。埃及情报局认为这一情报极具实用价值，对他们进行了嘉奖。

在间谍网不断取得成效之际，埃及情报局给他们配发了无线电收发报机。收发报任务交给了经过短期训练的迪布拉。她每周一、三、六与开罗总台联络，呼号为"134"。如其他时间需要联络，则呼号"431"。所用密码十分复杂，很难破译。

鉴于无线电通信和报务员的重要性和危险性，为安全起见，达罗比赫对密码使用和通信联络作了严格的规定。他不允许迪布拉在同一个地点连续发两次报，每次发出的电文都用极简练的语句构成。电文发出后，发报机立即转移。迪布拉在他的反复叮嘱下，一直小心谨慎，从未发生过违反规定的事。

1969 年 3 月，埃及情报局发出指令，让达罗比赫立即离开以色列，谍报网改由达纳领导。达纳在无人监督的情况下，旧病复发，经常取出活动经费到赌场鬼混。因而，不仅间谍网的经济发生困难，而且他们的安全也面临严重的威胁。尽管后来玛吉被委托担任财政监督，由她负责每月向上级提出一份开支清单，但危险依然存在。

1971 年 12 月，一件意外的事情终于发生了。达纳早已遗忘的一个过去的情人，发现他与迪布拉住在一起。出于嫉妒，她对他进行了跟踪，并向警察局告发了达纳倒卖弹药。1972 年 1 月 1 日深夜，警察逮捕了正在酣睡的达纳与迪布拉。

警察因未搜到任何指控达纳犯罪的证据，将他释放了。但迪布拉因向警察脸上吐痰，被指控侮辱警察而被继续看押。被释放的达纳因害怕间谍网暴露，于释放的第二天悬梁自尽了。

玛吉在得知达纳与迪布拉被捕后，立即毁坏了无线电收发报机，并烧毁了所有的文件。由于精神受到严重刺激，她在穿过工厂马路时，被一辆疾驶的汽车轧死。

1 月中旬，迪布拉被无罪释放，随即离开了以色列，过起隐居的生活。

间谍网的奥迪·贝达拉松则经南部港口埃拉特，混过关卡来到约旦，然后乘飞机去了开罗。

吉小姐痛还风流债

1961 年，英国反间谍机构经过近一年的秘密侦察，一举破获了波特兰海军基地的苏联间谍案，逮捕了 5 名从事间谍活动的人员。同年 3 月 14 日，英国首席检察官勒晋纳德·曼宁翰－普雷爵士提起公诉，开始审讯这 5 名间谍，至 3 月 23 日审讯结束。鉴于这一间谍组织窃取了英国海军波特兰基地的核潜艇技术秘密，下午 4 时，英国最高法院院长帕克下达了英国和平时期从未判过的 95 年的最长刑期，其中朗斯代尔被判处 25 年，刑期最长；克罗格夫妇各判处 20 年徒刑，霍顿和吉小姐各判处 15 年徒刑。同时，英国还对这一案件进行了大肆的宣传。

英国为什么要这样做呢？这还得追溯到 1956 年。

欲盖弥彰

1956 年，艾森豪威尔总统不顾议会的极力反对，以行政手段同英国签订了共享核秘密的协议。根据该协议精神，美国又把以原子能为推动力的"舡鱼号"核潜艇的动力装置全部蓝图和设计方案交给英国人。英国有了这些技术资料，才开始设计出自己的"无畏战舰号"核潜艇。因而如果他们这一技术机密被苏联间谍窃走，就无法向美国盟友交代。不仅如此，而且波特兰案件破获的时机对英国人来讲也特别不好。当时，英国政府正在同美国商谈，要通过北大西洋条约组织，增加英国分享原子秘密和原子武器的数量。这一案件的出现，无疑伤害了英国首相哈罗德·麦克米伦，削弱了他在北大西洋条约组织同美国商谈的地位。这位首相在下院谈到这一案件对他的影响时，不得不承认："对我来说，这是一个可怕的打击。"

正因为这样，英国公开审讯并大肆宣扬这一案件，目的就是要消除对英国的不利影响，让美国人相信：英国是美国人信得过的盟国，而不是北大西洋条约组织中不能保守秘密的懒散伙伴。他们并没有泄露核潜艇的主要东西，波特兰间谍所搜集的情报，只不过是一些无关紧要的东西。而英国政府即使对于这些次要东西的泄露，也采取了最严厉的惩罚。除此之外，其要人还出面发表讲话，以消除影响。

针对波特兰间谍案，案件公诉人、英国首席检察官勒晋纳德·曼宁翰－普雷爵士在第一次声明中就说：

"也许我应该说明，他们（注：即霍顿和吉小姐）所负职责的性质，并没有使他们得到任何接触原子机密或核动力秘密的机会。我们没有理由假定他们能够取得任何这类情报，也没有理由假定他们传递了任何这类情报。"

首相麦克米伦也在下院努力安定人心。他说：

"事情很明显，披露所造成的损害，是不符合公众利益的。但是，我们没有根据去设想，被窃取的情报超过了全部英国海军武器中比较有限的一部分。我们没有理由假定属于美国或北大西洋条约组织其他国家的任何情报遭受了损害。任何有关核武器或核动力的情报被这些间谍盗走的可能性是不存在的。"

难道正像麦克米伦首相和勒晋纳德·曼宁翰－普雷爵士所讲的那样吗？这只不过是这些大人物欲盖弥彰的欺人之谈。事实上，在波特兰的间谍们为苏联窃取了大量情报，其中包括：波特兰海军基地绝密文件集、北大西洋条约组织和英国的反潜艇作战计划，以及有关核潜艇作战武器和追踪系统的绝密资料。而这些资料主要是霍顿和其情妇爱赛尔·伊丽莎白·吉提供转交给朗斯代尔，再由克罗格夫妇通过无线电台发往莫斯科的。

那么，霍顿和吉小姐又是如何成为苏联间谍的？尤其是吉小姐，因情爱当上苏联的间谍后还不知是怎么回事。当英国的反间谍人员逮捕她时，她还大声叫嚷："我没有干坏事！"这个无辜的女人走上间谍道路，完全是中了霍顿这个苏联间谍的"美男计"。

贪杯小酒店

46 岁的爱赛尔·伊丽莎白·吉小姐是一个举止端庄的妇女，是英国一个典型的老处女。尽管她出身寒微，父亲曾做过铁匠，但她却在一所私立学校受过高等教育。第二次世界大战期间，她曾设法参加皇家海军女子服务队，立志报效国家。然而她的这一愿望并没有实现。于是，她便去了汉波的富兰德飞机制造厂，担任检查小零件的工作。后来，她又在当地的一家商店工作。

1950 年，吉小姐进入波特兰海军基地水下侦察器械厂工作，任临时书记员。正是这次工作变动，使她成为苏联间谍注意的对象，并被慢慢地拖进了间谍的深渊。

原来，波特兰是英国重要的海军军事基地，它集船坞、造船、研究和试验秘密海军装备于一体，共计有 2 万人在这儿工作。1958 年以后，这一基地几乎专门从事潜水艇和反潜水艇的研究。根据北大西洋条约组织向所属会员国分配的该国最适合担负的军事任务，把建立北大西洋条约组织水下防务计划的工作交给了英国皇家海军，而侦察和摧毁敌人潜水艇的工作则全部集中在波特兰。

爱赛尔·伊丽莎白·吉

不仅如此，更重要的是英国的核潜艇"无畏战舰号"，也正在波特兰用美国先进的核动力装置进行装备。英国根据美国提供的设计方案而设计出的这种核潜艇是用于反潜艇作战的，英国政府把它看作对付正在建造的三艘苏联核潜艇的威慑手段。正因如此，故这种"无畏战舰号"核潜艇将装配一些正在波特兰进行试验的最新武器。这些武器包括嗅敌器：它能测出看不见的柴油气味，从而"闻出"敌方的潜艇；冰眼：测声装置，它可侦察出在北极冰面下停止不前的敌潜艇伸出呼吸管的冰中缺口；测航装置：既能测出在水下航行的敌潜艇方位，也能测出自己的方位；潜艇方位测定器：它把原测定潜艇超声波仅6海里的距离提高了4倍，这是苏联间谍在波特兰所要窃取的主要东西之一。而他们最感兴趣的则是装在低空飞行的直升机上的一种最先进的反潜绝密装置。该装置通过装在飞机上的摆，就可以把水下潜艇航行而引起吸力场的最轻微变化侦察出来。

正因为波特兰海军基地如此重要，因而，尽管吉小姐被该基地录用担任低级的工作，安全部门还是对她进行了严格审查，她也在机关保密法案保证书上签了字。保证书写道：

"兹保证在未经海军部批准以前，不以口头或书面形式向任何未获批准之文职人员或女王陛下、三军成员泄露任何因公获悉之情报。我了解，上述规定不仅适用于任职期间，亦适用于离职之后。"

开始，吉小姐在波特兰只是担任保管科的书记员。1955年，她被调到制图室。该室还有另外两位文职人员。她担任书记助理的工作，周薪11镑11先令6便士，约合30美元。工作是填写"试验册"，即把海军装置的试验结果填写在册子上。许多试验册都是保密的，打好字的蜡纸则保存在办公室后面的储藏室中。在需要调阅时，吉小姐看到调文单，便把蜡纸放在送文盘上，由一位打字员拿出复印。为海军装置制造零件的合同承包人往往来函索取试验册，因为他们要知道试验的结果。其他造船厂和合格的人员也可以索取这种高度技术性的小册子副本。吉小姐负责保管试验册的目录，并发出各方索取的试验册。

一般情况下，吉小姐发试验册时均以普通邮件寄出，但如是"机密"的试验册则作挂号邮件寄出。像这种情况，如果有人冒充海军装置零件供应者而去索取试验册，也是很容易办到的。但就吉小姐而言，试验册的发发收收是她的日常工作，而她对于里面的内容从来就不感兴趣。

但是，有人却对她掌握众多的试验册大感兴趣，这就是吉小姐开始的酒友，后来的情人哈里·霍顿。

吉小姐同她所受的教育一样，规规矩矩，是个标准的保守派，并有一副好心肠。为了照顾80多岁的母亲和多病的姨妈，她牺牲了自己的青春和爱情，到40多岁还没有结婚，仍是个老处女。按说，像她这样的女人，似乎不大可能与间谍发生什么关系。然而，事实并非如此。

吉小姐一辈子没有什么爱好，唯一的嗜好是为了打发寂寞难熬的孤独日子，喜欢喝上一小杯，而且特别喜欢晚上到小酒店里去喝上一杯。正是这种贪杯的爱好，在她进入波特兰海军基地后，在酒店喝酒时认识了一个人，他就是退伍的海军小军官哈里·霍顿。他也有和吉小姐同样的嗜好，喜欢到小酒店喝上一杯。

就这样，一对男女、两个酒友凑到了一起。霍顿也在波特兰海军基地工作，并且同妻子的关系也不好，他们俩正在闹离婚。霍顿自遇上吉小姐之后，他们在共同的爱好中谨慎地发展着这种关系。后来两人竟相爱了，霍顿每天都用汽车接送吉小姐上下班。他们用爱点缀各自单调乏味的生活。但进展相当缓慢，谈了 5 年以后，霍顿才约她出去。

但到了 1958 年，他们的关系进展加快，也更加得到了巩固。这时，霍顿用向吉小姐借来的 200 英镑钱，在波特兰附近买下一个供住宿用的拖车，并搬进去住。他已不再与妻子同居了。这时的吉小姐则经常光临霍顿的住处。

霍顿与吉小姐的关系也非同一般了，他们已成为一对老情人。霍顿在等待着与妻子离婚，而吉小姐则在等待着她的老母亲和多病的姨妈归天。她说：

"如果家里的情况不是这样的话，我已经同他结婚了。"

对于吉小姐来说，快 50 岁的人，最后有个归宿自然求之不得，其心里高兴的程度不言而喻。然而，她哪里想到，在他们相识前，霍顿早已是一名苏联间谍。同时，她更没想到近期关系进展的加快，完全是霍顿根据苏联情报机关有意安排的结果。因为，这时霍顿已调离波特兰海军基地，而到另外一个海军机构里去工作了。如他再要弄到该基地的情报，办法只有一个，依靠吉小姐。在这种情况下，他用爱情、许愿和与吉小姐结婚等手法，博得了她的欢心，使她心甘情愿地闯进间谍世界，走上了窃密之路。

那么，英国退伍的海军小军官哈里·霍顿又是如何变成苏联间谍的？这要从他 1949 年担任皇家海军驻华沙武官赖杰尔·敖思廷上校的随员说起。

石榴裙下

哈里·霍顿出身于英国的中下层阶级，长得瘦长而尖嘴猴腮。从小他就不是一个安分守己的人。16 岁那年，他偷偷逃出家庭，参加了海军。为了向上爬，出人头地，他凭着媚上压下的本领，不久就当上了纠察长，并当过军士长。第二次世界大战期间，他贪生怕死，缩着脑袋，通过各种手段留在了火线的后方。尽管如此，他运用自己的一套本领，并钻了上级考核的空子，竟军功累累，荣获了非洲宝星奖章、欧洲和缅甸战区奖章、服役纪念章、大西洋宝星奖章，以及由于长期服役和被上级看中，认为表现良好而发给的年金奖。1942 年曾被分配到马尔他航线上工作。后来，又分配到走苏联航线的武装商船上工作。大战结束时，他在印度一个为以前战俘成立的修整营中负责军容风纪。

克格勃间谍哈里·霍顿

1945 年第二次世界大战结束，霍顿被复员。由于在海军干了 27 年，因而他没费什么劲，就在威矛斯附近找到一个文职工作，在海军一个研究机构干坐办公室的事，并从临时书记员升至正式书记员。在果斯波特这个濒临海峡的小城，为海军做了 4 年书记员工作之后，他被指派为驻华沙海军武官赖杰尔·敖思廷上校的随员，做些文字工作。由于他贪杯，经常喝得酩酊大醉，因而在大使馆的名声很臭，这位上校对他的印象不怎么好。

当使馆里一个同事告诉霍顿，可以在波兰黑市上弄到钱时，他那种天生贪婪的本性被激活了。当时在华沙的黑市上，抗生素的交易很兴隆，而盘尼西林和其他新的特效药既易于处理，价值又高于金块。

不久，霍顿在一位英国大使馆官员举行的宴会上，认识了一个叫克里思蒂安娜的波兰金发女郎。她既年轻又体态风骚，霍顿与她一拍即合。这位波兰姑娘很快把他领进了有利可图的黑市交易。她帮他在黑市上把他弄来的各种药品卖掉，还陪他去把赚来的大把钱花在两人的吃喝玩乐上。尤其是华沙那种使人飘飘然的夜总会，更是他们俩经常光顾的地方。

这样的生活对霍顿来讲真是太理想、太美了。尤其是他和克里思蒂安娜在一起，整个情绪就立即被调动起来。他们俩打情骂俏，她对霍顿的下流俏皮话和约克郡口音对答如流。然而有一件事也给霍顿带来麻烦，就是他的英国妻子对于这种异国情调的生活一点兴趣也没有，并为他酗酒的事吵闹得越来越凶。不久，她就只身返回英国去了。这样对霍顿更好，他可以过着痛快的单身汉生活，没有人管他了。他与克里思蒂安娜的来往也越来越密切。为防止出问题，他把一盏床边用的台灯放在窗台上，作为情人前来公寓的安全信号。

后来，克里思蒂安娜又把霍顿介绍给波兰的一些最富有的人与之进行黑市交易。就这样，霍顿利用外交手提包的方便和优惠的外汇比率，逐渐变成了华沙黑市上买卖特效药品的中心人物。1949年至1951年，通过黑市交易，他在伦敦一家银行的存款达到4000英镑，按当时外汇比率折合为11000美元。

这段生活使霍顿终生难忘，尤其忘不了的是他和克里思蒂安娜的甜蜜生活。当他离开波兰，返回英国以后，仍然同她保持着联系，为她寄去在波兰买不到的化妆品。"偶尔我会寄给她一支密斯佛陀牌的口红和一盒大概是蔻蒂牌的香粉。我两次收到她写来的感谢信。"

霍顿自然不知，克里思蒂安娜是波兰和苏联情报机构的人员，因而他进行的黑市交易都在他们的掌握之中。他们派她来的目的就是使用"美人计"，把他发展成为一个潜藏的间谍，可惜，他认识到这一点时已经太晚。事后，他在记述自己从事间谍活动的书中写道：

"我之所以走到这一步，是我在铁幕那边拜倒在石榴裙下而导致的。"

启用

霍顿于1951年返回英国之后，又出乎意料地在波特兰海军基地一个机密的水下武器厂找到了工作。正是在这儿他认识了老处女吉小姐，并缓慢地发展他们的关系。当时他与妻子的关系不怎么好，因而吉小姐也就自然而然地成了他的新情人。在最初的4年里，这对情人相安无事。这当中，霍顿又被调到波特兰一个辅助修理单位干书记员工作。但在他调往这一单位时，却始终没人对他进行安全审查。因而，他仍然与吉小姐过着自由自在的情人生活。

1957 年 1 月，霍顿在波特兰修理单位的办公室里接到一个电话，对方说他带来了克里思蒂安娜的消息。正是这个电话，严重地打乱了霍顿和吉小姐过去那种生活，并在后来一步步地把他们带进间谍世界，霍顿与吉小姐两人各自都要偿还自己的风流债。

霍顿接到电话后，以为克里思蒂安娜跑过来了，他说：

"我知道这个姑娘正在设法跑过来，因为当她在波兰时，她对我说过。"

于是，双方约好，星期天的上午在一所美术博物馆门前见面。当两人见面后，霍顿很想听听彼岸情人的消息。可是来人却对他在波特兰海军部门的工作十分感兴趣，并问他："你能代我搞点海军情报吗？"

当霍顿表示不同意时，这位神秘的人物威胁说："如果不肯，你同你太太会倒霉的。"

为此，在第二次会晤时，霍顿带了汉普郡的一份地方报纸《电讯邮报》去。因为，这份报纸的最后一页有海军纪事，标题是："海军与造船厂动态"，详细地报道了船只行动、海军调遣，以及海军人员的升迁和调动。但接头人对这些不满意，让他搞一些比较重要的东西。霍顿当即表示不同意，这个人再次威胁他难逃他们的制裁。

1957 年 12 月，霍顿对要他再次去接头置之不理。一天晚上 11 时，他自酒店出来回家时，却被波兰情报机构雇来的两个人痛打了一顿。这时他很担心自己的人身安全，既不敢报告警察，又不敢上医院。

1958 年 9 月，他们再次让霍顿去接头，来人换了一个，自称"尼基"，并给了他一个火柴盒，但盒底是假的，上面写着以后会晤的指示。尼基还让他搜集海军的一种试验装置和返港鱼雷艇的情报。对此，霍顿都置之不理，并对 1960 年 1 月再次要他去接头也没去。结果他再次遭到痛打，并比前一次还厉害，最后，打手对他说：

"你现在交了一个女朋友，她叫帮蒂（吉小姐的爱称）是不是？如果你不去碰面，就要轮到她挨揍。"

第二天，吉小姐在海军基地上看到霍顿垂头丧气的样子，便问道："我的天，究竟出了什么事？"

霍顿只说了他感到不舒服，并提前回了家。他不愿看到吉小姐吃任何苦头，便决定顺从他们。

1960 年 4 月，他们让霍顿在伦敦的梅普尔酒馆接头。在那儿他会见了一个叫约翰的人。事后证明，该人是波兰驻伦敦大使馆的二等秘书瓦西里·多达利夫。他告诉霍顿遇到紧急情况的会晤办法。

这次会晤表明霍顿已经见到了较重要的人物。正是在这关键时刻，他又会见了波特兰间谍组织的中心人物朗斯代尔，由他来直接控制霍顿。事后证明，朗斯代尔是第二次世界大战以来，西方所抓获的苏联最重要的战略间谍之一，可与美国联邦调查局抓获的鲁道夫·阿贝尔上校相媲美。

1960 年 6 月的一个星期六，朗斯代尔开着汽车找到霍顿的住处，并自我介绍说是"亚历克斯·约翰逊，美国海军武官"。但到 7 月 9 日，霍顿就搞清了这个约翰逊是自

1957 年年初以来，一直盯着他的那个组织的人员。

也正是在这个时候，霍顿的所作所为已引起了英国保安机构的怀疑，他们开始着手对他进行侦察。

跟踪

其实霍顿从事间谍活动的情况，他妻子贝吉早就有怀疑，并于 1958 年 5 月向他所在部门的安全官作了检举。她告诉这位官员：霍顿经常把海军基地的保密文件带回家。她还说："他老是夸口自己要如何如何同海军较量一番。"但这些情况没有引起那位官员的注意。直到两年以后，由于指控霍顿干了某种根本没有干的事，才引起安全部门的怀疑。

1959 年，英国情报部门收到一份署名为"狙击手"的情报。这是用纵横填字法写的密信，经破译后得知海军内部有一个暗藏的间谍，他的名字开头第一个字母是"H"。但情报部门却无处查找。

1960 年 3 月，波特兰水下武器厂的一名摄影师向海军部保安官员弗纳德·霍思晋报告说，他接到一封写在造船厂便笺上的匿名信，上面潦草地写着"你这肮脏的犹太鬼"等字样，并在一角上还画有一个黑色的"卍"字徽号。摄影师不是犹太人，他说：在波特兰只有霍顿对他抱有恶感。没几天，摄影师所在部门的头头也接到了同样便函的匿名信，指控摄影师私自利用海军照相材料。

霍思晋经过调查的结论是霍顿并没有写匿名信，但他意外地发现霍顿的收入与支出很不平衡。霍顿是个低级公务员，但他的生活水平却像海军大臣。他在郊区韦默思的住宅买价和修理费一共是 9000 英镑，在郊区这是一笔大得惊人的数目。他还刚买卜一部很满意的法国雷

冒名朗斯代尔的克格勃间谍
帕霍莫夫

诺厂生产的太子牌轿车，并是老榆树酒家花钱最多的顾客之一，经常款待客人。他时常去伦敦旅游，但他的周薪则只有 15 英镑左右，合 40 美元。对于这么微薄的收入，如果没有其他经济来源，要支持他目前的生活水平是万万不可能的。于是，这位安全官员把这一发现报告了伦敦警察厅。该厅让所属刑事调查处特种案件科侦察。该科的主要任务就是处理国家安全案件，并监视政治颠覆分子和著名的激进分子。

正在这时，"狙击手"又来了一封补充性的密信，经破译得知，上次讲的海军内部暗藏的间谍，"他曾经在驻华沙的英国大使馆里工作过"。英国情报机关据此查证，怀疑面大大缩小，最后集中到了哈里·霍顿。于是，他们对霍顿进行了严密监视。

当他们发现朗斯代尔与霍顿有联系后，该科又求助于军情局第五处（MI5）。该处是反间谍处，相当于美国联邦调查局。

1960 年 8 月 6 日，霍顿与朗斯代尔在老维克戏院门前接上头后，便来到附近的斯蒂夫咖啡馆。这时，两名军情五处的特工人员在靠近他们的地方盯着他们，而且竟能听到他们两人断断续续的谈话。开始，他们谈论 8 月 5 日逃到苏联去的美国国家安全局人员威廉·H. 马丁和贝诺·F. 密契尔的事情。后来，朗斯代尔转到正题，他说：

"你的手提皮包里似乎有不少玩意儿呢。"

"对啦，除了睡衣和梳洗用具外，还有些东西。"

"如果你愿意把会晤日期记在记事簿上，我们就可以安排一下。"

"是的，这倒需要记一下。"

"会晤将在每个月的第一个星期六。特别是 10 月和 11 月的第一个星期六。开车的人会坐在那个地方的一部汽车里面。我现在还不知道什么地方，我有九成把握会亲自到场。我们要用一位译员，你得去找一位。"

结束谈话时，霍顿说："我不想现在拿钱。"

自然，仅仅根据这些谈话是不能拘捕他们的。

10 月，霍顿又到伦敦的梅普尔酒馆同自称约翰的大使馆二秘多达利夫会晤。当这位二秘问他带东西来没有，他说没有。后来二秘让他去侦察从非洲海岸直到直布罗陀海峡是不是设有侦察潜艇的监听哨时，霍顿又婉言拒绝了。突然二秘问道：

"吉小姐好吗？她还是那么漂亮吗？"接着，他用带有威胁的口吻说，"你最好是赶快弄点东西。你一个小职员，没什么了不起，他们不会日夜盯着你。"

最后，霍顿终于答应搞些情报，以换取一笔钱。

窃取情报

1960 年 12 月 10 日，朗斯代尔与霍顿、吉小姐在伦敦节日大厅周围花园里进行了一次关键性的会晤。当时，朗斯代尔给霍顿一架照相机，让他把皇家海军的一本附有 420 页插图的基本手册《战舰特征纪实》翻拍下来。该手册上注明皇家海军所使用的每一艘舰只的设计和规格，其中包括当时尚未服役的核潜艇"无畏战舰号"和其他新型的战舰。在它的封皮上印着黑色大字"机密"，注意事项里写着：

"本书在不使用时，一律应加锁保存。凡未经司令官明确批准者，不得从保管本书之舰只或机构中携出。"

与此同时，霍顿还答应把海军部下达给舰队的命令用照相机拍下来，并答应从吉小姐那里弄几套潜艇方位测定器试验册。

朗斯代尔也给了吉小姐一张列着 12 个问题的纸条，要她找出答案。吉小姐看后认为并不是什么难题，"在我看来，这些问题都没有什么意义"。

但事发后，检察官在审讯时说：如果她能回答这些问题，"那就会全面道破我们现有的反潜艇计划（包括研究和发展）的真相。有些问题涉及潜艇和战舰里的听潜器和散热器的构造和安装，有些则涉及高速巡逻艇的详情和在潜艇方位测定器上所做的工作。"

最后，他们约定下次会晤时间是 1961 年 1 月 7 日，在这近一个月的时间里，好让霍顿和吉小姐窃取情报。

当天晚上，在霍顿的郊区居住处，他和吉小姐共同研究了这些问题。吉小姐把 12 个问题抄在一张信纸上，把原纸条烧了。

在以后的日子里，霍顿利用机会把自己锁在一间办公室里，用小型照相机拍下《战舰特征纪实》的第 181～412 页，即整个后半部分，其中有 30 张核潜艇"无畏战舰号"的照片。另外，他还把海军部的 8 道舰队命令拍摄成 29 张照片，这些命令涉及海军生活的各个方面。

吉小姐对朗斯代尔交给她的 12 个问题进行了仔细研究，而在 1961 年 1 月初，她也一直在搞潜艇方位测定器设计方面的工作。根据每周 5 天工作制的情况，吉小姐于星期五从办公室偷出涉及潜艇方位测定器的试验册，并装进海军部的一个信袋里，然后夹在腋下，走了出来。她知道不冒任何风险，就可以拿着装满保密文件的手袋走出基地。她还在一本小册子编号下面写下"暂留"的字样。她的意思是叫霍顿在星期一早上退还材料时，不必全部一次退完，因为她不愿意带一包显眼的东西回办公室。另外，留下这些材料也好让霍顿有时间阅读，找些有用的资料。

吉小姐在 1 月 6 日把这些小册子交给了霍顿。他留下 4 本，同他的那卷没有冲洗的胶卷包在一起，放在吉小姐用来买东西的一个草编手提袋里。

1 月 7 日上午，霍顿与吉小姐乘火车前往伦敦，吉小姐提着手提袋，于下午 3 时到达。他们在索耳兹伯里买了一些东西，又到滑铁卢车站附近逛了一会儿市场。下午 4 时 30 分回到车站，然后去老维克戏院附近的滑铁卢大街逛街。这时朗斯代尔从后面赶上来，和他们一块儿走，并从吉小姐手中把手提袋拿过去。

这时，听到他们说话的伦敦警察厅特种案件科的侦探长乔治·史密斯从后面赶上去，超过他们，突然转身面对他们说：

"你们被捕了，我是警察厅的。"

接着，特工包围了这三个人，并逮捕了他们。对此，吉小姐还发了火，质问对方："这究竟是怎么回事？"

还债

原来，伦敦警察厅特种案件科和军情五处经一年的侦察，彻底搞清和掌握了波特兰间谍案的全部人员。

英国反间谍人员通过对霍顿和吉小姐的跟踪、邮检和电话窃听，发现了朗斯代尔，接着对他们进行了全面侦察。他们查出朗斯代尔是加拿大公民，在伦敦经商。同时也是一个著名"玩家"，经常出入于伦敦西区的夜总会，流连于苏豪区的脱衣舞场，赌起钱来下注很大，每晚都找一个漂亮姑娘陪他过夜，挥金如土，俨然是一个从加拿大来的花花公子。伦敦报界就朗斯代尔对异性的浓厚兴趣，曾发表过不少专访。其情妇谈话的要点是："我丈夫出城的时候，我是戈登·朗斯代尔的情妇"或"我一点也没有怀疑过……他是那么体贴入微……始终是社交场合的中心人物……在我的心里，他将永远占有一个位置。"

于是，他们与加拿大当局进行了核查，结果发现这是一个冒牌的朗斯代尔。真朗斯代尔 1924 年出生于渥太华西北 250 英里的科博耳特。父亲是一个希腊和印度的混血儿，母亲是芬兰犹太移民。后来其父母分居，老朗斯代尔太太带儿子回到娘家芬兰。接着，他们又到芬兰查阅档案，发现真朗斯代尔割过包皮。他们通过验血，发现现在的朗斯代尔没有印度血统。为证实这个朗斯代尔是否割过包皮，英国反间谍机构特意派了一个年轻漂亮的女特工，扮作神女，同朗斯代尔调情。他们两人在旅店开房风流了一夜。事后，这个女特工反映这人肯定不是真朗斯代尔，因为他的生殖器上光滑而无疤痕，没有割过包皮。

为了进一步查明这个朗斯代尔的身份，他们又派出第二个同样有魅力的女特工同朗斯代尔到旅馆过夜，并用口交方法刺激他。处在极度兴奋的朗斯代尔，这时竟不自觉地讲出了一个俄语单词。由此，他们判定他是一个苏联特务。1961 年 11 月，英国反间谍机构在美国联邦调查局的协助下，才弄清楚这个人的真正身份是苏联人，名叫瓦西里·瓦西里耶维奇·帕霍莫夫，前苏联总参情报部的海军中校，一个长期潜伏在英国的战略间谍。其主要任务是搜集军事情报，尤其是海军情报。

英国反间谍机构又通过跟踪监视朗斯代尔，发现他在每个周末，特别是每个月的第一个星期六 7 时 15 分前后，必开车到伦敦以西 20 英里、米德尔塞克斯的鲁耶斯得普镇克兰里路 45 号家里去。经查，这是古书商彼得·约翰·克罗格和海伦夫妇的居住处，他们从新西兰来。于是，他们又对这对夫妇进行了严密监视。后来又与美国联邦调查局对其进行指纹调查，证实克罗格夫妇的真正身份是罗森堡原子间谍案中脱逃的美国老共产党员摩里斯·科恩和罗娜。

至此，波特兰间谍组织的全部人员都在英国反间谍机构的严密监视之中，他们在等待时机，力争人赃俱获，一举拿下这个间谍团伙。1961 年 1 月 7 日，朗斯代尔与霍顿和吉小姐的会晤，正好提供了这个机会，因而将其抓获。

接着，侦探长史密斯又带人赶到郊区克罗格夫妇的别墅，逮捕了他们，并对他们的居住处进行了 9天的搜查，里里外外翻了个底朝天，搜出大量现金和特工工具。原

彼得·克罗格和海伦

来这座乡村别墅是这一"间谍组织的中枢和银行"，搜出 8263 美元的现金，230 美元的旅行支票，200 英镑现金，10 英镑旅行支票，两本新西兰护照，两架普特金纳牌照相

机，一个微型胶片阅读器以及自动摄制微型底片的胶片，一卷已冲洗出 12 张胶片的底片，全套的无线电通信联络设备，包括：无线电收发报机，一副耳机，49 英尺电线和 74 英尺的天线，可用作高速发报的自动磁带录音机，喷在磁带上以便记录莫尔斯密码电报的氧化铁、电池，2 张用于无线电通信联络的呼号、时间、频率联络表、密码等。

法庭于 3 月 14 日开始对他们进行了公开审讯。3 月 23 日审讯结束，对这一间谍组织判处了和平时期总刑期 95 年的最长刑期。霍顿、克罗格和朗斯代尔被押往沃尔姆伍德·斯克鲁布斯监狱。霍顿被分配到一个生产邮袋的监狱帆布厂做工，克罗格和朗斯代尔则在缝纫厂干活。克罗格太太和吉小姐则被送进霍罗威的女子监狱。

然而，这伙间谍谁也没有服满刑就出了狱。朗斯代尔和克罗格夫妇于 1964 年和 1969 年，被苏联先后以同英国交换间谍的方式弄了回去；而霍顿和吉小姐服了 10 年刑后，也被释放出来了。后来，他们两人结了婚。再后来，霍顿还把他的这段经历写成一本名叫《波特兰行动——一个间谍的自述》的书。就这样，老处女吉小姐糊里糊涂地在监狱中痛还了 10 年风流债。

将军府的秘密图纸

　　第一次世界大战期间，法国著名谍报人员鲁大卫神出鬼没的活动，每每使敌人胆战心惊。这里要讲的是他以西班牙贵族的身份，获得德国莫尔托克将军女儿的芳心，伺机窃取重要军事地图的趣事。

小姐爱伯爵

　　1915年年初的一天深夜，身负重大使命的鲁大卫独自潜入敌区柏林。他高高的个子，笔直的高鼻梁下蓄着一撮小胡子，炯炯有神的蓝眼睛闪烁着智慧的光芒。他气质高雅，颇有绅士风度。在柏林，他巧妙地装扮成西班牙贵族罗伯特伯爵，周旋于上流社会，并猎中了德国将军莫尔托克。通过悄悄接近，他得知将军有一个非常漂亮的女儿。于是，他把目标对准了她，决定以恋爱为名，完全把莫尔托克小姐控制在自己手中，听凭自己使用。

　　对于鲁大卫来说，要做到这一点并不困难。他只要抓住时机，利用柏林上流社会的沙龙，就准能使莫尔托克小姐上钩，在这方面他还没有失败的记录。

　　当时，尽管外面世界大战打得热火朝天，但素以繁华而闻名的德国首都柏林似乎超然于这团尘嚣之外，依旧歌舞升平。在柏林的上流社会，对早在1905年兴起于巴黎，并很快流传到全欧洲的一种带有浓厚色情味的舞蹈——东方舞十分入迷。所谓"东方舞"，按其本意是指亚洲各国带有民族特色的民间舞蹈，如印度的踢踏舞，印尼的草衣舞。然而，当时流传于欧洲上流社会的"东方舞"，实际上就是现在所说的肚皮舞或脱衣舞。那些达官显贵、大臣将军、富豪巨贾们，在听厌了小夜曲，看厌了华尔兹、探戈之后，便纷纷把兴趣转移到了直接给人感官刺激、令人心神沉醉而又具有异国情调的"东方舞"上来。每到周末的夜晚，便有某一位伯爵、公爵或大臣、将军之类的要人，发函邀请自己圈子里的一些上流人物，去他家举行"私人晚会"，以消磨"柏林沉闷的夜晚"，并乐此不疲，蔚然成风。

　　一个周末，装扮成西班牙贵族罗伯特伯爵的鲁大卫，接到柏林一位男爵的邀请，让他去参加在这位男爵家里举行的私人晚会。鲁大卫很快打听到这位男爵也邀请了莫尔托克将军及其宝贝女儿。对于这一情况，鲁大卫自然喜出望外。于是他对自己进行了一番精心的打扮：头戴礼帽，身穿剪裁得十分合体的深色高级毛料西服，系一条桃红色领带，擦得锃亮的皮鞋闪闪发光。当他来到男爵的家里时，以典型的绅士风度跨进了沙龙，一下子就把在场所有的人吸引住了，自然也包括莫尔托克小姐。

随着灯光的转暗，舞会的开始，原本道貌岸然、一本正经地讨论时局、战事的君子们，一个个露出了原形，霎时屏声静气，把所有的目光汇成一束，齐刷刷地打在舞女的身上。只见舞女踏着音乐的节拍狂舞起来，竭尽煽情之本领，层层脱出衣服，恰如其分地展示着君子们所需要看到的东西，让在座的每一位心生摇动。舞到高潮处，舞女将紧裹丰乳的胸衣全部脱下抛向观众，在狂乱的惊呼声中，将颤巍巍的胸脯暴露出来，让这些达官显贵们感官刺激的满足达到了疯狂状态。但此时，却有两个人对此并无多大兴趣，这就是鲁大卫和莫尔托克小姐。

鲁大卫一进舞会就发现自己获得了这位小姐的好感，于是在她对面找了一个显眼的位置坐了下来，眼里流露出引诱的光芒。这种目光瞬间就被莫尔托克小姐捕捉到了，她也忍不住对他频频送出秋波。就这样，这对素不相识的青年男女，以目光进行着心底的交流。

当东方舞结束之后，接着又奏响了自由舞曲，这是让在场的人去跳传统的交际舞。随着一支舒缓的华尔兹乐曲响起，鲁大卫离开座位，径直走向莫尔托克小姐。到她跟前后，他彬彬有礼地做了一个邀请的手势，说：

"小姐，请赏光跳个舞，我想您不会拒绝吧?"

"当然可以。不过，你还应该问问我的父亲。"

莫尔托克小姐本来对鲁大卫的邀请芳心窃喜，但出于对父亲的尊敬，她暂时按捺住兴奋的心情，让鲁大卫去征求父亲的意见。

"亲爱的宝贝，去吧，再坐下去一定会憋坏你的。"

莫尔托克小姐在鲁大卫的引导下款款步入舞池，随着悠扬的乐曲声翩翩起舞。她的舞姿十分优美，而鲁大卫此时却忘情地注视着自己的舞伴。她让他太惊讶了。鲁大卫实在没想到自己的舞伴竟如此年轻漂亮。尤其是随着起伏的旋律，莫尔托克小姐轻飘的绸裙、窈窕的身材和轻盈的舞姿，把女人的温柔、妩媚和多情展现无遗，引得那些具有绅士气度的先生们都把目光集中在他们两人身上。

这时，鲁大卫用深情的目光，看着莫尔托克小姐的一双水汪汪的蓝色大眼睛，自我介绍说：

"我叫罗伯特，西班牙伯爵。小姐，看着你动人的眼睛，不禁使我想起大自然中美丽的青山绿水。"

"先生，你的想象力实在太丰富了。恕我直言，也许你还未找到爱情吧！"

"愿上帝保佑，我的爱情在远方，但我更注重眼前。"

"我叫莫尔托克。"

"小姐，你真是一个美人儿，算得上柏林第一吗?"

"我想差不多吧！"

"哦，这么自信?"

鲁大卫笑眯眯地说，眼里流露出一种欣赏的神情，好像猎人发现了狩猎已久的猎物似的。

"是的，我总是那么自信，除非在一个人的面前，那就是你。"

莫尔托克小姐情不自禁地恭维着说。鲁大卫听后自然十分高兴。这位小姐说完之后，趁着舞步将身体紧贴在他的身上，眼睛深处隐隐地有两朵火苗在燃烧。这对鲁大卫来说，是求之不得的。他似乎已找到了一个打开德国军事秘密的金钥匙。

舞会结束以后，他们又相约了第二天见面的时间。从此，莫尔托克小姐和鲁大卫各自在自己的心中装进了一个高大而有绅士风度的男人与一个漂亮无比的女人。尤其是莫尔托克小姐，她天生性格开朗，但久住深宅大院，十分需要有一个男人相伴，使自己寂静的生活激活起来，再也不在寂寞中打发日子。

翌日傍晚，鲁大卫与莫尔托克小姐在一家豪华幽静的咖啡厅又相见了。这次见面的气氛已经相当热烈，他们像一对老熟人一样，相对坐在暗淡的烛光旁边，一边喝着咖啡，一边谈着共同感兴趣的事。鲁大卫知识渊博，话匣子一打开没完没了，上至天文，下至地理，各国风土人情，趣闻逸事，无所不谈。他那幽默风趣的谈话，不时引得莫尔托克小姐开怀大笑。

长期住在深宅大院中的莫尔托克小姐，平日里孤陋寡闻，听了鲁大卫一通海阔天空的神侃之后，对他更是倾慕不已。她认为这位来自西班牙的绅士，不但风度翩翩，举止文雅，具有浓厚的异国他乡情调，而且博学多才，没有他不知道的东西。更让她感到奇怪的是，为什么自己才和他见过两次面，竟有这么多话要谈，而谈得又是这样融洽和亲切。这时，她在心底深处不停地问着自己：难道他就是自己心目中的骑士吗？现在的她已被鲁大卫深深地吸引，真有相见恨晚的感觉。

夜在静悄悄地流逝，两人的谈话不知不觉竟持续到了后半夜。对于莫尔托克小姐来说，这可能是她有生以来所度过的一个最愉快的夜晚。

这次幽会，鲁大卫和莫尔托克小姐像触电一样，撞击出了爱的火花，原来自感形影孤单的莫尔托克小姐，从此也就开始以鲁大卫为中心了。在温和而多情的晚风中，他们时常携手搭肩地沿着莱茵河散步，敞开心扉地交谈着。而且，鲁大卫也确确实实是一个极好的情侣，照顾她十分得体，每次幽会都能给莫尔托克小姐留下美好的回忆。

几个星期之后，这对青年男女就成了一对难分难解的恋人。鲁大卫已经从感情上牢牢控制了莫尔托克小姐。于是，他决定着手进行第二步计划。

夜闯深宅

莫尔托克小姐心地单纯，她做梦也没想到心爱的西班牙伯爵罗伯特竟是一个法国间谍，更没想到他是以和自己谈恋爱为跳板，来窃取德国军事机密。

对鲁大卫来说，小姐的爱情正中他的下怀。他一直装扮成西班牙贵族的目的，就是想利用这个身份，通过恋爱而博得莫尔托克小姐的欢心与爱慕，达到借机刺探德国军事情报的目的。原来，他在进行一系列间谍活动中，得知莫尔托克将军秘藏着一张被视为德军生命的军事地图。为此，他在征得上司同意后，设计了一个计划，准备采用一种非常手段，不惜暴露自己，而冒生命危险来获取它。

这是一个乌云四合，没有月亮的夜晚。被硝烟淹没的柏林，笼罩着一片凄惨的气氛。鲁大卫穿着西服，右手拿着一束十分鲜艳的花，在莫尔托克将军的住宅外面踱来踱去。他似乎在深思什么，不住地低头徘徊。

夜11时整，从远处不断传来令人生畏的犬吠。鲁大卫似乎听到什么联络信号似的，机敏地向四周张望，当确信没有什么动静后，就飞快地走近住宅后门，纵身一跃，轻轻跳过墙去。他弯腰穿过庭院中树木掩映的小径，蹑手蹑脚地向正房走去。透过繁茂的树枝，他看到一扇正露着橙色灯光的窗户。

"嗯！现在正是时候！"

鲁大卫暗自高兴，纵身爬上树，从茂密的枝叶里窥视屋内的动静。

这屋正是莫尔托克将军的书斋。这时，肥头大耳的将军坐在摆着古式装饰品的大桌子正面，桌上摆放着一张大地图，父女俩好像正在谈着什么。

当地图映入鲁大卫的眼帘时，他几乎惊叫起来。他屏住呼吸，偷听着室内的谈话。情绪很高的莫尔托克将军，一边抽着雪茄，一边对女儿说：

"即使你说我迷恋地图也无关紧要。这张地图在你眼里只不过是张破纸，但对于我来说，它比生命还重要。"

"这张图就那么重要……但是，爸爸，这么晚了您还不睡觉，这对身体是有害的呀……"

"嗯，现在几点了？"他看了一眼桌子上的钟说，"噢，已经11点多了。今天夜里本想彻夜不眠，但一看钟，困意就上来了……哈哈！"

"爸爸，凡事不可勉强。你的身体好坏与国家的安危相关呀。为了国家，请您睡觉吧！"

"哈哈！为了国家而睡觉，这话说得太有意思啦！看来，只有听从你的劝告睡觉去了。"

将军说完站起来，卷好桌上的地图，把它放进保险柜里，并上好锁。

"好了，你睡觉，我也睡觉。"

他在女儿的额头上轻轻吻了吻，然后进入用窗帘隔开的卧室。

小姐看到父亲走了，这才放心地关上窗户，拉上窗帘，关闭了电灯。

机会太好了！

深藏在树丛里的鲁大卫，不眨眼地看着这一切。他机敏地从树上跳下来，掸去身上的灰尘，表情也立刻变得严肃起来。他拿出绅士派头，手捧鲜花，装作若无其事的样子，悄悄向走廊走去。当他穿过庭院的花木丛，走到门口时，他伸出手轻轻地敲了敲门。不一会儿，门开了。开门的正是将军的女儿。这位多情的小姐已经特意进行了化妆，显得更加美丽，蓝宝石般的大眼睛越发楚楚动人。她一见鲁大卫，就亲昵地说：

"果然是罗伯特伯爵！我已等您多时了。"

"因为有件重要的事情，所以来晚了，请原谅！"鲁大卫十分殷勤地说。"将军大人呢？"

"他睡了。本来他执意要通宵不睡，研究文件，在我的再三劝说下，才好不容易改变了主意。"

"将军真是一个精力充沛的人。"接着，他又献殷勤地向姑娘说，"小姐，这是前几天答应给你的花！"

小姐高兴地接过花，含情脉脉地眯着眼，把花放在鼻子上轻轻地嗅着，陶醉在香气四溢的花香中。一分钟、两分钟……顿时，她感到天旋地转，身子摇摇晃晃，并不由自主地"啊"了一声，便突然倒在地上。

"小姐！小姐！"

鲁大卫晃了晃她的身体，见她双眼紧闭，已处于昏睡状态。

鲁大卫迅速从书包中取出早已准备好的一块黑布，蒙住自己的脸，得意地走进将军的书斋。他屏住呼吸，像猫一样走近保险柜，寻找开保险柜的钥匙。

桃红色的落地灯下，鲁大卫看到正在酣睡的莫尔托克将军，从内衣口袋里取出一个小瓶，在将军的鼻子下摇了摇。很快地，将军在麻醉药的作用下，哼唧着翻过身去，便进入了可怕的昏迷之中。

鲁大卫从将军身上取出钥匙后，转身来到保险柜前，接着金属碰击声在寂静的室内响了起来，保险柜立即被打开了。他情不自禁地暗暗叫好，伸出发抖的手，一把将藏在保密柜里的军事地图抓起塞进口袋。然后，他像兔子一样溜出书斋，循原路匿入漆黑的庭院，纵身越墙逃走。

逃出囚笼

正当鲁大卫暗自庆幸大功即将告成之际，他受到了意外的挫折，竟使得前功尽弃。就在这时，从前面的黑暗中传来一阵嘈杂混乱的脚步声。

"糟糕！"鲁大卫不由自主地嘟哝了一句。接着，扭转身子像流弹一样朝相反的方向奔去。然而晚了，只听到一声吼叫："站住！"

一队宪兵吆喝着蜂拥而至，端着枪迫近鲁大卫。"啪"！一个宪兵开了一枪，正好打在他的脚后跟上。

"太遗憾了！"鲁大卫喊叫着，摇摇晃晃地摔倒在地。他被宪兵逮捕了。对此他没有丝毫悔恨之意，早已做好了战斗到最后一秒的思想准备。

十分顽强的鲁大卫无论受到多么残酷的拷打，都拒不招供。于是他被押送到格拉茨监狱囚禁。当时间谍被处死是必然的事，然而他还不愿死。他认为有许多事还等着他去做。

这一天，鲁大卫收到几本宗教书。是谁送来的呢？当他打开一本书，看着看着，不由得"啊"了一声，两眼涌出感激的泪花，他那苍白的脸上也显出无限的生机。当他环顾四周，确信无人监视后，才小心翼翼地把另外几本书打开。他终于在一本厚厚的书中发现，书皮里贴着几张厚纸，厚纸中有一个3寸左右的长方形小孔，内藏一把金属锉刀。

"好！"鲁大卫情不自禁地叫出了声。

当走廊里响起卫兵的皮靴声时，他很快合上书本，装作若无其事地打开其他书，仔细地阅读起来。

鲁大卫耐心地等待时机。这一天终于来了。那是一个可怕的夜晚，狂风猛刮，暴雨倾泻，雷声隆隆，天昏地暗，近在咫尺难辨人影。而这天夜里，看守们也因上司不会来检查，就拼命喝酒，一个个喝得酩酊大醉，酣睡如泥。在这样一个晚上，即使发出任何响声，他们也不会听到。这可是一个千载难逢的好机会，不能坐失良机。鲁大卫拿出锉刀，锉起铁门的锁来了。一小时，两小时……他拼命地干着。大约4个小时后，锁终于被打开了。他松了一口气，并叮嘱自己在最后的时刻不能有半点差错。他把耳朵贴在地板上，仔细听了一会儿，确信没有任何声音时，才迅速地把铁门打开一条缝，侧身逃了出来。

长廊里昏暗的灯光下，横七竖八地躺着几个烂醉的看守。鲁大卫轻手轻脚地穿过走廊，下了石头台阶，悄悄溜到大门口。这时暴雨像海啸般袭来，他只得伏在地上一点点爬行。当他爬过一条街，再也看不到可怕的格拉茨监狱时，他想，终于脱险了，眼中不觉流下激动的热泪。

他按照书中详细记述的越狱路线，一小时后，在一片丛林的前方，隐约发现一辆汽车的影子。他兴奋地站起来，一边顶着暴风雨跑着，一边激动地说着："啊！我们的汽车！"

"喂！是鲁大卫吗？"前面传来极其亲切的询问。

当鲁大卫看清从汽车内走出来的高个男人后，他兴奋地大声喊道："啊！多库托尔！"

两人紧紧地拥抱着，久久地激动得说不出话来。

汽车飞快地行驶着，像是要尽快冲出黑暗的深渊。他们顺利地通过了边境封锁线，平安地返回法国。巴黎市民像欢迎凯旋的将军一样，热烈欢迎这位为国立功的勇士。

女人无法抗拒的"超级间谍"

1944 年，盟军进入欧洲大陆后，发动了全面反攻。期间，在盟军总部担负反间谍工作的奥莱斯特·平托上校，以极其敏锐的嗅觉与直感，毅然逮捕了荷兰大名鼎鼎的"民族英雄"克里斯琴·林德曼斯，并不顾喧嚣一时的舆论压力，很快查明这位"民族英雄"，这位从盖世太保爪牙下"拯救"过无数难民的抵抗运动的"伟大领袖"，这位以非凡勇气赴汤蹈火 并单枪匹马从德国警察魔爪下生还的"荷兰骄子"，就是使著名阿纳姆战役惨遭失败，7000 名盟军含恨而亡的凶恶叛徒。而且，他只是为了一个心爱的女人才走上叛徒之路，成为一名"超级间谍"的。

"民族英雄"与女人

荷兰的安特卫普解放后，盟军最高统帅部荷兰反间谍处处长奥莱斯特·平托上校在此建立了一个集中营，将所有无家可归的人、难民、嫌疑犯统统关进去，逐步加以处理。释放有证明的无辜者，清理出德国人撤退时安插的破坏分子和间谍。

一天，正从大门路过的上校忽听一片吵嚷声，转身一看不禁大吃一惊，一个彪形大汉正在与门卫为难。此人身高两米多，前胸宽得出奇，要把衬衫撑破似的，手腕像运动员一样粗壮，体重足有一百公斤。两把匕首和一支自动手枪别在浑圆的腰间，外加一支施迈瑟枪，大口袋里装满了手榴弹，两只胳膊上神气地各挎着一个笑容可掬的舞女。一群荷兰青年簇拥着他，不断发出欢呼。他对挡住他去路不知所措的哨兵雷鸣般地喊叫：

"哈哈！这两个小姐是荷兰的爱国者。告诉上校，大金钢替她们担保了，马上放了她们，好陪我去喝酒！"

啊，"金钢"，他是荷兰抵抗组织的领导人。由于他力大无穷，浑身是胆，打击德国人赫赫有名，因而博得这一美称。然而，他无权进入集中营，更无权在审问前就把两个姑娘带走。在这里，你还不能滥用英雄的荣誉，上校想。

于是，上校把他叫过来，并指着他袖子上的三个闪光的金星责问道：

"你有什么权利戴这个？是上尉吗？在什么军队服役？"

上校当众扯下他别在衣服上的金星。他顿时面无血色，惊慌失措。但奇怪的是他的自尊心当众受到侮辱时却没有闹事，而像个受到责备的小学生那样，屈从地退缩了，只是喃喃地说：

"我要对你这种态度提出正式控告，马上就去。"

说完，他甩下两个舞女和一群追随者，竟大步走了，使在场的人感到莫名其妙。

事后，平托上校产生了一个奇怪的念头和一系列的联想：为什么对这位英雄如此不客气，他却表现得唯唯诺诺？一个像他这样的彪形大汉，即使自己理亏，也一定会在一群追随者面前有所反应，甚至很强烈。但他却任人当众侮辱，唯一反应只是一句威胁性的遁词，然后就狼狈地溜之大吉。这些令人奇怪的举动很值得调查一番。

平托上校首先通过助手从档案材料中了解到："金钢"出生于鹿特丹，真名叫克里斯琴·林德曼斯，是个汽车库主的儿子，当过拳击手、摔跤手，在格斗中打死过不少人。有成打的妇女承认是他的情妇。在四兄弟中，他是老大，都是抵抗运动的成员。而其中最小的弟弟和夜总会的一个叫薇罗妮卡的舞女一起被自卫队逮捕过。这个舞女是林德曼斯的女友，他们曾协助过飞行员逃跑，奇怪的是后来竟被释放了，这不符合德国人的惯例。另外，他本人在一次大搜查中肺部中弹，被盖世太保逮捕了。但抵抗组织从监狱医院把他劫走时中了埋伏，损失惨重，只有他同另外三个人逃了出来，其余47人全部被打死，好像德国人知道他们要来劫狱似的。

当平托上校到布鲁塞尔找到知道内情的人调查后，得到的印象是林德曼斯的奇怪事实和他很高的声誉不符，这可以从四个方面说明：一是上校当众侮辱了他，他却一反常态地屈从，不像一个无所畏惧的人。二是盖世太保释放了他的弟弟和女友，几乎无法理解。三是抵抗运动两次被出卖，中了德国人的埋伏，而在这两次行动中，唯一逃掉的便是作为领导人的"金钢"。四是他很爱女色，喜欢追女人，而且没有一个姑娘能抗拒他的追求，只要他需要，她们甘愿奉送一切。维托克城堡漂亮的女主人，曾把家中所有的珠宝和纪念品都献给他所领导的抵抗小组，据说他把那些珠宝转送给了布鲁塞尔的姑娘们。

在平托上校向城堡的女主人伯爵夫人调查时，她告诉他：出自爱国主义，她的确把家中的珠宝献给了抵抗运动，但她怀疑林德曼斯占有了那些珠宝，而没有卖掉用于支援抵抗运动。因为，她在城里看到米娅·蔡丝特和玛加丽塔·德尔登这两个不值得尊敬而有名气的女人，戴着她母亲的项链，并且不愿意卖给她。问她们为什么时，她们说是"金钢"送给她们的，他如果知道她们把珠宝卖掉，会把她们掐死的。

对这两个女人的查证证实，她们的档案卡片表明是自卫队的两名女间谍。当上校带着秘密警察追查到她们的住处时，米娅·蔡丝特已逃往维也纳，而玛加丽塔·德尔登被毒药毁了容，已奄奄一息，在送往医院途中死去。平托上校获得的只是留在地上的一串项链。

阿纳姆战役的惨败

平托上校经过大量调查，一切迹象都是否定林德曼斯的，只有那伤口对他有利。他弟弟和薇罗妮卡被捕前，他负债累累，而他们被释放时，他突然发了横财。舞女薇罗妮卡是他从小的朋友，尽管这个情人有数不清的桃色艳史，她却始终忠贞不渝，而他对她也是另眼相看。这些纳粹都是了解的。但她被捕时，没有受到丝毫损害，反而被释放了。与此同时，林德曼斯对德国人的鲁莽袭击越来越频繁，代价大得可怕。而叛徒从没找到，这位英雄却安然无恙，没有人怀疑他的显赫声誉。他是真正的英雄，尤其是他那伤口，对任何指控他是叛徒的人来说，都是一个最好的辟谣声明，这就使他能把戏继续大胆地演下去。但平托上校根据他经常光顾两个女自卫队员的情况，怀疑他是为自卫队服务的叛徒。他之所以被打伤，是由于盖世太保和安全部不认识他，后来才发现是自己的盟友。

于是，平托上校想传讯这个"英雄"，并约定第二天10时在盟军最高司令部官员下榻的布鲁塞尔宫廷饭店"见一面"。第二天，上校准时赴约，并耐心地等待了将近两个小时，但林德曼斯始终没有前来赴约。后来，他被告知，林德曼斯同加拿大反间谍局的代表去执行一项特殊任务去了。

原来，加拿大人需要一个能够秘密进入被德国人控制的埃因霍温，并同抵抗组织领导者有接触的荷兰人。其任务是通知抵抗运动领导人，一支庞大的伞兵部队将在9月17日降落。他必须在指定地点的附近集结自己的人员，以便协助伞兵制造一个混乱的局面。当加拿大人求助荷兰总部时，他们推荐了林德曼斯。

当时，盟军计划于1943年9月17日凌晨，在欧洲进行一次世界上最大的空降行动：一万名英国空降第一师的士兵在阿纳姆降落，另外有二千美国伞兵和三千波兰伞兵分别在格雷夫和内伊梅根降落。其任务是在马斯运河、瓦斯河以及下莱茵河建立桥头堡。与此同时，陆战部队沿陆地开进，在同伞兵前哨部队会师后，一起渡河。这一大胆计划成功与否，完全取决于能不能在敌后突然集结部队。一旦成功，当地德国人必然被这一军事行动打得措手不及。他们需要几天的时间才能组织反击，到那时已为时过晚，盟军大股部队已经出发，伞兵会得到弹药补充而支撑下来，直到取得完全胜利。

盟军的计划似乎一切进展顺利。16日凌晨，据飞机侦察证实，阿纳姆的敌军无异常军事行动。但谁也没有料到，这天晚上，德国的坦克部队悄然而至，并占据了战略要地。第二天清早，伞兵自灰蒙蒙的天空刚一降落，就遭到敌人强大火力的袭击，并很快被他们所包围。开始，伞兵们认为纯属偶然。然而，包围圈越来越小。他们进行了殊死搏斗，没几天，弹药、给养越来越困难。最后，只有2400名伞兵艰难地打开了通往瓦斯河方向的退路而幸存下来。这无疑是蒙哥马利军事生涯中最大而唯一的一次惨败。

如果这一次进攻计划获得成功，对德军的打击将是致命的。以此乘胜前进，战争的进程就将大大加快，欧战可能提前六个月，可能在1944年圣诞节前结束。这样一来，无数军民的生命就能保住，数以百万计的金钱得以节省。尤其是盟军如果早于苏联人占领柏林和东欧，战后的东西方关系史，就可能完全是另外一种格局……

可惜，现实是"阿纳姆红色魔鬼"战役惨痛失败了。然而，导致这次失败的原因，当时只有平托上校一个人怀疑是林德曼斯。

女看护殉情

平托上校根据所掌握的材料及自己对林德曼斯的看法，给盟军最高统帅部写了一个报告，请求逮捕导致阿纳姆战役失败的林德曼斯。从而引起了人们对这一案件的极大关注，众说不一，议论纷纷。这种严厉的指控，无疑会引起政治和外交纠葛。因平托上校尚未掌握真凭实据，故上送的报告近两个月仍没有结果。之后，随着盟军继续向欧洲大陆推进，终于使这一案件有了突破性的进展。

一天晚上，平托上校审讯了一个叫科尼利斯·维洛普的荷兰青年，他供认自己是间谍。在当时，一旦承认是间谍，就要被处决。他怕死，恐惧使他不停地发抖。他在绝望中怀着一线希望的口气问道：

"如果我能活下来，我将向你提供重要情报。"

接着，他说出了平托上校他们在比利时和荷兰部署的间谍网所有人员的名单。当上校一再追问他怎么知道这一切时，他供认：

"我从自卫队和德里贝根司令部的克塞维特上校那里知道的。至于谁告诉克塞维特上校的，我知道！"

"谁？"

"这要以保证我的生命为条件，先生……"

当上校用手枪对准他，厉声叫他"站起来"时，他错误地估计上校要枪毙他了，于是叫道：

"等一等，我全说！是克里斯琴·林德曼斯，是'金钢'，是他把一切提供给克塞维特上校的！"

平托上校几乎不相信这个意外的成功。他逼近一步，用手枪对准吓得惨无人色的维洛普：

"说！是'金钢'出卖了阿纳姆吗？"

"是的，是他在9月15日去自卫队总部，把英美部队的空降行动告诉克塞维特上校的。"

"说了在什么地方吗？"

"说了！他说星期日有一个师的英国军队在埃因霍温附近空降！"

平托上校此刻无法控制自己的激动情绪，愤怒使他全身战栗，许久说不出话来。他的怀疑终于得到了充分的证明，然而太晚了！阿纳姆的悲剧已经发生。所幸的是清算这个无耻叛徒的时刻已经来到了。

平托上校回到反间谍机关，很快制订了一个以表彰林德曼斯卓越战功、给他授勋为掩护的逮捕计划。当林德曼斯神气十足地走进大厅，准备接受勋章时，10名身强力壮的军警经过一番搏斗后，终于制服了他。他供认了自己如何从"民族英雄"变为"超级间谍"的全部经过。

叛变活动始于1943年。当时，他既是荷兰抵抗组织中颇有名望的主要成员，又是一个女性的征服者、宠儿，而且放纵无度。但可怜的财富不足以他馈赠为数众多的情妇。于是，他想了一个巧妙的计谋，动员那些被他外表所诱惑的有钱妇女捐献首饰，为抵抗运动筹集资金。而这些妇女无不为能向"英雄"提供帮助而感到自豪。他把首饰卖掉后，全花在酒店和收费高昂的姑娘身上。没卖掉的作为给情妇的礼品，并说是从德国人手里弄来的，竟一个钱也未用在抵抗运动上。

1944 年 2 月，他的弟弟和舞女薇罗妮卡意外地被捕了。在他的放荡生涯中，情妇无数，有时一夜就有三四个。然而，他对从小一起长大的薇罗妮卡却颇有忠诚的情感。自然，对于一个男人来说，没有比自己最心爱的女人落在敌人手里，而又无能为力的事更惨了。这时，作为抵抗组织主要成员的林德曼斯，不是采取积极行动进行英雄复仇。相反，他向敌人屈服了，决定同他们做笔秘密交易，答应为他们效劳，条件是立即释放薇罗妮卡和他的弟弟，并给他巨额报酬。德国人认为以两条小鱼换一条大鱼值得，因而很快达成协议。接着，发生了一系列的悲惨事件。

由于德军的内部矛盾，自卫队没有将林德曼斯变节的情况及时通告盖世太保，因而在鹿特丹的大搜捕中，误伤了林德曼斯。当自卫队头子前往监狱医院探望时，林德曼斯竟提出了一个连德国上校都感到吃惊的计划：建议抵抗组织从医院把他劫走；同时让敌人设下埋伏，把他们打死，自己逃出来。就这样，47 名战士为拯救已经背叛他们的领导而倒在血泊中。接着，在比利时敌占区工作的一个巩固小组成员被逮捕，受命炸毁敌桥梁的一队抵抗者，被敌人当活靶而击毙……而出卖阿纳姆是他叛变生涯的顶点，他巧妙地把情报送给了敌人。

1946 年 6 月，荷兰一个特别法庭对林德曼斯进行了判决。然而，令人难以置信的是，林德曼斯即使在监狱里，也没有最后失去男性的诱惑力。在他服了 80 片阿斯匹林畏罪自杀身亡时，一个女看护也服了 80 片阿斯匹林，趴在他的身上，为之殉情，发誓要与他死在一起。

要命的爱

1986 年秋的一天，伦敦秋高气爽，气候怡人。但在威严的老贝利刑事法庭上却是另一番景象，法官与陪审团的人们紧绷着脸，在审理着被公诉人称为"这个时代最无情"的一桩案件。被告席上站着犯有恐怖罪的一名犯罪分子，他叫纳赛尔·欣达韦，32 岁，约旦人。开庭后，戴着传统假发和白领的公诉人洛义·爱姆洛特详细地对陪审团叙述了这一耸人听闻案件的原委。原来，被告假装去以色列首都特拉维夫旅游结婚，却在他的英国女友安·玛丽·茉妃带上飞机的行李袋中，放置了一颗威力相当于 30 颗手榴弹的塑料炸弹。幸好这颗塑料炸弹在茉妃上机前夕被安全检查官查出，不然在 5 小时后，就会制造出一桩震惊世界的恐怖事件。那么，欣达韦是怎样骗过自己的女友，企图将她变为一颗人体炸弹，而又为什么采用这种卑劣无情的手段去杀害自己的情人呢？

只身赴伦敦

1954 年，在离爱尔兰都柏林七英里之遥的一个小镇上，诞生了一个后来被人们称为"单纯孤独的爱尔兰少女"，她就是安·玛丽·茉妃。她的父亲是环境卫生车的驾驶员。母亲是家庭妇女，13 年中，她为这个家共生了 10 个孩子，而茉妃排行第五。茉妃长得十分漂亮，金色的卷发下面一双水灵灵的蓝色眼睛，恰到好处地镶嵌在她白皙而胖乎乎的圆脸上，俨然一个招人喜爱的洋娃娃。由于只有父亲一个人工作，茉妃的一家只好住在由政府出资修建、租金低廉的简易公寓里。当她到上学的年龄时，也只能去教会学校接受教育。14 岁时，由于生活所迫，她弃学进了一家针织厂做工。老板要她每天织 1500 双裤袜。茉妃美妙的少女时代就在这种严峻而刻板的时间中度过，因而从小就养成了缺乏思维、胆小而又脆弱的性格。

在她 25 岁那年，她所在的针织厂精简人员，她乘机离开了这个令人厌倦的工厂。这时，她的许多女伴都已结了婚，而她仍是形影孤单，此时她才开始感到做一个老姑娘的苦恼。在此后的 5 年中，她一直未找到正常的工作。但她洁身自好，直至 30 岁依旧是一个处女。

1984 年，茉妃离开家乡，孑然一身，第一次来到伦敦。在女友特内莎的介绍下，她找到一件美差事，在公园巷希尔顿旅馆当上了服务小姐。她感到自己完全进入了一个陌生的世界，穿上淡红色玫瑰制服，腰系带花边的白围裙，工作比在针织厂做工时要轻松得多，更用不着刻板地守着机器反复做着机械动作，而是每天同各式各样的人员打交道，并不时地能获得一些小费。茉妃对这份工作十分满意。

初涉爱河

茉妃到旅馆工作不久，与她一样当服务小姐的女友特内莎告诉她，她已找到了一个男朋友，约旦人，名叫哈莎。而与哈莎合住在同一个公寓套间的青年人叫纳赛尔·欣达韦。

1984 年 10 月下旬的一天，茉妃第一次与欣达韦相逢。欣达韦皮肤黝黑，阳刚之气十足，颇有男子汉魅力，当时也是 30 岁。这次相逢给茉妃留下了深刻印象。一周以后，俩人便开始频频约会。接触中，尽管欣达韦的英语水平相当蹩脚，说得结结巴巴，但对茉妃来说却不存在理解上的困难，更何况欣达韦自有他的可爱之处，他能十分耐心地倾听别人的一切谈话。一个女人，尤其是一个已满 30 岁的老姑娘，能找到一个既有魅力而又能倾听自己诉说的男人就心满意足了。

从此，初次涉入爱河的茉妃控制不了自己的感情，坠入其中再也不能自拔。这时，欣达韦便常常出现在希尔顿饭店工作人员的宿舍里。年底的一天夜晚，茉妃与欣达韦发生了性关系。这种肉体上的接触给茉妃带来的幸福感，就像烙铁一样深深地印在茉妃的记忆中，使她终生难忘。

茉妃的家乡是天主教根深蒂固的地方，在那里认为生命是神圣的，流产是非法的，出售避孕药一直受到法律的禁止。茉妃不知是因为受到天主教的熏陶，还是认为自己这种年龄应该有一个孩子，她和欣达韦自第一次发生性关系起，一直没有采取避孕措施。不久，她便怀上了孩子。然而老天爷与她作对，在一次工作中，她不小心跌倒，导致流产，小小生命就这样无声无息地离开了她。

茉妃自与欣达韦偷吃禁果以后，她想极力维护两人之间的爱情关系，但这并非一件容易的事。在他们成为情人后的第一年中，欣达韦就因故离开伦敦达 6 个月之久。对于欣达韦的情况，茉妃尽管早已成为他的情人，但知道得也不多。

欣达韦其人

欣达韦本来言语不多，对于自己的事更是很少对茉妃谈起。茉妃只听到他说自己是一名约旦记者。可从各方面的情况分析看，欣达韦并不是那种对人能讲真心话的年轻人。他曾对人说他的家庭是约旦的一个很有地位的望族。然而，据知道他底细的人私下透露，他的家庭并非如此，而是以从事农业为主，住在靠近叙利亚边界的一个小村庄里。

欣达韦谈情说爱也不是头一次，他早就结过婚。他的妻子也是在伦敦结识的，是一位波兰籍姑娘，而他们结婚也是在这位波兰姑娘有了身孕以后。当茉妃与欣达韦沉浸在爱河的时刻，他的妻子此时正带着他们 5 岁的女儿住在其波兰娘家。

事后在法庭上，茉妃曾对法官说："他说他结过婚，但后来因不和而离婚了。"

显然，欣达韦在欺骗茉妃。这是一个重婚犯编造的极其普通的故事，但沉浸在爱河中的茉妃却对此深信不疑。

在他们刚认识时，尽管欣达韦也常常外出，但他们还是经常见面。随着时间的推移，欣达韦越来越勤地往外面跑，并且时间也越来越长。他去外地时，从来不告诉茉妃他去哪儿，也从来不给茉妃打电话，只是给茉妃寄一张极其简单的明信片了事。

1986年1月，当欣达韦外出后，茉妃发现自己又怀了孕。但她没办法，也不知道到哪里才能找到欣达韦。在走投无路的情况下，茉妃只好将此事写在一张纸条上，交给了在叙利亚使馆里工作的欣达韦的哥哥，让他转告欣达韦尽快回来。

月底的一天，欣达韦终于给茉妃打来一个电话。

"我告诉他，我又怀孕了。可是他却不想听我说，反而让我去做人工流产，把孩子打掉。我当即表示不同意，我告诉他我要孩子，我自己来养活他。"事后茉妃在法庭证人席上对法官说道。

但欣达韦并没因此而放弃自己的主张。那天晚上他又给茉妃打来电话，坚持要她去打胎，并告诉茉妃，如果她真正这样做了，那么他就带她一起去度假。然而，茉妃也很坚决，又一次果断地拒绝了他的要求。

这之后，茉妃就再也没听到欣达韦的消息了。这事使茉妃越来越感到心碎。尽管如此，她在心中仍保留着一线希望。

那么，这段时间欣达韦究竟到哪里去了呢？据事后查证，他的护照上有过去约旦、意大利、波兰、东德和保加利亚的签证。同时，他还持有一本叙利亚政府签发给外交官使用的公务护照。但护照上的名字不是欣达韦，而是改名依萨姆·谢尔。

后来，警方宣布：据欣达韦自己供述自1985年12月始，他便着手组织自己的组织——约旦民族自救革命运动组织。该组织的宗旨是让犹太人流血是正义的行动，上帝的旨意。这种行动一定要持续不断地搞下去，直到世界的末日。他还承认1月份曾去过大马士革，他在那儿招募过他的组织成员。

然而，叙利亚总统阿萨德却否认叙利亚政府与此事有关。

去圣地结婚

1986年4月5日，欣达韦使用叙利亚护照，突然从外地返回伦敦。可他到伦敦后，并没有立即回到茉妃的身边，而是去和一个男子接头。这个男子交给他一包制造炸弹的零配件。在伦敦过了一些时候，他才神奇般地出现在茉妃的房间里。对欣达韦的突然出现，茉妃大吃一惊。

事后谈起此次会面的情景时，茉妃说：

"他看上去非常陌生。他说要和我结婚，带我去度蜜月。我感到惊异，又觉得这是件好事。他还说要到以色列宗教圣地去举行婚礼。"

同时，欣达韦还非常体贴地给了茉妃150美元钱，让她去买衣服、申请签证和预订去以色列的航班机票。

欣达韦在进行这一工作时，再三叮嘱茉妃一定要保守秘密，不要对任何人讲，只有这样，以后才能让人们大吃一惊。另外，他还告诉茉妃，因为他本人有公事，所以他将乘另一航班的飞机去以色列，并不是两人乘同一飞机。对此，茉妃感到十分惊讶与恼火，和他大吵了一通。但欣达韦在这一问题上十分坚决，没有任何让步或妥协的余地。他威胁茉妃说：

"要么分手，要么和我在一起。"

生性软弱和胆小的茉妃，像以往两人发生争执时一样，最后又顺从了他。

起飞前夜，欣达韦再次来到茉妃的住处，但神情却有点不对头，在茉妃的宿舍里一根接一根地抽烟。

茉妃根据欣达韦和她谈的其"婆母"住在以色列的情况，特意买了几件礼物准备送给她。

欣达韦猛抽了一会儿烟以后，竟意外地萌发了关心他人，替别人着想的念头。他特意把一只新的、带轮子的尼龙旅行包拿出来送给她，并说这样怀孕的茉妃就可以在地上拖着行李走，会省力气。同时，他还关心地问茉妃衣服放在哪里，他去帮她收拾。在收拾衣服的时候，茉妃看见他把一只像计算器一样的东西放进了旅行包。当她问是什么东西时，他告诉她这东西是带去送给一个以色列朋友的。

1986年4月17日清晨，欣达韦就来到茉妃的住处，准备送她去以色列。欣达韦再次提醒茉妃，他们将在特拉维夫见面。因他是约旦记者，所以茉妃无论发生什么事，绝不能提他的名字。否则会给他在以色列带来许多麻烦，他们的结婚也将不会在幸福与甜蜜中度过。

欣达韦为茉妃要了一辆去机场的汽车。当他们坐在飞速奔向机场的出租汽车里后，欣达韦又将计算器从旅行袋中拿出来，并将带来的电池装进去，重新塞进旅行袋的底层。这以后，他一直神经紧张地盯着那只旅行包。对此，茉妃并未在意，她现在一门心思想着结婚后度蜜月时的甜蜜与幸福。

到达机场后，一下汽车，茉妃说要上卫生间，欣达韦却一直紧张不安而又寸步不离地守着旅行包。茉妃终于从卫生间里走出来，来到他身边。他立刻对茉妃谎称他有要紧的事需立刻去办，不送她进机场了。于是，他很亲热地捧着茉妃的脸，吻了吻她的双颊，多情地说了声再见，然后就匆匆离去。茉妃被他离去时的亲昵劲搞得有些晕乎，看着他坐上出租汽车离去，心里感到有种莫名的空虚。

"我恨你"

茉妃拖着沉重的旅行袋，顺利地通过了机场电子仪器的安全检查。当她走到以色列航班的安全检查处时，再一次受到严格的检查。茉妃按照欣达韦事先告诉她的话，对检查官说她是去以色列度假，接着又向他们叙述了她的结婚计划。

安全检查官听完茉妃的陈述后，接过她的旅行包，倒空了口袋，然后仔细地一件一件进行检查，并将空包进行 X 光检查。X 光检查结果也未发现什么，荧光屏上并未出现任何可疑的迹象。但检查官总有点不放心，尤其是那只空旅行包，没装一点东西，但它比一般的空包要重得多。当安全检查官随手拉开旅行包的底层拉链时，发现里面还装有东西。于是，他把里面的东西掏出来，这是一包白色又微微发黄的"黏黏糊糊的东西"。仔细辨认后，他十分惊讶地发现这竟是一枚捷克制造的塑料炸弹，重达3磅。

检查官对茉妃说："我们在你的旅行包底层发现一包东西，请跟我来辨认一下。"

"我什么也不知道，这不可能是我的包。"茉妃紧张地说。

但这是千真万确的，旅行包上写得清楚清楚，确实是茉妃的。

警方的进一步检查又发现，欣达韦放进茉妃旅行袋中的那个计算器，原来是一个定时引爆器，时间定在飞机起飞后5小时。

事已至此，茉妃再也无话可说。在一间小房子里，怀着6个月身孕的她害怕到了极点，浑身激烈地颤抖，并号啕大哭：

"太可怕了，他想杀死我……"

"为什么你要说谎？为什么说是单独旅行呢？"警察问。

茉妃说："我不知道为什么，我爱他，我想和他在一起，和未出世的孩子在一起。"

茉妃被戴上手铐押送到巴丁顿警察局。在那儿，她详细地陈述了一切情况。

根据茉妃提供的情况与照片，第二天早晨，欣达韦的大幅照片被显著地刊登在伦敦各家报纸的头版上。

茉妃这时已深深陷入被出卖的痛苦和绝望中，她真没想到自己所爱的人竟要无情地杀害她。

再说欣达韦自从离开茉妃以后，悬着的心总算平静了一些。他原本打算待茉妃离开英国后，再乘叙利亚航空飞机溜走。当获悉他的阴谋在机场被揭穿，茉妃被扣，巧妙安装的定时炸弹被搜出后，他惊魂落魄，不知所措地溜到一家他很熟悉的旅馆里躲了起来。

尽管如此，但心情十分紧张的欣达韦仍然浑身冒汗，并吃不下任何东西，只是不停地抽烟，在3个钟头里他竟抽了3包烟。欣达韦在旅馆的房间里来回不安地踱着步，好像一头焦躁不安的公鹿。

警方并没有费多大功夫就找到了欣达韦。欣达韦拒不承认炸弹是他安放的，但警方很快就揭穿了他的谎言。

当这件耸人听闻的人体炸弹案开庭审理时，茉妃腹中的小孩已降临到这个世界上了。

审讯时，茉妃在法庭上见到了欣达韦。她狠狠地盯着他，愤怒地吼叫："你这个杂种！你这个杂种！"

欣达韦看到茉妃走进法庭，却爆发出一阵莫名的神经质似的大笑。随后又恢复了一种冷漠而又无动于衷的姿态，脸上露出一副漠然置之的神情。

检查官问欣达韦："你曾爱过她吗？"

"是的。"欣达韦回答的声音很低，近似蚊呐。

"你认为她也爱过你吗？"

"是的。"他的声音还是那么小那么低。然而，欣达韦的耳际却连续不断地响着"我恨你！我恨你！……"的喊叫声。

最终，欣达韦的罪名如果成立，等待他的是35年的牢狱之苦。

戴笠善打情人牌

蒋家王朝的特务头子戴笠，当时被人称为"中国的希姆莱"。他既是蒋介石的忠实走狗，又是佩在蒋介石身上的一把匕首，随时有可能刺向蒋介石不中意的人。在进行其特务活动时，戴笠也常使用美人计，有时甚至不惜把自己心爱的情人也抛向目标。抗日战争前夕，戴笠亲自出马，在情场上收编了杨虎城将军部属的家眷向影心，使其成为自己的心腹。然后利用这个女人，大唱美人计，成功地对杨虎城将军进行监视。后来又派遣这个女人，打入冀东伪政府活动。在运用女色进行特务活动中，戴笠的的确确不亚于希特勒的鹰犬希姆莱。

国民党军统特务头子戴笠

情收向媚人

"九一八"事变爆发后，蒋介石在"攘外必先安内"的错误思想指导下，对日本侵略者竟采取了不抵抗政策，将大片国土双手奉送给日本，使东北人民惨遭日本侵略者的蹂躏，处于水深火热之中。当时，处于一线的几十万东北军，也被他调到陕甘宁地区，与西北军一起对付中国工农红军。蒋介石这种倒行逆施的做法，自然遭到了全国军民，特别是东北军和西北军绝大多数爱国将领和士兵的反对。张、杨两位将军深为大片国土沦陷而悲愤，对打内战十分厌倦。他们在中国共产党的一致抗日政策感召下，秘密与红军商讨联合抗日大计。这引起了蒋介石的不满和高度注意，他下令军统局特务头子戴笠对东北军和西北军进行严密监视，并要求格外关照张、杨两位将军，特别是杨虎城将军。

接到"圣旨"的戴笠立即行动，派出大批特务混入东北军和西北军部队，进行秘密侦探。然而，这些特务只能一知半解地获得一些鸡毛蒜皮的事，而对张、杨两位将军的重大核心情况一个也摸不到，尤其是对杨虎城的侦探更是没有任何进展。为此，急得戴笠像大热天发情的公鹿一样，乱跳乱蹦。

戴笠经过一番冥思苦想之后，决定运用他总结出的五字秘诀"裙、办、师、财、干"中的"裙"字。所谓"裙"者，即裙带关系，或美人计也。但这次用美人计也并非轻而易举，一是向谁使美人计，二是谁能忠心耿耿、死心塌地地去执行这一任务。戴笠明白，这次使用美人计的对象不能针对杨虎城将军，因为，他了解杨虎城将军并不吃这一套。因此，他要使用美人计，只能是针对他的部属。至于执行此任务的女人，他也相中了一位美人，此人名叫向影心。

向影心是杨虎城将军派驻南京、武汉的办事处处长胡逸发的三姨太，她不仅人长得媚气，而且在交际场合十分活跃。但要发展向影心，把她策反过来为自己服务，非得下一番功夫不行。

戴笠决定直接从向影心下手进行突破。于是，他动用自己的关系，进一步了解向影心的情况，迅速搞清了向影心有两个非常突出的弱点：一是爱财如命，为钱不择手段，也不要脸皮。二是风流成性，水性杨花。

戴笠喜欢女人，尤其喜欢漂亮女人，这是早已出了名的，在军统内部无人不知，无人不晓。因此，他决定亲自出马，赤膊上阵大干一场，不能让如此风流的女人从自己眼皮底下溜过去。

为这第一次见面，戴笠也颇下了一些功夫。他让自己要好的"玩友"蔡孟坚的老婆打电话给向影心，约她出来玩牌。戴笠自己则早早地来到蔡孟坚家。当向影心风尘仆仆地赶到蔡孟坚家客厅，满面春风地走向牌桌时，她发现今天桌上来了一个陌生男人，刚要询问，蔡孟坚立即笑着介绍说：

"密斯向，让您认识一下，这位就是大名鼎鼎的戴雨农先生。"

戴笠还没来得及开口，只见向影心面带笑容，投来一个媚眼，嗲声嗲气地说：

"哟，戴老板，久仰久仰。今天见到您，真是三生有幸。"

随着向影心的嗲声，一股脂粉的香气直冲进戴笠的鼻孔。他立刻愉快地伸出手，握住向影心娇嫩而白皙的手，并用另一只手不停地轻拍着向影心的手背。

平心而论，向影心相貌平平。但她身着紧身开领旗袍，身材适中，乳房高耸，线条分明，开领处透出白皙的皮肤，脸上抹着浓浓的脂粉，樱桃小嘴上涂着红红的唇膏，肩挎时髦小皮包，走起路来一摇三晃，从骨子里到骨子外都散发出勾魂摄魄的媚气。戴笠一见到她，就被她的媚劲深深地吸引住了。

不出几天，戴笠就与向影心打得火热，无论是在牌桌上，还是在舞厅里，都能见到他们成双成对的身影，以致后来发展到形影不离、难分难解的地步。尽管如此，但俩人各怀鬼胎，都有自己的如意算盘。一日，他们在巫山云雨一番之后，戴笠望着向影心说：

"向美人，以你如此高超之才能，何不加入我军统，我保你财运亨通！"

向影心用媚眼盯着戴笠的眼睛，娇滴滴地笑道：

"有您这句话，只要您为我撑腰，我向影心还怕什么，刀山敢上，火海敢闯。"

说着她用手指轻轻地点了一下戴笠，挑逗性地笑道：

"不知戴老板您舍得不舍得哟？"

就这样，戴笠施展出男人的手段，在情床上暗地里收编了向影心。

向影心投靠戴笠后，在西北军军官中积极开展了活动，用她的媚劲迷倒了不少军官。戴笠通过她轻轻松松地收买了杨虎城将军手下的军需处处长、兵工厂厂长、宪兵营营长以及办公厅主任等人。

因此，向影心得到大大的奖赏，而军统局派驻西安的特务头子马志超却被戴笠讥笑挖苦得够呛：

"老哥太老好了，对付杨虎城竟不如一个办事处的娘们儿。"

当向影心的男人胡逸发得知她和军统特务头子戴笠勾搭上后，吓得七魂出窍，赶紧与她办了离婚手续。这样一来正中她的下怀，她早就想与戴笠长期鬼混，于是索性公开加入军统，投入戴笠的怀抱。

受宠殷汝耕

1935年腊月，戴笠紧急召见向影心进行"个别谈话"，说有重要事情与她商量，向影心乐滋滋地前来单独拜会。

"哟，戴老板，什么事把您急成这个样子呀？"

向影心人未到，但其娇揉造作的声音却早早传入了戴笠耳中。门一开，她一步三晃地扭着水蛇腰来到戴笠跟前。看得出，在来这之前，向影心经过了一番精心打扮：只见她穿着一身露着大腿的紧身旗袍，挺着胸脯，高高突起的乳房把中间分出一条深沟，脸施粉黛，眼送秋波，不停地传递心灵深处中的信息，把戴笠弄得喜滋滋、乐颠颠的，迫不及待地上前一把搂住她亲个没够。

"看你猴急的，就为这事找我吗？"向影心坐在戴笠的大腿上，娇嗔地问道。

"哪里，我要给你一个重要的美差事。办成后，还会大大地奖赏你。"

"什么美差事？"

戴笠亲昵地对着她的耳朵小声嘀咕起来。向影心收起媚态，正色地听着，并不住地点头，说到兴致处还不时地小声打情骂俏。戴笠时不时地在她大腿上掐一把。最后，戴笠说：

"你和他睡在一张床上，他有事情还能瞒得过你吗？然后，你再把重要情况传递给我，不就成了吗？"

"你让我同别人睡在一张床上，你不吃醋呀！"向影心嗲声嗲气地说。

"为了党国利益，我才不吃这个醋哩。只要你把事情办成了，我还在乎这个！"

戴笠这次交给向影心的重要任务是要她想方设法打入殷汝耕的内部，并监视他。为了配合她此次行动，还派了一个中文名字叫周志英的外国女特务。

为什么戴笠对殷汝耕如此感兴趣，不惜把自己心爱的小情人也给派了去？原来殷汝耕是日本人一手扶植起来的十恶不赦的大汉奸。

殷汝耕出生于浙江平阳县，早年留学日本，受日本奴化教育极深，对日本深有好感。回国后便进行政治投机活动，周旋于大小军阀之间。后来他看中了蒋介石。当蒋介石有意与日本"调情"时，于1927年将他派为驻日全权代表，专门为蒋牵线搭桥。1932年，殷汝耕参与并代表蒋政府与日方签订了《淞沪停战协定》和《塘沽协定》等卖国条约，从而走上了汉奸的道路。1935年11月25日，他在日本的操纵下，在华北的通县一手策划了"冀东事变"，并成立了所谓的"冀东防共自治政府"。作为这一傀偽政权的头面人物，殷汝耕此时此刻完完全全地变成了日本侵略者的走狗。但他又与蒋介石藕断丝连，在暗中不断进行联络。军统对此类人自然是不能放过的。

向影心深知，要完成戴笠下达的任务，在殷汝耕身边做监视和情报工作绝非易事，搞不好，不但完不成任务，甚至还要搭上小命。但因此事对她来讲又很重要，其前途、命运全在此一举。因而，她下定决心，要做好这件事，以便进一步博得戴笠的欢心。她想有戴笠暗中鼎力相助，加上自己的媚人功夫，要完成这一任务也不是不能办到的。

向影心深知，取得殷汝耕的信任是完成任务的根本，采取的方法就是发挥她的优势，直插殷的心底。为此，她与周志英一来到冀东，就在戴笠的巧妙安排下，很快与殷汝耕见了面。她使出浑身解数，施展出全套的媚人功夫，不几天，就弄得殷汝耕魂不守舍，整天像绿头苍蝇似的绕着她团团转。几个回合下来后，向影心对殷汝耕已心中有数。于是，她决定抓住时机，拖殷汝耕下水，尽快取得他的信任，完成任务，早日回到戴笠身边重温旧情。

一个月白风清的夜晚，向影心经过一番精心周密的布置和打扮后，邀请殷汝耕到她的下榻处。殷汝耕一踏进向影心的住处，就被一幅妙景所吸引，只见室内陈设豪华，珠帘低垂，窗纱轻拂。而向影心身穿半透明的轻纱，酥胸半掩，粉黛敷脸，胭脂涂唇，一双妩媚的眸子暗送春情，半卧半坐地歪在柔软的床榻上。殷汝耕像馋猫见到了腥味一样，两只贪婪的眼睛盯着向影心痴痴发呆，情不自禁地拜倒在她的石榴裙下。

自这晚以后，向影心也就名正言顺地做了殷汝耕的小老婆兼秘书。她的第一个目标就这样轻而易举地达到了。接下来是如何进一步向核心机密迈进。对此，向影心更是充满了信心，有了第一步的成功，她自然知道下一步该如何去做。

向影心继续施展她的媚人术，在殷汝耕面前把女人所具有的优势表现得淋漓尽致，因而深得他的信任与宠爱。尤其在殷汝耕对这位姨太太经过一段考察后，认为她既风骚又能干，是自己的好帮手。这样一来，他更加放心大胆地让她去处理一些机密的文件和来信，甚至还将自己的想法做法，一股脑儿都告诉向影心。这时的向影心不仅已接近了伪冀东防共傀儡政权的核心，并且还能及时将所获情报转到戴笠手中。从此以后，大汉奸殷汝耕的一言一行，一举一动，都被戴笠所洞悉。殷汝耕的小命已完全掌握在戴笠的手中。一旦需要除掉他，戴笠就会像捏死一只蚂蚁一样那么容易。

妾毒"壮举"

当"七七事变"以后，全国抗日战争全面展开。为粉饰门面，戴笠操纵下的军统也开始行动，布置了一些对日的行动。其中一个很重要的内容是暗杀一些汉奸，尤其是那些罪大恶极臭名昭著的汉奸，均被列为他们的暗杀对象，殷汝耕自然也是其中之一。

戴笠自从让向影心打入殷汝耕的内室取得宠信后，这时他认为时机已经成熟，便给向影心下达密令：抓住时机，毒杀殷汝耕。向影心接到戴笠的秘密指示后，便积极行动起来。

向影心在与殷汝耕的共同生活中，知道他每晚临睡前，有吃夜宵的习惯，而且总是喜欢吃一大碗面条。于是，她认为在这方面做文章再好不过了。当她从戴笠处拿到毒药以后，便选择时机准备下手。

一天晚上，向影心打扮得花枝招展。殷汝耕这天情绪也特别好，当他一进门看见向影心的打扮，就眉开眼笑。向影心更是使出了浑身的媚术，虚情假意地和他温存纠缠。殷汝耕被她弄得晕晕乎乎，神魂颠倒，真正是"娇语闻声转，谁晓杀气浓"。死到临头的殷汝耕还美滋滋，乐颠颠的。

正当殷汝耕乐不可支的时候，向影心说：

"汝耕，难得你和我玩得这么开心。这么晚了，你也该饿了。为了我们尽兴，我想今晚亲自下厨为你做宵夜，包你更满意。"

说完，她便离开殷汝耕的怀抱，挪动柔软的身躯走向厨房。殷汝耕笑眯眯地从沙发上站起，美滋滋地往软床上一躺，哼着小调，等着吃美人做的宵夜。

向影心进厨房后，吆退仆人，一个人便开始煮面条。在面条盛入碗中之后，她便迅速地从胸口取出放在鸡心项链中的毒药，投入碗内，并用筷子搅和一下，使这种无色无味的毒药很快溶入其中，没有丝毫痕迹。心想：

"殷汝耕，这次你死了也怪不得我，各为其主。"

向影心端着面条，一摇三晃地走进卧室，极为殷勤地说：

"汝耕，趁热快吃了，我们也好早进被子安歇。"

殷汝耕屁颠颠地从床上下来，亲昵地在她的脸上亲了一下，接过面条，拿起筷子。也是殷汝耕命不该绝，当他正要吃时，忽听有人急促地敲门，而且越敲越急。按殷汝耕当时所处位置，没有紧急事，绝不会有谁在深更半夜这么急切地敲门。于是，他便放下碗筷，快步开门，并与来人走向客厅进行密谈。

殷汝耕这一走，可就急煞了向影心，如同热锅上的蚂蚁，只有眼巴巴地守着那碗毒面，想着如何把这台戏唱完。她深知那毒药虽说是无色无味，但时间一长，也会出事。这时的向影心一筹莫展，只有寄希望于来客早点说完离去，否则这后面的戏不但没法唱，而且自己也有暴露的危险。正当她冥思苦想之时，更想不到殷汝耕又跑来，硬要她去见见那位客人。她只好随他去应酬一下。这一来不要紧，那客人与殷汝耕足足聊了3个多小时才离去。殷汝耕送走客人，伸伸懒腰，让仆人拿面来给他吃。女佣不一会儿返回来说：

"老爷，面已坏了，我重给您做吧。"

"完了。"向影心一听，大吃一惊。

殷汝耕已养成了不吃宵夜无法上床睡觉的习惯。当他拿着面条看了一眼后，见面条颜色大变，顿时他的面色也变了。他断定有人在面条里下了毒药。于是，立刻下令让医生来检验。检验结果，果然内有致命的剧毒药。只见他对着向影心冷笑几声，突然厉声喊道：

"来人哪，把向影心给我抓起来！"

随着殷汝耕的声音，立刻就有几个听差跑了进来，把向影心五花大绑地捆起来，推到殷汝耕跟前。殷汝耕咬着牙狠狠地骂道：

"妈的，我对你这么好，你怎么会下起毒来了。你背后一定有人指示你干这种事。这人是谁，快快从实招来，免得受皮肉之苦。"

说完，殷汝耕抬起手，左右开弓打了向影心几个耳光，喝令她招供。

"汝耕，冤枉啊！"

向影心这时还真有点临危不乱，她使出耍泼的本领，大哭大闹地喊冤叫屈，并且寻死觅活地向殷汝耕苦苦哀求。

殷汝耕只是冷冷地发笑。

"冤枉？经专家检验，证据确凿，容不得你抵赖。这是一种无色无味的剧毒药，混在面条里几个小时之后才变色的。也是上天有眼，我命不该绝，否则早被你害得进了阴曹地府。你这贱人，如果这毒药不是你放的，平时你没做面条，我吃了一点事没有；今天你亲自下厨做面条，却发现面条里有毒，不是你是谁？"

说着，殷汝耕气不打一处使，上前狠狠地踢了向影心几脚。

向影心宁死不改口，仍大喊冤枉，一口咬定她绝没下毒。同时，她还把自己那套媚术也施展出来。殷汝耕因没抓到过硬证据，加上自己感到又累又乏，再就是架不住向影心的媚功，因此只好暂时免她一死，命令关押起来再说。

翌日继续"审问"，向影心还是矢口否定，死不承认，咬定是们　　所为。殷汝耕对此心里十分清楚，与佣人绝无关系，再说，这些人长期在他身边，也是经过审查与考验的。

但事有凑巧，第三天，有一个平时与她不睦的女佣人，得知此事后，害怕向影心反咬她一口，于是竟不辞而逃。这样一来，向影心更加否认是她下的毒，而一口咬定是那个女佣人下的毒，否则，她不会在此事发生后逃跑。

殷汝耕尽管心里也十分明白毒是向影心下的，但他想到与她往日的缠绵之情，以及向影心的媚功魅力，看到眼前她花容带雨的娇态，一种怜香惜玉的感觉油然而生，他不忍心将她处死。于是，下令将向影心囚入"优待室"。

向影心凭着自己的色相与媚功，捡回了一条性命。这时，她不仅用不着再担心自己，而且在心里还暗自得意地欣赏起自己的"能耐"来了。另外，她也知道，在牢里待着终究不是什么好事，更不是长远之计。于是，她想方设法与戴笠暗中取得联系，要他从速来救她出狱。

戴笠接到报告后，叫她不要操之过急，耐心等待。因为此时，殷汝耕防范还严，贸然行事，一旦引起殷汝耕的警惕，欲速则不达。只要没有生命危险，不如静候好。向影心心中有数后，又安心在"优待室"中待了两个多月。当戴笠得知殷汝耕防范放松后，他便通过安插在内线中的特务，偷偷地将向影心解救出来。

向影心逃回军统局后，受到戴笠的重赏。这下向影心名扬军统局，军统中无人不知她的妾毒"壮举"。因此，她被人们称为"老大姐"。

后来，戴笠又派她打入中统去勾引陈果夫、陈立夫。正当她春风得意，二陈眼看要落入她的圈套时，谁想到她在中统中的昔日情人周某，在二陈跟前揭穿了她的真面目，才使她眼看钓到手的两条大鱼跑掉了。

尽管向影心对中统头目二陈的工作功败垂成，但戴笠还是奖励了她一番，并打破战时"军统人员严禁结婚"的戒律，亲自撮合，把向影心"正式"嫁给了他的机要秘书毛人凤。而戴笠却经常找向影心"个别谈话"，向影心也乐此不疲。毛人凤对此却抱着熟视无睹的态度。他深知得到向影心是得到了向上爬的"软梯"。只要向影心让戴笠玩得开心，他就会步步高升。他抱着"升官事大，绿帽之名事小"的信条，任戴笠与向影心去"个别谈心"。果然不出毛人凤所料，他越来越得到戴笠的器重，官运亨通，一升再升，最后竟成了军统的二老板。向影心在全国解放后逃到台湾，对于自己的风流韵事总结出"要想偷鸡，总得撒一把米当本钱"的"至理名言"。她真不愧为戴笠手中的情人牌。